舅舅的光辉

宋小词——著

孟繁华 张清华/主编

图书在版编目（CIP）数据

舅舅的光辉 / 宋小词著. —济南：山东文艺出版社，2023.6
（情感共同体·80后作家大系 / 孟繁华，张清华主编）
ISBN 978-7-5329-6882-4

Ⅰ. ①舅… Ⅱ. ①宋… Ⅲ. ①中篇小说—小说集—中国—当代 Ⅳ. ①I247.5

中国国家版本馆CIP数据核字（2023）第0062608号

舅舅的光辉
JIUJIU DE GUANGHUI

宋小词　著

主管单位	山东出版传媒股份有限公司	
出版发行	山东文艺出版社	
社　　址	山东省济南市英雄山路189号	
邮　　编	250002	
网　　址	www.sdwypress.com	

读者服务　0531-82098776（总编室）
　　　　　0531-82098775（市场营销部）
电子邮箱　sdwy@sdpress.com.cn

印　　刷　肥城源盛印刷有限公司
开　　本　710毫米×1000毫米　1/16
印　　张　13.25
字　　数　170千
版　　次　2023年6月第1版
印　　次　2023年6月第1次印刷
书　　号　ISBN 978 - 7 - 5329 - 6882 - 4
定　　价　66.00元

版权专有，侵权必究。如有图书质量问题，请与出版社联系调换。

总序
80后：一个情感共同体

孟繁华　张清华

"情感共同体"，是新近兴起的历史学流派——情感史研究的概念。这个历史学研究流派被称为史学研究的新方向，它在考量客观事实的同时，还关注到人的道德、行为、信仰与情感等因素。美国学者苏珊·麦特和彼得·斯特恩斯指出，对情感的研究改变了历史书写的话语——不再专注于理性角色的构造，而情感研究已有的成果已经让史家看到，不但情感塑造了历史，而且情感本身也有历史。当然，研究历史与情感的关系和研究文学与情感的关系，是完全不同的两回事。借助历史研究的"情感共同体"概念，意在说明，这个共同体是一个真实的存在，而并非空穴来风。

将80后作家群体看作一个"情感共同体"，当然也只是一个比喻，一如我们此前将70后看作"身份共同体"一样。任何比喻都是有欠缺的，但可以将比喻对象更形象地呈现出来。另一方面，即便是80后本身，他们也从不同的方面将作家看作一个"共同体"。80后有代表性的批评家杨庆祥，写了《80后，怎么办》一书，引起很大反响，特别是在80后群体中，反响更强烈。张悦然说："十年前80后主要是一种反叛形象，主要写的是叛逆青春，那时候的80后肯定不需要《80后，怎么办》这本书。但是到了现在，变化非常大。我的问题在于，这代人是不是变得太快了一点，好像青春结束得太早了一点，一下子就进入了一种很委顿的中年的状态里面。正是在这样快速的消失当中，我们这一代人需要停下来审视自己。"由此可见，杨庆祥的困惑切中了一代人的思想脉络。他书中提出的问题，比如"失败的实感""历史虚无主义""抵抗的假面""沉默的'复数'""从小资产阶级梦中惊醒""我们这一代没有真正的青春""我依然属于弱势群体""能够受到一些公平的待遇就可以了"等，因有极大的"共情性"，而受到了同代人的关注。这是80后内部对"情感共同体"认同的一个佐证。但无论如何，杨庆祥还比较客观。他终究还认为"我们是比50后、60后和70后更幸福的一代人"。这当然是另外一个话题。

在现代社会里，每个人都是当然的单个主体，但每一代人也必定有某种共性，虽然这共性也是被建构和解释出来的。80后的共性是什么？也许很难说清楚，杨庆祥的阐释或许也不能说服所有人。要想为他们找一个最大的"公约数"，确乎很难。但是，从某种意义上来说，这一代人有着相似的文化与社会境遇，却是事实。这种境遇在我们看来，或许就是一种历史的"错位感"与"迟到感"。他们成长的阶段，刚好是中国社会迅猛变革与走向市场化的年代，他们的童年与青春时代，经历了中国社会价值观的剧烈转换；而等到他们长成的时候，中国的社会已历经世纪之交，进入了一个阶层逐渐固化、机遇相对减少的时期。相对优越的成长环境、比较早地受到关注，与成年后的某种失落之间的落差，带给了这一代人特有的困惑与迷茫。

从这个意义上，与其说他们是一个"情感共同体"，不如说是"经验共同体"，只是这样说不够清晰和强烈而已。要想说得有效，而不只是"求正确"的话，那么"情感共同体"是一个必要和不得已的强调。但是须知，在情感体验与情感表达之间，也同样存在着巨大的差异，人的个性差异在文学表达中，尤其有决定性的作用，更何况，人所表达的情感，也未必是他内心感受到的真情实感。所以，从根本上说，即便是同代人，他们的创作也未必在同一个声音频道里。因此，恰是这些相同和差异，一起构成了这代人的整体特征。我们必须承认，现在我们讨论的80后作家，与刚刚出道时的80后作家已经非常不同。对那时的80后作家，社会和文学界都有不一样的看法，比如有的人认为，他们过早地被市场裹挟和被书商包装了，他们没有经历上几代作家所经历的那些制度性的历练，所以在他们之中也就"看不到跟经典写作接轨的作者"。同时还有一种看法，就是他们除了书写个人成长经验之外，很难进行真正的"创作"，对社会问题和社会公共事务还不具备处理的能力。

然而时过境迁，经过十多年的锤炼和努力，以及社会不同方面的合力培育，现在的80后已经蔚为大观，且早已实现了"纯文学"意义上的承前启后，逐渐成熟并走向了文学创作和批评的一线。为了培养文学批评队伍，中国现代文学馆已先后邀请了十余届客座研究员，这些人中的相当一部分是80后，十余届中已有数十人，其规模已足以令人生畏。更有第三届客座研究员，还将他们自己命名为"十二铜人"，显然隐含了自我认同的情感关系。鲁迅文学院多次举办"青年作家高级研修班"，参加者也多为80后。更有专门以培养"文学新锐"为己任的文学刊物或栏目，比如专门举荐文学新锐的《西湖》杂志，以及《人民文学》的"新浪潮"，《十月》的"小说新干线"，《北京文学》的"新人自荐"，《作家》的"处女作"，《天涯》的"新人工作间"，《民族文学》的"本刊新人"，《中国作家》的"新实力"等等，都培养了一大批80后作家。正如80后青年批评家行超所说，最近的这二十年，既是中国社会经济、文化思潮、价值取向发生巨大转变的二十年，也是80后一代从青春期的少男少女成长为家庭支柱和社会中坚力量的二十年。80后一代在生理和精神上的全面成长，必然导致如今的80后文学与此前呈现出若干显见的变化，世纪之交那种与市场需求、商业逻辑等相纠缠的青春文学，已逐渐在他们笔下消失，取而代之的，是在内容、主题、艺术手法等多方面都变得更加成熟、更加复杂的多样性的写作。到今天，在纯文学刊物、出版市场、网络文学等各个文学场域，80后作家都占有重要的位置。而这代人写作历程中所经历的变化，恰恰构成了中国文学在新世纪发展流变的一个面向。

从诗歌领域来看，80后的一代，似乎已经没有当年70后登场时那种明显的策略意识。他们既不急于标张自我文化身份的独异性，也不刻意强调与前代的继承性，在诗风上是相当"稳健"的一代。从社会身份看，他们也主要有两类，一类是"学院派"的，一类是"非学院派"的——隐藏于社会各界与三教九流，但共同点是，文化素养都相对较高。其中"非学院派"的一类在写作上更接地气，像丁成、阿斐、唐不遇，还有女诗人中的郑小琼、李成恩，他们都是现实感非常强的诗人，当然表达个性都各自有鲜明特点；而茱萸、胡桑、严彬、王东东则都属学者型的诗人，有很强的学院背景和诗学素养，他们的写作可以说都非常自信，有从容不迫的气度，既充满知性，同时又不掉书袋，殊为难得。这两类诗人，并没有像"第三代"那样分为"民间写作"和"知识分子写作"，他们几乎已经消弭了这些对立和差异。即使是像郑小琼这种出身底层、从"打工诗人"群体中成长起来的写作者，也体现出良好的素养，也写过许多具有先锋气质的，以及"纯粹植物"意义上的诗歌。

总体上，80后一代的文学评论家、小说家、诗人、散文家，已经全面覆盖当代中国文学的各个场域。为了推动这个文学群体的健康发展，鼓励青年作家创作，我们在编辑"身份共同体·70后作家大系"之后，应出版社之约，不得不继续勉力集合"情感共同体·80后作家大系"，深感使命难违，与有荣焉。但实在说，又恐因为年龄阻隔、代沟之障，对他们的理解和阐释其力难逮，说出外行话来，令方家和晚辈嗤笑。所以，多不如少，与其在这里喋喋不休，不如让读者自去判断。

致敬山东文艺出版社的朋友们,他们高瞻远瞩的文学眼光和情怀令我们感佩不已;也致意80后的青年才俊,他们的积极响应也令我们倍感欣慰。让我们一起努力,继续为中国当代文学的发展添砖加瓦。

是为序。

目　录

总　序 80后：一个情感共同体 ………… 1

丰收之歌　………… 1
祝你好运　………… 57
舅舅的光辉　………… 109
牙　印　………… 161

后　记 越真诚越有力量 ………… 199

丰收之歌

　　向春天把一根验孕棒放进尿杯里，颇有信心地等待，一分钟、两分钟、三分钟、四分钟、五分钟，对照区依然是一块白板。

　　她将验孕棒搁在窗台上，然后拿起扫把去扫地，想分散一下注意力，也许过一会儿，那根红线就会显现出来。这次月经已经推迟八天了，应该是有戏的。扫完主卧和客卧，她想去窗台看一下，但怕破坏某种正在酝酿的惊喜，强忍住了。她又去扫小客卧，小客卧里没放家具，当初装修时就想好了，要做儿童房的，放张卡通的高低床和一个带写字桌的小立柜，式样都在家具城看好了，只等有了宝宝后，就好决定是买蓝色的那套，还是粉色的那套。一晃，在这屋里住了五六年了，她的肚子一直是空荡荡的。她一般不进这个小房间，但这次她进去了，一扫帚压着一扫帚扫，扫得很细，像带着某种虔诚的祈祷。扫完后，带上门，走到客厅的窗台上又捡起那根验孕棒，黯然将其丢进了垃圾桶里，然后将撮箕里打扫出来的渣滓也倒进去。

　　她跌坐在沙发上，像一只遍体鳞伤的兽，奄奄一息。

　　手机在置物架上震动起来，她一动不动，此刻她不想跟房门外的世界有半点联系，这个恶毒的世界。可手机一直响，她起身去拿手机，是老公冯奇打来的。他第一句话便是，来了没？你身上来了没？

他的关切令她无端恼火，但她努力克制自己的情绪，淡然回道，没有。

电话那头一时没了声，好半天才哼了一下，那种希望落空的情绪从手机那头排山倒海地扑了过来，她一阵懊恼，又一阵愧疚。结婚十年，他们太想要个孩子了。

你有什么事？看他半天不挂，她问道。

这个周末我妈生日，我们要回去。老公的语气很平淡，听得出对回老家一事的兴致并不高。他说，哎，就是提醒你一下，看要置办什么东西。

我知道了。她对此兴致更不高，但婆婆六十大寿，是必须回的。

放下电话，她觉得身上像是绑了块石头，沉重得连气都出不匀了。

公婆在老家镇上经营一家杂货店，有二十多年了，前几年改成了超市，生意还不错，他们在镇上临主街的地方并排盖起了两栋三层楼房，一栋居家，一栋门面带库房，有一辆国产的长城牌越野车和两辆面包车，兼做送货和送客的生意。二老在镇上算是个角色，她思量半天，想不出买什么。这么多年了，公婆已经不在乎他们回家是不是两手空空。去年春节的时候，他们提了两盒燕窝回去。婆婆说，不要瞎花钱，你们只要争气，我宁可割股给你们吃。啥叫争气，他们都懂，可……这世上事，哪怕是上九州揽月，都可以实现，唯他们要孩子这事，真难！无论使多少力，花多少钱都不管用，这事又不能托关系走门路。

在商场转了一圈，她决定给婆婆买个包，蔻驰的杀手包，六千来块钱。售货小妹戴着白手套将包递给她，说这是新出的贴花工艺，全球限量发行，一上柜就有好多人抢呢。这些年给婆婆买的礼物一次比一次贵，这些钱她花得也并不是那么心甘情愿，可不花她又觉得有亏欠。细想想，到底亏欠婆婆什么呢？又不是她不愿意生孩子，为了要孩子，她算是吃够了苦头。

五年前婆婆撺掇她辞了职，说是怕她工作压力大，让她好好调养身心。这五年里，她比上班更忙了，每天早出晚归，辗转于各大医院的妇科，排长队挂专家号，身体沦为药物的试验场。她每月经期大多是按点来，不痛经不乳胀。先是看西医，查了激素，每项指标正常；又查排卵，情况也良好。医生怀疑是输卵管堵塞，先做通液又做碘油造影，躺在手术台上，疼得汗毛倒竖，可最终结果显示双侧输卵管是通畅的。折腾了一年多，医生又转而怀疑她老公，她老公早就检查过，是没有问题的，为了配合医生，她老公只得又去检查了一遍，结果还是没有问题。那就做试管婴儿吧，打了一个多月的促排卵针，取了十多枚卵子，却只成功配出四个，分两次种植，两次都生化妊娠。医生是没辙了，跟她说，人类可查明的不孕因素只有百分之六十，还有百分之四十是查不出来的。她睁大眼睛问，那查不出来的是什么呢？医生也恍惚，说，也许是环境、气候、饮食、情绪，说不清，说不清的。

刚开始她是怕自己有问题，最后她反倒羡慕起那些有病的夫妻，有病才能对症治疗，病去好孕自然来，只有他们这没病的，看似有千条路，却只能等待奇迹的出现。西医看完又看中医，遍访各大妇科圣手，调经活血，疏肝理气，温中助孕的丸、膏、汤吃得都可以填山造海了，那种苦药一天三次，隔三岔五还配合艾灸、拔罐、针灸，日子只有苦与疼。好事多磨，她安慰自己，一朝好孕，这些受的苦便也值了。可啥时才算完啊，她有时恨不得有个医生跟她下个"死刑"判决，她也就此消停。没有撞到南墙，便只有一直走下去……

婆婆的家在小镇里，车程三小时，虽说路途不远，交通也便利，但往来并不勤。也好，像他们这种状态，婆媳楚河汉界，互不干涉内政，才能和平共处。

冯奇一进电梯就绷着一张脸，像是有人前世欠了他的账。她上车带车门时"砰"的一声响，似令他的情绪找到了发泄的出口，眉头一皱，说，你轻些，打劫吧，一天到晚像个山大王，哪里还有个女人的样子？

你有病吧。她自然被噎得心里窝着一盆火。

我是有病，绝症，你满意了吧！冯奇有点耍无赖。

她气得眼睛里都要蹦出火星子了。本想顺他的话接道，是的是的，我成天就盼着你死呢。但想着车出库了，跟司机赌气是不妥的。她心里也知晓他这番无名火大部分不是冲着她，而是这次回老家要面对那些三大姑六大姨，让人感到压力巨大。不孝有三，无后为大嘛。她体谅他，便故意朝他脸上瞧了瞧，笑了笑说，什么绝症，不就是懒吗？

看她软了下来，他也温和了一些，说，你呢，你没病？

她长叹一口气，说，有啊，眼瞎啊。

他兀自笑了一下。导航已经启动，一路提示着向左向右。她看着窗外车水马龙，熙熙攘攘，便想人这一辈子不过是两条路，赴生或赴死，却也弄得那么花里胡哨，着急忙慌的。

车里开了冷气，有些凉沁，他把对着她的空调叶片朝上一推，又将搭在自己座椅背上的一件衬衣扯下递给她，说，把腿盖上。

他总是不经意间生出一些小殷勤来温暖她的心。向春天刚想着自己三十多岁了，还需要装傻卖乖地让婚姻长治久安，正替自己感到有些无趣，这一下子便烟消云散了。婚姻嘛，各自都有牺牲，各自都有获取。她总是沦陷在他这种微小的周到上，以为他全身心都系在她身上，一种身为女人的小甜蜜会偷偷地在心里升起。

上了高速后，他问她，东西带了吧？

你真是爱操心。她略带嘲讽，但也如实回答，说，带了，给你妈买了个包，六千多块，不知道你妈喜欢不喜欢。

喜欢不喜欢，也就是个心意。冯奇又说，我想了一下，那个包你自己留着用，样式不喜欢拿着发票去换。妈这次是整生，还是给钱好一些。

那就礼物和钱一起给呗。她懂他的意思。这次跟平时不一样，他妈的六十大寿礼金是要写在账上的，礼物再贵但不能入账，不入账，外人就不知道。与父母之间还要讲究这番虚面，她觉得好笑。做儿子的孝敬爹妈本是应该的，给钱给物都是凭着自己的良心，难道这也要做给外人看吗？但她老公说，不一样，外人看了光彩，爸妈才倍有面儿，爸妈有了面儿，那这份孝心才算到了位。

你呀，孙悟空的那三根毫毛一定是粘到你身上了，猴精猴精的。她打趣他，又问，那你这次准备上多少礼金呢？她问。

你说呢？他反过来问她，似乎在征询她的意见。

她说，一万？两万？哎，上多少，还不是随你，钱都是你管着的。

冯奇便没有再搭话，似不愿在这个话题上纠缠。他说，那个包你还是自己留着吧，这些年你总觉得看病吃药花钱才是正道，对自己的吃穿也不在意，成天拎个布袋子，知道的呢是说你图方便，不知道的还以为你是讨米要饭的呢。

她笑笑，领了他的一番心意。结婚这么多年了，也正是这样的温情才让她在求子之路上有上刀山下火海的勇气。她常想，如果他对她心生倦意，对她倒也是种解脱，一别两宽，各生欢喜，随他与人佳偶天成，繁衍生息。两人闹别扭的时候，她也曾狠心提过离婚，话在喉咙里时，觉得自己刚强如铁，话一出口，才知道自己脆弱如纸，眼泪跟断了线似的在双颊流成渠。霎时间感情泥沙俱下，沉渣翻腾，两人朝夕相处的日子，有如莲心拌蜜糖，苦里裹着甜，想要脱去这苦，便要舍下这甜。合是一点一点交融的，连着筋接着骨；离却要骤然分割，快刀斩乱麻。还未付诸行动，便提前感知到了疼痛。

他上前要来撕碎她的嘴巴，"叫你离婚，离婚"，他的手劲很大，弄疼了她，但这疼却令她安心。他是恼怒她对感情的凉薄，对婚姻的不珍惜才如此。他们是发过誓的，执子之手，与之偕老。后来几次冲突，她也有一两次提过离婚，每次她都得到了强有力的肉体惩罚。后来他们约定以后谁提离婚，谁净身出户。白纸黑字，各自还摁了手印。这份霸道的约定让她感觉终身有了依靠，他们的婚姻将有如真理般颠扑不破。四五年了，他们再怎么吵架、冷战，咬牙切齿到老死不相往来的劲头了，却谁都没有去碰那两个字。她这才在心里悄悄地打量那份合约，当初到底是建了一座城堡，还是一座牢笼，也许他们都害怕净身出户这四个字吧。她终于清楚，婚姻哪里全是感情，更关乎财产。定下合约那年，他们在省城已经挣下了两套房、一辆车，当然他父母帮衬了不少。后来又添了一大一小两个商铺和一套房，如今这些房子的贷款已还完，租金加上工资，小家庭开始略有盈余，但具体余多少，他没细说，她也没追问。她从不管钱，家里一应开销都是他在打理，出于信任，她也从不审计他的账目，他是商家子弟，精于算计，她自知在理财投资上不如他，这些年也多亏了他，盘进盘出的，家里的日子也算过得去。也正因如此，久无子嗣才有如麦芒在背。

车刚进镇子，就看见主街入口竖起了充气拱门，拉了恭贺寿喜的横幅，街上两排瘦骨嶙峋的樟树也都挂上了红绸。屋前搭的棚架伸到了大马路上，棚子外还架了一排礼炮。请了一班厨子，五只大铁桶制成的简易灶正烈火烹油，地上几个大铁盆一溜摆开，盛着宰杀好的甲鱼、基围虾、鲍鱼、鳝段、鸡块、肘子等大荤。一旁的蒸柜热气腾腾，三十张圆桌铺着红色塑料薄膜，等候布席。天阴，还不算太热，人都聚集在棚子四周，吵吵嚷嚷的，场面很是热闹、风光。

"砰砰砰"三声炮响，开席了。婆婆穿着一身大花裙，大朵大朵的红黄牡丹，花团锦簇，面白骨瘦，衬得耳上的金耳环黄亮亮的。一张四方桌，桌上三个白盘子盛着桃、苹果、香蕉，子侄晚辈们挨个在桌前蒲团上跪拜。婆婆乐得合不拢嘴，轮到他们夫妻了，磕头作揖，向春天说，妈，祝您福如东海寿比南山。

算了吧，福啊寿啊，都是虚的，没什么意思。婆婆回道。

她起身，瞥见婆婆虽然嘴角含着笑，但那笑不是从心里发出的，只是一种顾大面的礼节。她敏感心细，琢磨着婆婆的那句话，似也包含着一些别的意思，但又开导自己，也许是自己想多了。

春天，你还是老样子，结婚那一天是什么样子，到现在还是什么样子。凭着记忆和感觉她在人堆里辨认七大姑八大姨，说话的大约是婆婆的姊妹。

哎，姨，我也老了，对着镜子细看，眼角也有皱纹啦。她觉得这大概是夸她年轻，便自谦起来。

这孩子，在我们面前说自己老，那我们还咋活啊！姨们笑呵呵的。

她知自己失了礼数，好在不甚紧要，便也跟着笑笑。

春天今年应该也有三十三了。他们结婚那天好像还是昨儿的事，一晃，十年了，跟他们同一年结婚的堂兄，孩子都上学了。这个姨大约只是单纯地想感叹一下光阴，但话落地，却没人接茬，大家面上表情都是微妙的。怕那姨尴尬，春天只得连声应着，是啊是啊。她想皆是自己没有孩子的缘故，旁人在她面前说话都有三分顾忌。

家常拉得别别扭扭的，她便退出人群，想到楼上卧室里去寻清净，没想到间间房里都有一桌牌，而自己卧室竟有两桌麻将，其中一桌冯奇在场，吆五喝六正打得欢畅。她只得再次退出，窝在客厅的沙发上，同孩子们一起看《超级飞侠》，可她一坐下，孩子们都不盯电视机屏幕了，转而都盯着她。我头上长角了吗？她问。没有长角，阿姨你喜欢乐迪还是小艾？她被问得一头雾水，不知如何作答，便也盯着他们看，那一双双黑眼睛如点了漆一般，当真比什么都好看，看得她心里一阵感伤。

晚上，闹哄哄的一天总算消停了。几个亲戚家离得远，要留下过夜，吃过晚饭，公婆就安排他们上了牌桌。她早就发现此地牌风兴盛，连小孩都会打。她从不会玩这个，哪怕她有一个好赌的父亲，因此在亲友中显得各色。冯奇在屋里看牌，看牌也能看得两眼生根。她无聊得很，便把他强拉到楼下超市，想拿些洗漱用品。看店的是个妹子，叫小年，看到他们过来，立刻堆出许多笑意。她也冲小年笑，走近了才发现，人家的笑脸只冲着冯奇，压根就没朝她看，她懊恼刚才那一笑自作多情。

小年热情地跟她老公打招呼，一口一个冯大哥地叫着。她本也挺喜欢这个小妹的，听说还是冯家拐弯抹角的亲戚，二十五六岁的年纪，唇红齿白，有几分俏。小年因小时坐摩托车从坡上摔下来，脚踝粉碎性骨折，跟腱也断裂了，家里不舍得花钱给她做手术，保守治疗没恢复好，落下残疾，走路一跛一跛的，便是再俏也打了些折扣。她也曾隐隐约约听亲戚说过，小年跟冯奇是很好的伢儿朋友，话说得很隐晦，大抵是他们俩小时有过朦朦胧胧的感情，现在大了人们便偶尔当笑话说一下。有一次冯奇晒书，她在一只樟木箱子里翻出几封小年的信，才知道青春期的小年对冯奇哥是有一番美好幻想的。她捏着信笑呵呵地念：亲爱的冯大哥，听说你考取了重点大学，我激动得好几晚上都没睡着觉，我真心为你感到高兴……冯奇立刻变了脸，一把抢了过去，刷刷刷把那几封旧信全给撕碎了，丢进了垃圾桶，说，你满意了吧？看他这样，她止住了笑也住了嘴，心里替那几封字迹娟秀的信件惋惜。

后来听说小年出门打过几年工，但都做不长久。自婆婆的百货店改成超市后，她就来这里帮忙了。公婆说她很勤快，对老两口的日常生活也多有照顾。因了这些，他们待她也很亲切。向春天虽不常回婆家，但每次回，也都会给小年捎个随手礼，或衣服或鞋子，慰她看店和照顾老人的辛苦，也为某种说不清道不明的歉意。但今天小年对他们夫妻俩这一热一冷的待遇，令向春天心里很是不爽。她说，小年，你眼里只看得见哥哥，看不见嫂子啊？

哦，嫂子好。

她恨不得抽自己两耳光，讨得这句问好，像打发叫花子似的，真是自讨没趣。再看自己老公跟小年有说有笑的，两人不知怎么聊起当地一种叫锅巴糖的吃食,应该是小时候过年才能吃到的小吃,现在没人耐烦做,绝迹了。两人口味一致,都无比深情地怀念儿时的美食,慨叹如今的日子总少了些滋味。看他们聊得如此情投意合,她心里那口气就更盛了。她站在货架边上,不停地问冯奇,你拖鞋穿多少码的?牙刷,牙刷要哪个牌子?毛巾,毛巾?最后冯奇烦了,说,我穿多大码的拖鞋你不知道吗?牙刷、毛巾什么牌子的,有什么要紧,又用不死人。

你什么态度?我好心好意为你选东西,你倒如此不耐烦。像是我坏了你什么好事似的。向春天也莫名气大。

嗨,你有毛病是吧?冯奇盯着她,觉得她的举止莫名其妙。

小年看两人较上劲了,赶紧把冯奇推到收银台的座椅上,说,大哥,你少说两句吧。今天是我姨六十大寿,别破坏气氛。又说,拖鞋、毛巾和牙刷是吧?我来拿我来拿。春天看丈夫声不做气不出,完全一副听人摆布的样子,心里便生刺,她狠狠地瞪了老公一眼。这个男人有时心细如发,看她要喝水便帮她拧盖子,出个门总要多带件衣服预备着给她避寒避雨,可此时他竟不知道她已受到了这位跛脚女人刻意的敷衍和怠慢,不知道她内心的苦闷,还当着外人的面跟她耍态度。既然情绪已经到这分上了,小性子也只有继续耍下去。她将选好的毛巾和拖鞋摔在货架上,说,真是丑人多作怪,什么东西!然后转身离去。话一出口,她便知道自己失了体面和风度,说到底,她在那个小丫头面前也算是半个老板,再怎么气不平,也应该把大面子顾到。她踏出店门的那一瞬间就后悔了,可也没有办法挽回了。转念一想,一个看店的小妹,给她点颜色瞧瞧又如何,给人打工,哪能不受点冤枉气?

小镇的夜晚幽深冷清,街道两旁的路灯泥浆一样浑浊。因为空旷,一点点噪声有如针尖,分外刺耳。她还没进门就听到麻将牌激烈碰撞的哗哗声,也闻到了一股浓重的烟味。她不想进那个乌烟瘴气的空间,便在街道上散漫走着。陌生的小镇,陌生的路人,陌生的树木,陌生的猫狗，这陌生反倒有种莫名的安全感。

她好久没这样散步了，在武汉城里，她每天泡药煎药喝药，没那个时间也没那个心情，回娘家，不光左邻右舍对你知根知底，方圆十几里，你无论往哪条路走，都能碰见熟人，他们总是热情地关心你的事业、感情和家庭，总要问候你的老公和孩子，尤其是孩子，是他们对已婚女子最关心的话题。在他们看来，一个女人成了婚，能及时坐喜添生，这婚和这个女子的人生才算稳当了，若不这样，那一切都悬着呢。她就是那种一直都悬着的女人。近两年她也不常回娘家，有事回了，也是待在屋里把门窗关得紧紧的，别说散步了，连在屋里说话都尽量轻声些。那些问候无论是出于善意还是无意，都令她心烦。

抬头看，满天星，那清冷的微光在她视线所及的上空有序铺开，这种广袤令她自感渺小。她边走边思索，人活着是为了什么？结婚成家又是为了什么？婚姻里，情投意合与繁衍子嗣哪个更重要？她所认识的人里，有恩爱夫妻因为没孩子而离婚的，也有因为有孩子而散伙的，有没孩子两人过了一辈子的，也有在不断生育中结下生死仇恨的。世上有千百种人，便有千百样的婚姻，但大多数还是夫妻俩守着孩子平淡安稳过一生的。总的来说孩子是婚姻中重要的一环，有了这一环，婚姻的程序才能全部启动，并按部就班、有节奏有秩序地进行下去。这样一想，她便进一步觉得一个女人降临在这世上，干一番伟大事业以期万古流芳暂且不论，但生养孕育让子嗣绵延不绝一定是上天赋予的第一使命。能生养的女人天生就带着荣光，孩子才是一个女人的生命之根。她审视着自身的残缺，不觉得更加气短心虚。往后若求子不得，这漫长的一生不过是浮萍如寄。这一瞬，她希望真的能斗转星移，把她这灰暗的一生顷刻埋葬。

她看了看手机，从超市出来已经有四十分钟了，老公没有来一条信息，他难道还在超市里与那个锅巴糖小妹聊着少年情怀？难道是回家了但并没发现她不在家？也许他发现了只是他不想理她，他难道不担心妻子对这儿人生地不熟会有什么闪失？也许他还巴不得她有闪失呢。她的一大堆猜测令她心生恨意。一个向来细致的人的粗心是带有心机的，她近来总是能敏锐地感知他隐秘的恶毒。她时常问自己，这段婚姻里，当初的那份爱还剩下多少，可能已捉襟见肘了吧。

即使没有台阶下，她也不得不往回走，不能为赌一口气让自己露宿街头吧。电话总算响了，是婆婆打来的，问她在哪，要她赶紧回家，有要紧事。她说好的，妈。

超市的两扇卷闸门已落下。住屋里麻将散了，但那股污糟的气息还在穿堂绕梁。好在二楼的客厅已被打扫得干干净净，所有摆设都各就各位了。这一层属于他们的婚房，地板是实木的，四壁贴了碎花壁纸，真皮沙发，壁炉式样的电视背景墙，铜皮贴角的家具，藤蔓缠绕的地毯，条纹窗帘，有模有样的美式田园风。他们结婚在这里摆过酒，当时她娘家亲戚来了，楼上楼下看完后，都悄悄跟她道贺，说她命好，找到这样的婆家，又会挣钱又会用钱，把房子装修得这么好，像大城市里高档小区的样板间呢。家具家电都是当年的时兴款，连床上用品都是真丝的，丝毫没有糊弄她的意思，这婚结得都成了娘家那边亲戚选女婿的榜样了。婆家的周到和隆重让她在娘家人面前挣足了面子，可这份隆重也给了她一丝压力。她明白中国的嫁娶隐含着某种投资的意味，投资就会算计收益。公婆花大价钱娶儿媳妇，是希望未来能收益血脉延续、情感关照、病床伺候、养老送终和建设一个和睦家庭。这里面血脉延续是最重要的。这份体面是投之以桃，期待着她日后的报之以李。可这么多年了，她的"李"尚无结果。

客厅里三人座沙发上坐着她老公和她老公的姨妈舅妈，单人座上坐着一位老阿姨，满头白发，是个生面孔。老公问她去哪了，她心里还有气,便没理。叫了声姨妈舅妈,就坐在贵妃榻上。婆婆说,这是砖桥洞那边的一位能干人,是叫冯奇专门开车去接来的,姓龚,你叫龚妈。

龚妈好,她对龚妈微微笑了笑。她知道这地方的能干人是什么意思,就是能掐会算、神神鬼鬼之人,或神婆或巫医。不过,听说老公接人去了,她心里的气稍稍消了些,他不是故意要晾着她,而是有事。

龚妈倒是直爽,无须寒暄和迂回,从单人座上起身,径直坐到了向春天旁边,将她一双手从腿上拉了起来,说,姑娘是双冷手。又将她的十个手指头逐一看过,又摸了她的两只耳朵,然后一副了然于胸的样子。婆婆和舅妈姨妈齐声问道,怎样呢?龚妈说,姑娘是走水路投的胎。向春天一双眼珠子顿时一转,说,嗯?龚妈说,我讲话直,你莫怪,姑娘你前世是淹死的。

啊!向春天耳朵一炸,惊得一时无话,只瞪大一双眼睛看着周围一干人等。她老公低头看着手机,一点都不关心这位他亲自接来的能干人在讲什么,她婆婆和两位亲戚直定定地看着她,像是今朝才认识她似的。这种无稽之谈令她很窝火。溺水而死的前世,听着并不光彩,上辈子过得竟然要寻短见,不得善终,罪孽深重,这辈子难道就得此报应?她虽然不信这些,想必老公也不会信,可不代表婆婆心里不会有疙瘩。她再看这个满脸皱纹满头白发的龚姓老妇,只觉得她面目可憎。

那有什么方法可解呢?婆婆试探着问。

我等会画道符,烧了冲水给姑娘喝,然后明天凌晨四点,不等太阳出来,朝东南方烧点黄表纸,这事也就化了。我这里再配上几服药,吃上几个月,我保准种瓜得瓜,种豆得豆。

只要应了您的话,好处自然是少不了的,到时请您坐上席。婆婆边说边呵呵,她惯会做人,尤其是在生客面前,那种生意人的精明,圆滑又周到。她是信还是不信,你探不到底。

忽然主卧的房门打开了,小年一跛一跛地从里面走了出来。向春天又是一惊，问，你在这里做什么？

小年不知道是没听见，还是对她责问的语气不满，没答话。婆婆替小年答了，说，她跟着冯奇一起去接的人，龚师傅跟她是一个村的，她熟路。

原来是她跟他一起去办的事，想必她坐的是副驾驶，坐在亲亲的冯大哥的旁边，继续谈笑风生吧。不知道为什么，这一次回婆家，跟小年打头回照面她便心生厌恶。以前看小年带个败象，觉得人很老实，如今不知是自己多心还是警觉到了什么，向春天总觉得这女子心思未必单纯，还为她接来这么个恶心的老妇人。她推测，这老女人八成是小年推荐的，说不定还沾亲带故呢。这个装可怜的跛子，城府深着呢。她叫着小年的名字问她，小年，我不是问你去接人还是接鬼，我是问你在我房里做什么？

我上厕所，小年坦然地回答，反衬得向春天小题大做。

不是有客卫吗？

堵了。

她一点都不觉得这是个事！向春天本来就不待见她，看她这个无所谓的态度更生气了。便追问道，那一楼三楼的客卫都堵了吗？

我把龚姨妈接到后，送上了楼，就想上个厕所，我憋一路了，这里客卫堵了，我嫌爬上爬下不方便，就在大哥的房里上了。我不晓得在你这里还是个罪过。

呵呵，听听，她不说你们的房里，撇下她，只说大哥的房里。向春天心里一阵冷笑，这个可恶的跛女人，故意绵里藏针刺她呢，还"罪过"一词都用上了。向春天的脏腑里早已鼓擂三通，准备万箭齐发了，但一看客厅的气氛有些微妙，虽说她们都在各干各的事，忙着找墨，找黄表纸，找毛笔和打火机，但向春天能感觉出她们对小年的怜悯。风向和气氛不对，她也不敢将矛盾激化，以防人心尽失。向春天迅速调整了一下心理，不冷不热地说，小年，不是什么事都能就方便的，你看你为了拉个方便屎，耳朵里便要多听这几句话，划算吗？有些图方便的盘算千万不要打，一个子儿拨错了，一辈子的账就都糊涂了。

小年终于红了脸，别过身子，不再作声，沉默了一会儿，便一瘸一拐下楼去了，她的房间在楼下一间暗室里，与超市相连，方便她看店。打压了小年，向春天心里也并未舒展多少，在她曲折绵延的心头，小年算不得一根葱。使她不得开心颜的是她自己，自己的命。

龚老妇的符水已经冲好了，近乎白色的灰烬融在水里没有想象中那般肮脏，但她还是本能地抗拒。婆婆和两个亲戚都要她喝下，那姓龚的更是一直在催促。她看了看老公，老公在手机上下围棋，正为吃下对方的一个子儿在动脑筋。这个没良心的狗东西，她心里骂道。婆婆推了她老公一把，说，冯奇，叫你老婆快喝下，你晚上还要送龚师傅回去呢，别耽误人家时间。

老公说，快喝吧，我小时候发高烧也喝过，你放心，喝不死人。

不喝，似乎收不了场。这种情形下，没法去跟她们辩论科学与迷信。这些年来，她除了求医问药，有时候也求佛问道，听说哪儿寺庙的送子观音灵验，不也跑去磕头跪拜吗？可在她看来，这与喝符水是不一样的，前者是一种精神的慰藉与寄托，而这纯属愚昧。不过她还是仰头喝下了，喝了，各自心里都痛快；不喝，明里暗里硝烟弥漫，岂不是更愚昧？

龚老妇临走时，婆婆塞了个红包给她，向春天估计是一千元。一个前世的结局加一道符水，就让精明的婆婆花了一千，看来婆婆对冯家香火一事已然急得如狗，到了乱跳投医的地步了。

车子的发动机响，她在楼上看着，以为老公会邀请她一同去送送那个该死的老巫婆，但老公没有；老公邀请了，她也会拒绝。虽然都是不去，可邀请了不去和没邀请不去，心理感受上是不一样的。婆婆在楼下喊，小年，小年，快陪你冯大哥再跑一趟。很快小年就出来了，居然穿着一身睡衣，斜襟吊角的，居然真的拉开了副驾驶的门钻进去了。

当车轮滚动时，向春天突然鼻子一酸，抛下两行热泪。

睡到半夜，她感到一阵腹痛，怀疑是那碗符水的问题。她摇醒老公，老公迷迷糊糊的，很不耐烦，翻身坐在床上，身体泰山般不动，嘴巴倒像放炮仗，说，一天到晚就你事多，这深更半夜的，我又不是医生，有什么办法？又不会痛死，就不能忍忍？我发现你现在是心眼越来越小，性子倒是越来越娇。

她无话可说，刚才只是肚子痛，现在更兼得心痛。这是当年说要把她捧在手心里，一辈子拿她当宝的男人，如今在自己脆弱无助时，不仅不伸援手，反而还要踹上几脚。她总想弄明白，到底是那时她眼睛瞎了，还是今时这个人变了。腹痛时而尖锐时而松缓，她去了卫生间，坐在马桶上，想着小年也在上面坐过，心里总有些别扭。她寻常倒也不是个鼠肚鸡肠的人，别人让她一寸，她要回敬别人一丈。她哪里是这么咄咄逼人，不依不饶的呢？！她内心再怎么波澜壮阔，但面上总还是遮得住，可这一次怎么就弄得失了分寸，平白地跟一个没读过几句书的乡下女子置气，如此没出息，自己都觉得丢人现眼。不光这，还有那碗符水想着也让人气恼，好歹自己也是受过高等教育，正经大学毕业，有知识有文化的现代女性，竟也喝了下去，事后她真的觉得自己那些书都读到牛屁眼里去了。她向来也是眼睛里容不得半粒沙子的强势之人，可因这不孕之症，人前自矮，硬把自己弄成了遇事就大事化小，小事化了的宽宏大量之人。

上了个厕所，腹痛有所缓解。重新回到床后，老公给她递了杯热水。她推开了，这种虚情假意让人作呕。老公说，喝，犟什么犟。然后将杯子送到她嘴边，给她灌了一口，是蜂蜜水。好歹他为自己下床劳动了一番，她便见好就收地领了他的情，喝下了。她不想闹僵，再弄个冷战，好长时间互不理睬，那样的日子让人心灰意冷，万念俱灰，她过够了。

这一杯蜂蜜水似乎安慰了她的各种委屈，最后她在疲倦中睡去，一夜无话。

次日起床，她感觉嗓子眼里像飞了根鸡毛，吐不出来又咽不下去，毛剌剌的不舒服，这是要感冒的前兆。吃早餐时，她要冯奇等会陪她去镇上买点药。婆婆说她屋里有现成的连花清瘟胶囊，刚要去拿，外面有人喊送货，就忙生意去了。她便自己去拿，药就在床头柜上，但挨着床头柜有个五斗柜，上面摊着一洒金大红的册子，很是打眼，她瞧了瞧，是人情簿。她原没打算看，公婆的东西乱翻总是不好，但又觉得看看也无妨，毕竟是一家人。老公冯奇的名字写在第一页第一排，礼金是三万。她心里的弹簧一弹，又把后面的零仔细数了数，是四个。她预想的是一万，可他私自添了两倍，跟她竟没通个气，而且名字也就只写了他一人，按理他们夫妻俩的名字都要写。合上人情簿，她的心情顿时乌云滚滚，但她强忍着，没有发作。本来计划是吃了早饭就返程，临别之时，在婆家放个起身炮，等同于自掘坟墓。等她从房间里出来再看老公时，横竖都觉得扎心了。老公找她讲话，她爱理不理。他妈做的坛子菜，味道不错，他问她要不要带一点，她进卫生间擦香香，装作没听见。这些小殷勤有什么用，当初她就是被这样的小伎俩给害了，以为这就是传说中的37℃男，温暖而实在，现在看来，不过是金玉其外的障眼法。

跟你说话呢，你怎么不理，以后又来嚼我，说我这没给你带，那没给你带，说我自私自利，只顾着自己。她老公堵在卫生间门口。

她没好气地说，你爱带不带。

我大早上的又招你惹你了，成天摆一张臭脸，前世欠你的？

前世？呵呵！她一声冷笑。想起昨天那老巫婆说她上辈子是投水死的，她愤愤地说，如果今世的夫妻真的是上辈子的冤家，那你就是欠我的，然后她关上卫生间的门并反锁上。她突然感觉到了下体的一股热流，脱下裤子一看，果真是身上来了。那几滴暗红色的血，如一柄刺刀枪，绞杀了她最后的一丝光亮。她垂头丧气地打开洗漱台的柜子，取出卫生巾垫上。

唉，老子真是自作自受，劳钱劳力的，给自己请了尊活祖宗。老公在外面骂骂咧咧的，他一定以为她的锁门是厌恶他的表示。厌恶当然是不假，可锁门却不是针对他。但她懒得解释，想死的心都有了，一场小小的误会澄清不澄清又有什么。

总算还是客客气气、有说有笑地跟公婆道了别，各自带着演技，在大街上给左邻右舍演了个上慈下孝、家和万事兴的即兴片段。小年穿着一套水红色的针织裙，捧个碗坐在超市门口的条椅上，嘴里含着饭，说，哥，一路顺风哦，没事就常回来玩，大姨跟姨爹嘴上不说，心里可挂念你呢。她老公点点头，笑了笑，说，好好，家里家外还要多麻烦你呢。小年说，嗨，自家人，客气啥。

向春天上车后，抽出几张湿纸巾，将副驾驶座位的皮椅上上下下擦了个遍，然后窝成一团，当着小年的面，重重地扔进了路边的垃圾桶。小年看见了却当没看见似的，一点都不觉得自己受到了嫌弃和轻贱。向春天忽然觉得，这个乡下女人好高的道行。她也算是回来过几次，怎么以前倒没发现小年有如此的手段，这一次，小年竟如此直白地表达了对自己的不喜欢，是谁在背后给了她胆子？还是她自个妄生野心？又想，自古苍蝇不叮无缝的蛋，他们成婚已久，却子嗣高悬，不就是颗有裂缝的蛋吗？

车开出了镇子，开出了县城，一个小时里，夫妻俩各自绷着脸，一声不吭。沉默中，一种剑拔弩张的气氛在暗自生长。上了高速后，向春天绷不住了，说，对了，问你一下，这次给你妈上了多少礼金？

他不言语。

她朝他看了看，半边脸像打了霜似的。

我在跟你说话，问你，给你妈上了多少礼金？

不知又是哪根筋扭到了，他只装聋。她咬了两下腮帮子，继续说，家庭的经济开支，我作为妻子，应该有权知道吧？

她长吸了一口气,又徐徐地吐了出来,说,今天早上关卫生间的门,不是针对你,我身上来了,要上厕所,我总不能当你面脱裤子垫卫生巾吧?关门是对你的尊重!

她顿了顿,刚要开口。他说,三万。

她蓦地笑了笑,无奈,心里一片哀伤。说,我如果不问,怕是一辈子都不知道你这次给你妈上了三万吧。

我大舅是一万,我姑是两万,我是儿子,人情总不能上得连个亲戚都不如吧?

冯奇,你怕是还没明白我的意思吧?

你什么意思?他猛地侧过头朝她看了一眼,那眼光像把匕首。说着便咆哮起来,昨天来的时候,你说上多少人情,随便我,嘴上说得好像自己多么贤良淑德,这会儿心里气不顺了,你没那个量,就不要装大度。

她气极,恨不得将他碎尸万段。她说,姓冯的,老子是怪你给你妈礼金上多了吗?不是,哪怕你给你妈上八万十万呢,我恨你的是,你没知会我,你把我当人了吗?当我是你老婆了吗?你尊重过我吗?我每次回娘家,给我爸妈多少钱,哪一次不是同你商量好了的,你说三千、五千,我没背着你给他们添过一文钱。家里的钱都是你管着的,我体谅你挣钱辛苦,也出于对你的信任,对你人品、良心更是对我们夫妻感情的信任,我从不过问你的账目和花销,但是这并不代表我就眼瞎了,脑子傻了。

行了,行了,你别在这哭天抹泪了。我这就把车开回去,去把钱拿回来,行吗?你满意了吧。说着,冯奇脚上真踩了油门。高德导航一个劲提醒,您已超速,您已超速。向春天的心瞬间提到了嗓子眼,还没来得及表达愤怒,前方就出现了一辆红色半挂车。她的脑子嗡的一下,便沦为一片空白。

她感觉车子快要钻进半挂车底下去了,今天是死定了!她尖叫一声,本能地用手捂住自己的脸。一阵尖锐的噔噔噔声，车子咚一下停住了，急刹车产生的巨大惯性将她从座位上抛起，然后又将她重重地摔下，要不是保险带系着，她一定头撞玻璃，飞出去了。直到车后有喇叭鸣叫，她才渐渐回过神来。这死里逃生捡回的一条命，她惊魂未定，身心都还在激烈震荡中，窗外的阳光看着都有一瞬间的不真实。她看了看旁边的他，他握着方向盘，两眼也是直愣愣的。半晌，他朝她看了看，然后又朝后面看了看，后面的车并没有撞上来，但后面的后面却发生了三辆车连环追尾事故，车主们忙着查看、拍照。她犹豫着要不要下去问问，他已重新发动了车子。她明白他的意思，这种情况他们虽然不需担责，可事故却是因他们而起，开门下去，说不定会惹祸上身。

　　车子开出一公里后变道，他把车停在了应急车道上。她拉开车门下去，劫后余生的心情还是需要镇定一下。十点钟的太阳冲破了厚重的霾，变得硬朗起来，田野和牲畜便充满了勃勃的生命气息。他也下了车，绕到她身边，递过来一个保温杯，同时递过来的还有一句道歉，对不起！她没做声。她不知道怎么接，说没关系吗？这不是在拿生命开玩笑？

　　她在思量，往后余生，还要不要跟他一起过，如此轻重不分、心气逼仄，会不会哪天她这条命折他手里。如果刚才真发生了车祸，死了便罢了，若是残了，该怎么办？这种假设蔓延成恐惧，令人脊骨生寒。如今看来，在他身边待着，连活着都是一种侥幸。她转到车后，打开后备厢，从整理箱里拿出之前准备送给婆婆的包包，扯下防尘袋，将里面衬垫的纸掏了出来，然后把肩上帆布袋里的东西倒进这个包里。她想，如果方才她真是死了，那她这一生就太不值了，还没过过一天好日子呢。

　　她没个好出身，父母只是一个小县城的工人。她还有个弟弟，无论父母怎样辩白，她还是能感觉到他们的重男轻女。从小她就知道家里钱不宽展，读书读得艰难，她的学费总是被学校一遍一遍催促，父母才肯拿出。当老师在讲台上对欠费的学生冷嘲热讽时，她就低着头不作声，练就左耳听右耳出的本事。同学都说她厚脸皮，她从不反驳，如果她不脸皮厚一点，如何上得了学。她和父母暗暗较劲地读完了高中，终于考上了大学。在父母的愁眉苦脸中，她多方打听了解，为自己申请了助学贷款，申请了特困生补助。开学前，她为自己打点好了行李，父母看她如此强硬，还是拿出了两千块钱，但她没要，上学的路费她早就挣下了。她推开家门的那一刻，百感交集，她祈愿这一走，能永别贫穷和困窘，永别这整日唉声叹气天天为钱搓脚捻手的日子。

对她来说，上大学除了收获知识，更重要的是收获了爱情。冯奇是在一次学校联欢晚会上认识的，他向她要手机号码，她扭头走开。她连手机都没有，哪里来的手机号码呢？那时手机在大学里已经很普及了，可是她却没有。她宁愿让他觉得这是一种高冷的拒绝，也不愿坦承她的潦倒拮据。可是后来他还是寻到了她，打探到了她的宿舍和教室，每天晚上都守候在她必经的路上进行拦截，替她拿书拿资料，替她拿开水瓶拿饭盒，隔三岔五还请她和她的室友一起去饭馆吃饭。他无羞无耻地麻烦她，死皮赖脸地缠着她。她起先对他并没什么感觉，他的那张略微瘪进去的嘴巴让她很抵触，吃饭时，就像没了牙的老太太，那咀嚼的样子看上去苍老又小家子气。他日日追在她身后，对她无微不至地关照，自古女子怕缠，她是被他全心全意爱着她的样子感动了。还有不能启齿的原因是她受自身条件所限，没有自信去寻觅她钟爱的男子，选定冯奇大抵是出于一种见好就收的心理。答应做他的女朋友后，她便开始接受他的馈赠，手机以及话费、衣服鞋子还有化妆品，甚至是电脑和钱。他改善了她的困境，使她有了更好的生活配置，她无以为报，只有以身相许。好在他善始也能善终，毕业不到半年，就到她家提亲来了。他父母啥礼物也没提，直接在她家的茶几上搁了八万块钱。她第一次看见她父母的眼睛里闪起亮光来。

她穿着婚纱，被她弟弟背出家门时，她妈遵照乡俗，往她身后泼了一盆水。仪式也是一种语言，嫁出去的姑娘泼出去的水，她不知道这是一种变相的祝福还是一种势利的精明。嫁女犹如售货，一旦出了门，有概不认账的味道，何况已经卖了个好价钱。娘家已是回不去的家了，坐上婚车，她的心里有几许悲凉。这一启程，她便要将自己连根拔起，跋山涉水，去到一个陌生的家里安营扎寨，生根发芽。但这又何尝不是女人的又一次重生？他拉着她的手，令她生出一些豪迈之情来，她在心里暗暗发誓，此去，她定将在另一个山头长成一棵枝繁叶茂的大树。车往前开，她感觉前方有万道金光。

可上天似乎故意戏弄她，结婚十年了，慢说是枝繁叶茂，连条也没抽出一枝来，每一天心里都是煎熬，如热油滚过。她从未好好享受人生，享受青春，她如一朵不应时节的花，还没绽放，就有了凋零之色。她细想想，她这小半辈子，爱老公，爱家庭，爱娘家，爱婆家，好像还从未爱过自己。

那么就从这一刻开始吧，她想对自己好一点，这宛如新生的瞬间。

冷战。他们在一个屋檐下默契地保持着一种遥远的距离，身体的和心理的。他睡主卧，她便睡客卧。他每天上班、下班、洗澡、睡觉。有几次周末他没回家，也没跟她交代一下去向，不知道是出差还是加班，她也懒得去理会。她依旧奔走在医院的妇科门诊，针灸推拿，开药煎药，每天也是早出晚归。她几次都想与他诚挚地再谈一谈离婚，既然婚姻已成冰河，又何必强扭在一起呢？她拿走属于她的那一部分，哪怕少一点也可以。她会向他阐明观点，把当初的那一纸契约废掉，谁提离婚都不应该被净身出户。这十年，她在这个家里，没有功劳也有苦劳，最起码，一套房子她还是要争取的。

在她找到新工作的那一天，她准备跟他开口。晚上回到家，推开门，却闻到一股久违的饭菜香。餐厅的桌上摆着四菜一汤，回锅肉炒蒜苗、麻婆豆腐、红烧带鱼、西兰花和一碗紫菜鸡蛋汤。她站在玄关处发愣。他走过来将她手里的包包挂起来，将拖鞋放到她脚边上。然后牵着她的手，将她带到餐桌旁，拉开椅子，扶她坐下，好像从前他许的爱她如珍宝的诺言，从未忘记过。她迅速地想，今天是什么日子，6月18，不是他的生日也不是她的生日，不是初见纪念日、领证纪念日，也不是办酒纪念日。啥都不是，他如此一番折腾是为什么？她一脸疑惑，只有安静地等他开口。

似乎很难启齿，他开的红酒已经喝了三杯了，喝得沉重而压抑。她推测，这要说出口的话绝不是什么好消息。难道是他要说离婚？他是怕伤害到她所以才这么纠结的吗？如果是这样，那么他心里还是在乎她的。只是他不知道她其实早就做好了心理准备，在他们备孕了两年都没有怀上的时候，她就有了这个念头，这个心理准备，她提前六年就做好了。那一纸契约如何当得了真，不算数的。她一直都在猜测，这一天会在什么时候到来。如果来了，她一定会成全他的。在财产分割上，她不会与他有过多争执，她不会使他为难的。说到底，在这段婚姻里，她确实对他有亏欠。在她内心深处，对他怀有一种感恩心理，当年读大学的贷款是他帮她还的，他对她，从遇见后的喜欢就是认真的。出嫁那天，他用十二辆奥迪A6组成车队，翻山越岭，浩浩荡荡迎娶她，给了她足够的风光和体面。婚后买房买车，他没有争她娘家出钱出力的多和少。他虽然也有他的小算盘，但总的来说，还是不错的。

她轻轻问道，你是想说离婚吗？她不想看他这么痛苦，还不如替他说出来。虽然心里早就盘算好了这一天，可说出这两个字，她的心还是被扯了一下。

他看着她，半瓶酒下肚令他的脸红如霜叶，眼睛也是红的。他摇摇头说，不，不是离婚。他抓住她的手，眼里溢出泪来，又慌忙扯过纸巾擦掉。她被他弄得心焦如焚。难道是丢了工作？抑或是查出了癌症？如果是这样,她断不会弃他而去,她会与他一起共同面对。如婚礼上承诺的那样,无论爱人健康或疾病,贫穷或富有,风光或失意,都要不离不弃,忠贞不渝,直至死亡。她一直觉得婚礼上的誓言是有神灵见证的。

她也握住他的手,安抚他。她问,你是遇到什么难处了吗?你说出来吧,说出来,我们一起面对。需要出钱的事,我们就出钱;需要出力的事,我们就出力。是人都有三起三落,落的时候,我们就花钱;起的时候,我们再挣回来。别急,也别灰心。她不知道具体出了什么事,只能这样不着边际地安慰他。

他仰头,将杯中的酒全部喝干。不是的,都不是的;我,我不知道该怎么说。她是一点一点地像牙签剔肉似的,掏出了他嘴里的话。他是想借腹生子。这也不是他一个人的想法,是他家里的想法。借谁的腹?郑小年的腹。原来这事他家里早就问过郑小年的想法,郑小年是愿意的,她愿意为冯大哥生孩子。冯家也悄悄问过小年的父母,也不白生,有十二万块钱作为酬劳。小年父母扭扭捏捏一番后,也没说出二话来,只说钱要活钱。十二万块钱在农村可以干成好几件大事,比如给小年的弟弟娶房媳妇,可以翻新房子,可以让她弟弟做个小本生意。那么怎么个借法?是人工授精还是试管?如果是代孕,只是借肚子怀他们夫妻俩的受精卵,那么向春天需要重新促排、取卵、授精、配对,问题是正规的医院是不会把夫妻俩的受精卵植入到别的女人肚子里的,地下黑市倒是可以,但这个黑市他们也只是听说而已,并不知道在哪,而且听说流程复杂,技术不能保证,价格还贵得离谱。如果取郑小年的卵子授精植入呢,那一定是他们需要结婚,在法律上是夫妻关系才可以。可他又没说离婚。她愣愣地看着他。他说,没那么复杂,小年她……

哦,她秒懂了。其实事情他们早就商议妥了,只是需要她知道并同意就行了。那她就想不通了,说,你为何要如此绕呢?我们离婚了不是更方便,你如果觉得娶小年委屈了,你还可以娶别的年轻貌美跟你门当户对的女人啊，那样光明正大地要孩子多好。

她老公摇头，否认她的说法。说，不，不，春天，我们之间的婚姻没有任何问题，我们只是缺一个孩子，现在有人愿意帮忙，我们不需要为此付出更大的代价和更多的折腾，这是一桩完美的解决问题的方案。

帮忙？他说得如此轻松。一个女人为他怀孕生孩子，他竟理解为普通的帮忙。就跟那天高速路上差点命丧黄泉，他也只是一句对不起而已。生命在他心中，竟如此没有分量。她本能地觉得这事不妥，有许多不可预知的风险，可具体是什么，她也想不出。她问，我们缺个孩子，为何不去合法领养一个？

他诚挚地说，领养，我考虑过，可细想想，那毕竟不是自己的孩子，我父母也不同意，他们说我又不是不能生，结婚不是为了养别人的孩子，而是为了延续自己的香火。他停顿了一番，将她搁在桌上的手握住，像当初表白时那样深情款款，说，春天，这些年来，你为求子所受的苦，我感同身受，每次下班回来，还没走进单元门，就能闻到一股酸苦酸苦的药汤味，那味儿光闻着就让人难受，想象着你每天每餐都要咕噜咕噜喝上一碗，就觉得那是一种刑罚，我虽然嘴上不说，可心里替你感到痛苦。还有你隔三岔五起早去医院排队挂专家号，大冬天的，凌晨四五点就要起床，赶第一班公交过长江去汉口，然后在医院门口，在寒风凛冽中，苦苦等到八点半人家开门，然后排队抢挂专家号，如果抢不到，这一次早起和几个小时的等待就全白费了。还有你两次做试管婴儿打的针，一盒一盒的，那么多药水，都要按时注射到你身体里，我有时也替你想，这样的一场受难，得需要多大的勇气才能完成得了。这些年，我们虽然有磕磕绊绊，有口角之争，自我跟你在一起，你从来都没说过你爱我，但我知道，你是爱我的，你不爱我，你就不会有勇气去吞下那些苦药，就不会去承受那些疼到流泪的针头。我欠你的。自我跟你结婚起，便从未想过要结束我们的婚姻，如果这件事你不同意，我宁可不要孩子，我也不会跟你离婚，然后去娶别的女人，因为这是两件不一样的事，我和你结婚，是我爱你，所以想和你拥有一个孩子，而我同别人结婚，只是为了要个孩子，那不是爱，那是传宗接代。你明白吗？

他的眼里再次饱含着热泪，她也再次为之动容。细想想，眼前这个男人从相识起，已为她流过多次眼泪。她答应做他女朋友那会儿，他流过泪；初夜那晚见到床单上她的落红，他流过泪；毕业后他送她上火车分别时，他流过泪；结婚那天看她穿着婚纱被她弟弟背下楼时，他流过泪；有几次他们吵架，看她哭了，他也流过泪；她两次试管生化，做清宫手术，当医生把她从手术室推她出来时，他流过泪。正是这些柔软的眼泪，让她感知到他对她忠心耿耿的爱意，让她为他一次次生出上刀山下火海的决心。就如此时，在他们的爱即将崩塌时，他再次用这些滚烫的眼泪构筑起她对他的依偎和爱恋。他这么爱她，她怎么舍得拒绝他，让他终身抱憾呢，婚姻是两口子的江湖，除了爱和忠诚还需要些义气与成全。

行吧，既然小年心甘情愿。只是丑话说在前头，将来出了什么问题，或是拿孩子来讹人，来要挟我，侵犯我，我是不会答应的。

他把她的手紧紧一握，说，所以我们更要夫妻同心，一起面对将来可能出现的各种问题。

她心里一时充满一种不可言说的复杂情绪，为试探到了丈夫对她的爱意而感到慰藉，但也替郑小年感到些许悲哀，给人生孩子，还被人防着，一种同为女人的兔死狐悲之情。而且她一时也疑惑，能同意自己的丈夫跟别的女人发生性关系，这究竟是因为深爱着才成全还是因为不爱了才放手？

有人替她生育，她便再也不用往医院跑了，药也可以不用吃了，也不用再为顾忌药效而禁各种各样的嘴。辣的麻的卤的炸的，寒的凉的冰的烫的，火锅、饮料、烧烤、海鲜、啤酒，她可以尽情吃喝了。以前总担心化妆品里的铅、汞伤害胎儿，擦脸的都是简简单单的，如今她也不用理会了。她还特意去理发店做了头发，大波浪卷，还赶时髦将头发染成了奶茶灰。她像是被解放的母兽，卸下千斤重担。她再也不要喝那种苦汤药了，这辈子闻都不想再闻。在解脱的日子里，回想过去受过的苦，就觉得惊悚、恐怖，那一口一口的苦水，那一针一针的疼痛，还有冰冷器械穿过身体的那种被撕裂的痛楚，自己是怎么挨过的。那一次一次脱下裤子，躺在窄窄的床上，叉开腿将自己的私密部位暴露给冷漠的妇科医生，她觉得自己就像一只任人宰割的羔羊，那是一种不能言说的羞耻。她想，她已经尝遍了生而为女人的各种疼痛和屈辱。如果此生她得了大病，绝不会让医生和那些冰冷医疗器械进她身体里去治疗，践踏尊严地苟活还不如体面地死去。

她开始重新制作简历，寻找工作，赚不赚钱无所谓，关键是给自己找份事做，在一种有秩序的忙碌中强硬自己的筋骨。虽然婚姻暂时稳定，但也要随时为有朝一日的分崩离析做好准备。不知道为什么，她对她的婚姻总是这么悲观。虽然冯奇时不时就将自己的心剖开给她看一下，可她还是有这样的不安全感。

挑了个周末，她特地回了趟娘家。她嫁人那年，弟弟正读高三，冯家的那笔彩礼钱像一场及时雨，弟弟的大学上得顺理成章，不用勤工俭学也不用节衣缩食，每个月的生活费也比她那时要宽裕。弟弟大学毕业，在县城实验中学当老师，娶了媳妇，早已跟爹妈另起炉灶单过了。她有时候觉得，她娘家靠的是那笔八万块钱的彩礼钱改换门庭的，贫寒之家的女儿，一出生肩上就有一副担子。

你回来了，怎么不预先打个电话？她妈妈给她沏茶，还切了两个橙子，特意用白白的瓷盘装了放在她面前。这种讲究让她觉得她像是一位重要的客人。她环顾四周，房子年前翻新过，换了几件家具，但简陋的气息还是一如从前。她在这个房子里住了十几年，却并不是她的家。她出嫁后，她睡的床铺都拆了。不给嫁出了门的闺女设房，是当地的风俗，说是怕对娘家不吉利，特别是娘家有兄弟的。婚后如果是夫妻俩同时回来就得在外面住酒店，如果是她自己，便在沙发上凑合。

爸呢？她问。

你爸在街上棋牌室玩呢。

玩了一辈子了。她心里苦涩地一笑，读书那会儿，几次被学校赶回来拿钱，她都是在街上牌桌上找到她爸的，逢到赢了，爸会把所有的钱都给她，若是输了就会把所有的火气撒给她。她爸在大街上追着她骂的情景，她永远都记得。她有时候想，家穷是有道理的，一个目光短浅的妈，一个胸无志向的爹，不穷天理难容。

晚上，一家人在饭桌上倒是聚齐了。爸妈弟弟，弟媳没来，没来更好，来了还不好说话。饭间，她跟他们说了代孕这事，这是大事，肯定是要跟娘家交底的。

只要他不跟你离婚，只是借个肚子传个香火，我认为这没什么。她爸首先表态，点了根烟，又继续说，我自己也是有儿子的，儿子也成了家，我们接个儿媳妇进门，为的就是添人进口。

弟弟是去年结的婚，一年多了，弟媳的肚子也还没有动静，她爸妈也是为这事很忧心，弟媳不怎么上这儿来很大原因也在于此。她忽然问她爸说，爸，如果您儿媳跟我一样的情况，您会怎么办？

他爸吸了一口烟，看了一眼儿子，说，我能怎么办？一辈只能管一辈。他如果觉得自己有责任为向家传个后，他自然会想办法。她爸又看了看她，说，这是在屋里，我也不瞒着你讲，你别身在福中不知福，你还真是命好，遇到了个好婆家，还能有耐心一等等八九年，末了，也没让你给人腾位子，这就不错了。

我跟你爸是一个观点。她妈也开口说话了，说，只要冯奇没说跟你离婚，你怕啥？他跟别的女人生个孩子，孩子还管你叫妈，你日后若有造化，能自己生当然好，没有这个造化，就当这是你亲生的，反正从小也是你带大的，你年纪大了，也指望得上。

你们就这么怕我离婚吗？只要冯家不跟我提离婚，就是对我天大的恩情。这么多年来，不是我不想要孩子，可你们就觉得这是我的错，是我的罪过，这种情绪传染给我，让我也时时觉得对不起公婆对不起冯家。可是你们女儿的痛苦你们又能体会几分？向春天说着说着情绪激动起来，平时积累的一些委屈和对娘家的不满瞬间汇聚起来，音量也越来越大。她说，你们害怕我离婚和冯奇不跟我提离婚，都不是出于对我的爱，你们都有自己的算盘，别以为我不知道。他不跟我离婚，无非是因为离婚有成本；跟我离了婚，他再娶又要成本。里外里加起来，不是一笔小数目。但是有个现成的女人愿意跟他生孩子，他当然会选择成本支出少的。他钱出得少，问题也解决了，他当然愿意。而你们呢？你们从来就没有把我当你们的孩子，我不过是你们生养的一个货物，你们不希望退货，给你们添麻烦。

春天，你也不要把话说得这么难听，我们当父母的是没多少文化，也没多少见识，但我们也是盼你好。你以前抱怨我们，说我们重男轻女，这个我们也承认，但也没办法，我们就这么个老传统思想，女儿终归是别人家的人。我也是女人，女人能生不想生那另说，但想生不能生，这久了确实让人没法接受，我们在你婆家面前直不起腰来，那确实直不起腰来！人家当初彩礼钱、茶钱、改口费啥都没少，敲锣打鼓把你娶进门，这么多年，你肚子鱼不动水不跳，你要我们拿什么在你婆家面前硬气？老话就有不孝有三，无后为大，人家没休掉你，可不就是对你的恩情吗？人家不跟你离婚，你说人家算计也好，精明也好，不是为着你是为着钱也好，可你真离了婚，又有多好的日子等着你呢？你自己又不能生，离了，第一，无非你自己单身一辈子；第二，再走一步，也不过是给人当后妈。我告诉你，后妈这碗饭越发难吃。

她现在终于知道自己为何活得这么了无生趣了，她时不时的消极悲观情绪，时不时的自卑，都跟自己的父母有关。他们总把她的出路想得很逼仄，在他们的眼里，她的前方是刀山火海，是绝壁是悬崖是深渊。他们那种对生活的精打细算，不走一点冤枉路的谋算心态，令她的人生没有风景和光芒，没有雨露和花开，只有活着。她看着在灶台边抽烟的爸爸，看着收拾碗筷的妈妈，看着低头刷手机的弟弟，看着光线昏暗的屋子，她忽然感到一阵寒冷，也感到一种绝望。

　　天黑了，街道上霓虹灯闪烁。她爸端着个茶杯出去了，她妈坐在沙发上不多会儿就响起了鼾声。弟说，姐，我们出去走一下吧。姐弟俩便出去了，时值夏天，到处都是烧烤摊，一盆一盆的油焖大虾当街叫卖，半空中全是一股花椒麻辣味儿。虽是才放下筷子，但弟弟非要请她吃一顿，她嘴馋家乡的味道，就找了一家略微干净的摊子坐了下来。弟弟要了几瓶啤酒，他话少，一个劲地让她多吃菜，吃虾。她说，你也吃，别总给我夹。弟弟最后还是说了话，他说，姐，我知道你心里不痛快，都说娘家是出嫁女儿的靠山，可咱们这家，你也靠不住。你说的这个事我也说不出多大的道理，各自都有各自的算盘，各自也都有各自的苦衷。但有一句话，当初是我背你出的门，如果你心里不痛快了，只要你一句话，我去把你背回来；只要有我一口吃的，我绝不会让你饿肚子。

　　她笑了笑，拿起瓶子跟弟弟碰了碰，仰头喝了一大口，抹抹嘴，到底还是没忍住，眼眶一热，两行泪水滚滚而下。

　　第二天吃过早饭她就走了。坐在开往省城的大巴上，她还是琢磨起了父母说的话。他们说的也不是没有道理，人生的每一步从眼见的这一方天地出发，从减少折腾和损耗来考虑，力求以最少的牺牲获取生活的最大资源，承认现实也是一种生活态度。人生苦短，经得起几次沉浮呢？从前她对娘家多有怨恨，可昨晚弟弟那番话，也把她这怨气平了一大半。

她回家来，哪里是为了听人跟她讲人生道理呢？她要的是她在乎的人对她的爱和包容，那才是活着的滋味和念想。

　　下午到家，一推门竟发现婆婆坐在沙发上。她惊讶地叫了一声"妈"，然后装作内急的样子跑向卫生间，掏出手机翻看，并没有人跟她说这事。她在微信里问冯奇，怎么回事？冯奇说他妈是临时起意来的，他也是刚知道。她虽然表面上没有流露出什么，赶紧给婆婆拿吃的喝的，但心里还是不爽快的。

　　看情势，婆婆一定是有重要讲话要发表。左不过是把之前她老公说的那件事，双方都放在台面上讲明吧，她猜。

　　不多会儿，老公到家了。婆婆像是等不及了，儿子屁股刚挨着板凳，她就开始清嗓子。她说，无用的话，我不多说，今天我到你们这儿来，不为别的，是为生人大事来的。想必春天也知道我们的想法，前因后根不紧着啰唆。我前天带着小年去医院做了检查，确定是怀上了，而且怀的是男孩。按照当初说好的，我已经叫你们爸给小年爹妈送了三万块钱过去了，余下的九万块分两次付，怀身大肚付三万，孩子落地付清，这件事也就全部了了。对外只说孩子是你们抱养的，你们是孩子的父母，孩子管你们叫爸妈，跟小年就再没关系了。这也是事先就同小年和她父母说好的，今儿再同你们交代一次，现在有反悔的，趁早说出来。生人不是儿戏，今日各人把各人的疙瘩拴好，若以后再弄话来讲，我是不认账的。

　　向春天心里像是被炮打过一般，五脏六腑炸裂成了碎片。冯奇之前跟她说的时候就是先斩后奏！她还没有给题目呢，人家肚里的文章都已经做好了，他们从来都没有把她当人。婆婆那番话看似是说给他们两人听的，可实际上是说给她听的，是在敲打她，是在挽她的结头堵她的心思，不许她闹腾。说是反悔还来得及，屁话！都验出是男孩了，还挽回！这是个节骨眼，她要是有不同意见，那她就是冯家的千古罪人，往后余生可就只有暴风雪了。

婆婆说完了，看了看他们，似乎在等他们表态。她不吭声，反对肯定是不行的，如今她也看开了，有人替她生孩子也行。但他们这种盛气凌人的做法，她是有想法的，是不满的，所以三缄其口，沉默也是一种态度。

冯奇说话了，听到小年怀孕的消息，他也很是吃惊。他朝春天看了一眼，起先脸上还有些扭捏，不好意思的样子，继而就是喜悦、兴奋、宽慰。他像是打了一场胜仗，又像是屁股里夹了个蛋，在沙发上坐不住了。他说，太好了，这是好消息，是我们夫妻俩的好消息，是冯家的好消息。小年现在还看不出什么，就让她在您那儿待着，等以后肚子大了，让她上我们这儿来，我和春天来安顿她，对左邻右舍就说她出去打工了。

婆婆说，这个我知道。不能让人家帮了忙，还坏人家的名誉，口风是一定要严的。那这么说，你们也是没有不同意见了？很好，一家人就应该心齐。婆婆说着，眼睛还是朝春天脸上刮了一下，似对她有不满，不知是不满她肚子不争气还是不满她不领情。不管了，反正一年也见不了几次面，只当领会不了春天含义丰富的眼神。

这以后，她跟冯奇之间的相处就有点怪怪的了，没有冷战，两人也说话，但举止行动总不似从前那般自然随意，他为她端茶递水，拿东拿西，她也接受，但嘴上总不忘说谢谢。这种客气便是一种软性的推拒，她在刻意制造隔膜。她在制造这种冰冷时，也感到百般别扭，可她就是要以一种别扭的方式闹别扭。其实这么多年，她内心也曾有过这样的假设，冯奇有了外遇，突然领一孩子进门，跪在地上祈求她的原谅，并恳请她接纳孩子，她在震惊、愤怒、咆哮、厮打过后，会妥协的，会原谅的，她还会把那个幻想中的孩子拥在怀里，视若己出，因为她太想当妈妈了。她这么扭捏，不过是一种矫情，一种掩饰她内心曾有过如此荒唐剧情的矫情。她在他面前扭曲得越厉害，就会让他觉得她承受了不堪承受的重量。

　　好几天的连阴雨，难得出了个好太阳。她把家里上上下下都打扫清理了一遍，把一些旧物破烂和没吃完的西药中药全扒拉了出来，连同那些从各个道观寺庙求来的符、贴、绳、结之类的，整理了几大袋子，全给扔出去了。丢了这些垃圾，她感觉心里宽敞了一些。

　　冯奇回老家的次数变多了，每两个礼拜就要回去一次。有时他也邀她，她自是说不，她不想将这个脸面轻易给郑小年。他也从不强求。他走后，在这空荡荡的屋子里，她总是一遍遍猜想，冯奇与郑小年之间的床单是怎么滚上的，是设计的还是偶发的，是半推半就？还是水到渠成？是只为生育还是重续旧情？她也总是在琢磨，虽说他俩签了合约，可这两人真的能理智到把感情和身体分得那么清楚吗？毕竟不是妓女与嫖客的关系，这种事再怎么着也是需要有一定感情才能做成的。哪怕一夜情呢，天雷交地火时，也要有片刻的喜欢才行啊。如此一想，她便心绪难平，醋意大发，总觉得有种被戏弄的感觉。她恨天恨地，恨爹恨娘，但更多的是恨自己，古往今来不能生育的女人何其多，独她活得仓皇四顾。以前她喜欢躺在沙发上，细细观赏这房子里的一草一木、一杯一盏，这些小玩意，每一件都是她精心淘来的，她伺候这屋子里的家具、地板好多年了，她喜欢把家里收拾得干干净净，整整齐齐，每一个摆设和物件都一尘不染，在阳光下闪着洁净的微光，屋里有花鸟鱼虫，光线充足。手有余钱，衣食无忧，她喝着茶，听着曲，虽人生有憾，但也时常觉得光阴不老，岁月静好。可就在这一瞬，她忽然觉得这种生活是一个坑，大好的青春年华都已枉费了。她思想她当初在各种嘲讽和艰难中读书求知，贷着款打着工上大学，就是为了将自己瘫痪在这张沙发上等死的吗？她才知道自己拥有的世界太小了，不过是一栋房子一个男人。

　　她从沙发上翻身坐起，这陡然的一悟，竟让她后背惊出一身汗来，这十年光阴如同一场大梦。

她怔怔地呆了半天。

次日上班去公司，她主动跟每一个人问好，态度很是谦卑，跟之前那种当一天和尚撞一天钟的心态完全不同。她化被动为主动，她去一趟茶水间，会主动问身边同事，要不要带茶水；到了饭点下楼，她会主动问同事要不要帮忙带餐。从前她觉得比他们年纪大，不肯做这些跌价的事儿，但现在她要融入他们，他们年轻有才，90后的小青年，他们身上有她流逝的年华，她要从他们身上找回她不曾有过的活力和青春。她学他们的穿衣打扮，学他们处理事情打理业务的方法，甚至学他们时髦的口头禅，她欣赏他们大胆有趣的创意和策划。她发现这些年轻人很好相处，只要你自己肯卸下盔甲，就能跟他们打成一片。跟他们在一起，她就会有一种幻觉，好像自己也才刚大学毕业不久，也还是饱满多汁的年纪。这些年轻人中，有在谈恋爱的，有新婚的，有刚做父母的，私下里他们都向她求教感情上的问题，她本着吃过的盐比他们吃过的饭多，总是将自己的真实感悟说给他们听，婆媳矛盾、夫妻矛盾怎么化解，她也是积极出招，左不过都是传统那一套，家和万事兴。公司经常需要到各地验收材料和招聘，出差任务很多，年轻人都不大愿意去，新婚的舍不得分离，有了孩子的更是走不开，后来这种差事就落到了她身上。她原先挂念着老公挂念着家，不乐意出去，如今她老公心里有了挂念的人，她也用不着守着他了。

出差就是全国各地到处跑，基本上每半个月就有一次，广东、云南、江苏、黑龙江、四川、陕西……高铁、飞机轮番坐。自结婚后，她除了度蜜月去过一次上海外，十年来出的最远的门不过是回婆家回娘家。当飞机冲上天空，她透过舷窗看着地上江河、高楼与土地渺小成一个个黑点，内心竟有小小的澎湃。她在飞翔，在遨游。随着现实的版图不断开疆拓土，她觉得自己拥有的精神世界也在不断扩大。她由衷地觉得对于她这种三十多岁的女人来说，工作比男人更可靠。

她老公对她近来的变化颇有不满，说她成日不着家，回了家就对着电脑打字或是查阅资料，从前烟熏火燎蒸汽四溢的厨房，如今冷火烟熜冷冷清清，热水瓶也是空的。在他的埋怨中，她还是起身去烧了水。不管怎样，她还是他的妻子，工作了一天的男人回到家里，连口热水都喝不着，确是她的失职。毕竟人家挣的钱是在养家，她不过是糊口，还仅仅是自己的口。

她给他端了一杯水，看他正在泡脚，又给他递了一块干毛巾。他说，这个月底小年就要来这儿住，六个月了，快出怀了。她顿时想，时间过得真快，转眼都半年了。无论怎样，这一天迟早是要面对的。她问，那房子的事儿你弄好没？你准备把她安顿在哪里？

你觉得呢？他征询她的意见。

他们目前是有两套房子在出租，一套房子在南湖，建筑面积七十平方米，两室，他们在那里住了有四年。另一套房子在光谷，建筑面积一百一十平方米，三室，从未住过。小年如果住南湖的房子，左右邻居都是熟人，日后来往不便。住光谷的房子，倒是没有知根知底的，可光谷的房子面积大楼层高地段又好，她不想这么便宜小年，便又问了回去，你觉得呢？

他说，住南湖吧。南湖那套房子租金也不高，划算些。

她说，可是南湖那套我们住了快四年，左邻右舍都认识，陡然间住进个孕妇，我们跟着进进出出的，怕露底。

他像是恍然大悟，说，对对对，还是你们女人心细，想得周到。那就只有住光谷那套，刚好光谷那套月底到期，正好正好。

其实你心里早就有谱子了对不对，还装模作样来问我。她兀自笑了笑。

你看你又喜欢犯疑心病，又要给我下套。我不钻吧，你非要我钻；我一钻，你又不高兴。

没有不高兴，你们本来就是两小无猜青梅竹马，如今郎情妾意，旧爱新生又有什么呢？我乐于成人之美，绝不做那等妒妇，阻你过老婆孩子热炕头的好日子。你到时只要给我一套房，若念夫妻一场，再给我一个门面，我们好聚好散。呵呵。

话音刚落，只听得"哐当"一声，他顺脚将一盆洗脚水给踢了，不锈钢脸盆在地板上"叮叮叮"地转圈，沙发茶几底下顿时一片汪洋。这无名火发得莫名其妙，不知自己又是哪句话没有斗上榫，她横着眼珠子瞪他。他将手上的毛巾也摔在地上，说，你一天到晚就讲这种烂话有意思吗？当初走这条路，也是你同意了的，如今你又阴阳怪气的。我对谁动真感情了？什么好聚好散？你到底想怎样？肚子里该装下的你装不了，不该装的你倒有几箩筐。同你讲个话，打个商量，我还得在肚子里琢磨一番，生怕自己哪句话说得不投机，撞到你布下的天罗地网。

姓冯的，你自己的肠子拐了多少道弯，你自己心里清楚，何必在我面前装呢！我几斤几两你不清楚，有那设天罗架地网的本事吗？要有，也不至于落到今日这步田地。刚才那几句话不过是随口开个玩笑，你竟发这样一通火。你这能耐耍给谁看呢？

到底是多年的家庭主妇，看这实木的地板泡在水里，他若无其事，可她却急坏了，赶紧到卫生间拿了拖把，一拖把一拖把地吸水。觉得委屈，眼泪又下来了。他给她递纸巾，她不接，到一边拖去了。他便将那卷纸巾用来吸水，她在哪儿拖，他就跟着在哪儿吸水。看他像只癞蛤蟆似的在地上蹦过来蹦过去，她一时没忍住，又笑了出来。这一笑，又云开雾散，雨过天晴了。

她说，我上次在一家书店，看见了斯坦尼斯拉夫斯基写的《演员的自我修养》，下次我一定买了送你。

他说，好的好的，多谢你费心，与高手对决，确实要加强自我修养。

小年是婆婆夜里开车送来的，春天本不想跟她打照面，但冯奇说最好见一见，一是礼数，二要知好歹。毕竟这样的事，就算给钱，也不是谁都愿意的。她拗不过他，便一同去了光谷。

房子早就让钟点工给收拾妥当了，家具摆设虽简单，但窗明几净，倒越发显得梁高屋宽。小年的肚子并不怎么显，穿着一件长长的毛线裙，从后面看，腰身像个反括号。小年跛着腿这屋看看，那屋瞧瞧，婆婆步步跟着她，时不时提醒她小心。小年参观完，转脸朝在客厅坐着的冯奇一笑，说，大哥，你真有本事，在武汉挣下这么一套大房子，听说现在武汉的房子两三万一平方米，你这房子，这地段，少说也快五百万了。啧啧。

没有，没有，呵呵。冯奇满脸堆笑地回应着。

婆婆说，哎，如今这世界，难都是我们老年人受的，福都是你们年轻人享的。小年，你不用羡慕你冯大哥，你将来也有你的好日子。呵呵。

小年听了这话，一双眼睛径直看向冯奇，冯奇警觉地避开，走到厨房烧水泡茶去了。向春天看在眼里，只觉得小年这痴心脸皮厚又让人可怜，冯奇是精明理智得可怕。

她一进门就觉得自己来错了，在玄关处换好鞋后，她起身就给了小年一个笑脸，有欢迎之意、感激之意、赔礼之意，也有安慰之意，但小年装作没看见，扭头看贴在墙上的玻化砖，这敲敲那摸摸，像前世就是搞装修的似的。春天心里自是悻悻的。她又叫了一声妈，婆婆淡然地点了点头，算是作答。起先她们的态度令她心里有些怯意，总想着再去讨个好，一直也没逮着个使力的机会，慢慢的心思就淡了。想着自己该讲的礼数讲了，没必要硬是热脸去贴冷屁股，便在沙发上坐下来，掏出手机，任她们大姨小侄女、冯大哥小年妹地秀恩爱，自己躲进网络成一统。

朋友圈一篇《北京，有2000万人假装在生活》的帖子还没看完，他们就都围坐在沙发上了。冯奇用腿碰碰她，意思是别再看手机了。她收到指令，特意延迟了40秒才将手机关屏，抬起头便撞见了婆婆凌厉的目光，她只有以无辜的眼神迎上去。

婆婆喝了口茶，吐出点茶叶末，说，人我给你们送来了，都不是小孩子了，不用我再多说，多说也无益。这世上男男女女成个家都不容易，结婚十多年屋里听不到孩子哭，也不是什么好事。如今亏了小年不计较，成全我们，她便是我们冯家的恩人。现在是吹糠见米的时候了，你们都要知道事情的轻重。我的意思是，小年，现在就是打副香案把她供着，也不为过。

是的是的，妈，您放心，我和春天都是很感激小年妹妹的，真的。冯奇一会儿冲着他妈点头，一会儿冲着小年点头。那丝毫不敢轻慢和左右讨好的样子，看得向春天又心疼又心酸。为了不让老公孤军作战，她也跟着附和说，我们心里都知道的，妈，您放心吧。

婆婆的脸色总算和缓了些，小年倒是一副事不关己高高挂起的模样，随后又把一双眼睛盯着婆婆。婆婆像是想起了什么似的，说，哦，对了，还有一个重要事情，小年一个人住这里怕是不行吧，身边时刻得要有人守着，照顾一日三餐，洗洗涮涮。这事儿，请保姆不妥，冯奇要上班，我看就让春天住这儿吧。说到底，这本就是你的事儿。

我？春天本能地推却，说，妈，我也在上班呢。

婆婆一下子恼了，说，刚刚你们都说知道事情的轻重，让我放心，现在提到要照顾了，就不乐意，难道要我守在这里？我倒是乐意，可我这一下子也在镇子里消失了，这事儿不就露馅了。

妈，妈，您别急！春天她也没有说不照顾，她说上班，也是实情。就算她要照顾，也不是说今天答应了，明天就可以过来。她还得给单位说一声，一般是提前一个月交辞职报告，您不能开口说风，闭口就要雨啊。

婆婆看了一眼儿子，又呵呵笑了一声。那眼神那笑，含着诸多板眼与意思。觉得儿子宠妻？儿大不由娘？春天一时也猜不透。不过老公这半天的表现，她还是感激的，没让她触礁，没让她搁浅。人都是好换好，她当然也不想丈夫在夹缝中做人，便也随着老公说，是的妈，您别急，容我几天时间。

现在左邻右舍都知道小年出来打工了。再过三四个月孩子出生了，我们就可以对外说你们托人抱养了一个。我今天还得连夜赶回去，明天还有很多事。但这里必须留个人在，冯奇，小年什么情况你最清楚，身边可不能断人，你们自己商量。婆婆一贯强势，她说完就带着小年回卧室了。沙发上的春天和冯奇你看我，我看你。

她自是不想留在这里，但让老公留在这里，她又不情愿。她说，要不我们俩今晚就都在这里吧，过了今晚再说。

冯奇木呆呆地点头。

打发走了婆婆，安置好了小年，他俩在另一个房间睡下，开空调时才发现空调被租户弄坏了，房间里冷冰冰的，被子也不够厚实。睡到半夜，他俩实在扛不过，便挪到客厅，一个睡沙发，一个打地铺，将柜机开到强劲制热三十度才渐渐止住颤抖。

冯大哥，你们干吗呢？丁零咣当的。小年冷不丁从卧房里出来了，站在电视机柜旁边看着他们。

哎，小年，你快回去睡吧，穿得这么单薄，小心着凉。冯奇说着就要上前去扶。

不用的，冯大哥。小年反倒走到沙发这边来了，说，孕妇怕热呢，再说这开着空调。

来，你要不想回卧室，你就先把这被子披上。冯奇给她披上被子，说，小年，我正在跟你嫂子商量照顾你的问题。这两天吧，我就留在这里，刚好空调也坏了，买啊装啊的，估计也要花两三天时间，你嫂子向来畏寒，没空调她受不住。再一个，你嫂子又要辞职，等你嫂子那边弄好了，就让你嫂子过来，你看可以不？

冯大哥，你把我想得太娇气了，现在离临盆还差得远呢，不用每天二十四小时守着我，你每天正常上班，下了班过来陪着我就好了。我还可以给你洗衣做饭，做你最喜欢吃的腊肉炖甲鱼，每次我做这个，大姨都说，要是你在，肯定得把锅都舔了，呵呵。小年自顾自地说，笑得两眼都眯成一条缝了，冯奇也只有赔着笑。小年又说，等我到了走不动道的那一天再说吧。

向春天清楚小年的意思，人家压根就不希望她来照顾，人家只想跟冯大哥守在一块。看得出小年对这个邻家大哥的感情从未变过，青春年少萌生的情感依然还是那么真挚。借肚子的事，虽说有利益报酬，可若没这片痴心怕也难，也许冯家利用的就是她这份真情。不过谁利用谁也不好说，看如今这架势，人家也想趁着这个肚子来平地起高楼呢。

冯奇负责任地把小年送回了房间，过了五六分钟才出来。

这暧昧的五六分钟向春天在脑海里展开了丰富的想象，毕竟他们是有过肉体之实的，冯奇对小年难道就没有一点留恋？虽然冯奇多次跟她表明，他跟小年思想上差距悬殊，不可能有什么真情真爱，但小年爱不爱他，他阻止不了，那是人家的权利。男人的爱和性真的可以分割得这么利索？如果不是爱，那他们这算什么？如旧时门庭，自己是正妻，她是小妾？听着外面汽车跑过，压在因修路临时铺的钢板上时不时发出"砰砰砰"的声音，外面是攀星登月的中国速度，可他们却在这家电智能化非常高的屋子里过着封建时代腐朽没落的生活。这样一想，她就觉得一切都很恶心了。说到底，她郑小年跟冯奇怀的孩子，关自己什么事，自己在这里面又算是个什么东西。

她自是不愿意伺候小年，小年有这样的想法，刚好解了围。勉强撑到六点钟，天际有了一丝丝白光，她就起床走了。

这几天她一直都在考虑要不要辞职。当初找这份工作也是颇费力气，她没有年龄优势，学历也就普通本科，这是她职场生存的短板，能找到这家公司，并能留下来，实在是走了狗屎运。公司前景不错，自己在这里干了半年，五险一金和带薪年假都有，上下级关系处得也还融洽，业务流程也都熟悉得差不多了，她不想轻易辞去这份工作。她心里清楚，这份工作于她而言，一旦失去就永远地失去了。

拖了有大半个月，冯奇天天催着她辞职。他上班在水果湖路，住中南路的家上下班只需一刻钟，但住光谷开车得五十分钟，如果遇到大堵车，那就得一个多小时。她能想象冯奇的烦躁，每次上下班对他都犹如一场刑罚。他说他已是焦头烂额，可她又何尝不是呢？

在犹疑不定的摇摆中，她总是一遍又一遍地追问人生的意义，思索现代婚姻的价值。她越来越觉得自己不像个现代女性，胸无定骨，缺少主见，没有智慧，没有勇气，也没有见识，一味地忍让、妥协、屈服、后退，烂泥一样扶不上墙，从不敢面对自己内心真实的想法，只会违心迁就。就因为无法生育，这些年她活得谨小慎微，活得自卑压抑，以致忘记了自己是个七情六欲都很正常的女性。

坐在阳光穿过玻璃的格子间里，她的心思如一团乱麻，辞职报告写了删，删了写，最终也没发出去。她好不容易摆脱慵懒、绵软、内心无底、空洞麻木的生活，不想再回到由四面墙壁围成的圈里，在灶台锅边交代完自己逼仄的一生。她不想不想！阳光拥着她，像一个温暖的怀抱，看着光柱里密集翻腾的尘埃，她觉得自己连一粒尘埃都不如，那细小的肉眼看不见的颗粒，都有前赴后继蓬勃饱满的生命姿态。自己呢？却在光阴的缝隙里一天天枯萎。

手机短促地一响，是95588发来的一条短信，自己的工商银行工资卡到账三万八千块钱。她眼睛陡然一亮，又将后面的零仔细数了数，确实是三万八千块，没错！括号里的备注是季度奖金加出差补助。这笔钱令她眼前一亮，精神为之一振。这钱有如阳光，给了她力量，也给了她一线光明，未来和远方，是可以期许的。她庆幸自己那封辞职报告没有发到主管的邮箱。

下班后,她去了一趟光谷,探探情况。想着小年是有孕之身,她特地在小区门口的水果店买了一盒车厘子。她敲门,里面传来小年的声音,说,来了,知道你又没带钥匙。开门看是她,表情顿时失望。

你怎么来了?小年把着门问。

我来看看你,向春天回答。才二十多天没见,小年的肚子明显大了,面孔也像是换了一副,眼睑下长出了一块一块的黑斑。她扶着腰,一瘸一瘸地走到沙发上坐下。向春天紧跟其后,看小年走路一瘸一摇的笨重样子,生怕她有个闪失。小年将两条腿搁在茶几上,说我和冯大哥在这里住得很好,你不需要挂念的。瞥见小年两条腿和两只脚都肿了,这孕怀得辛苦,向春天不知为何对她生出一丝怜悯,并没有计较她嘴上刺人的劲儿。

春天问,你打算什么时候去医院做产检?

小年说,大姨说不用做,产检B超什么的,做多了对孩子不好,有辐射。

看小年把冯奇妈妈的话当圣旨一样,她便不再多说什么,径直走到厨房,将那盒车厘子用盐水洗干净,端出来递给她,说,吃点水果吧,听说孕妇都很喜欢吃,而且吃了对孩子也好。

小年拿了一颗,欲吃,又迟疑了一下,问,你不会害我吧?

向春天蓦地一笑,说,你宫斗剧看多了吧?放心吃吧,小主。

小年竟也呵呵一笑,笑得明眸善睐,一点都不像是个心机女,一副沉浸在爱情中的甜蜜模样。小年吃了几颗车厘子,抬眼看看墙上的钟,说,哎呀,快六点了,我得烧饭了,你不知道冯大哥从小胃不好,饿不得。

小年说完便朝向春天脸上看去,起先的表情像是自己未经思考,说错了,可随后又暗自得意,觉得自己的冒犯是某种高明的手段。

向春天一怔,说,嗯,我跟你冯大哥生活这么多年,倒是第一次听说他胃不好。顿了顿,又说,你呀,还早着呢,实在不用这么着急忙慌的，要知道这世上的好饭都不怕晚。她起身，从冰箱一侧的挂钩上取下围裙，系上，对身后呆呆愣愣的小年说，今天这顿饭，我来做，哪能劳累有孕的人。她打开冰箱，食物倒是储备得很丰富，生的熟的都有。冯奇是个很细心的人，知道孕妇出门购物不便，所以吃的喝的准备得都很充足，而且他有点小迷信，觉得家里冰箱不能空，空了就不利生财，生意人对于生财总是有一些奇奇怪怪的讲究。她就地取材，准备做个油煎小黄鱼、青豆虾仁、肉末蒸鸡蛋、素炒藕片再加一个蘑菇豆腐汤。

小年跟了过来，倚在厨房的门框边，看着向春天在水龙头下淘米洗菜。

过了一会儿，小年突然发出感慨，说，要是我这个肚子长在你身上就好了。

向春天抬头看了小年一眼，小年的肚子圆鼓鼓的，这样的孕肚曾是她做梦都想要的，她为之努力了十年也不曾得到。那是她心里隐秘的痛，她不明白小年为何要触碰这根刺，是有意的还是无心的？不过，她还是平静地回答，哎，我没这个造化，子嗣上无缘。又冲小年淡淡一笑，说，不过我也想通了，每个人来到这世上，都有快乐和痛苦，活一辈子，不可能都是好风景，总有那么一些不称心的事要搁在心里磨，不磨，心气哪里得平？

小年淡淡一笑，说，我给冯大哥怀孩子，这事你娘家人知道吗？

向春天说，知道，这么大的事，怎么可能瞒住娘家。

小年说，你父母竟也同意，不说冯家欺负了他们家姑娘？

向春天说，你冯大哥给你报酬让你生子，你父母不也同意了，怎么没说冯家欺负了他们家姑娘？向春天忽然一阵懊恼，说，小年，我劝你说话不要拐弯抹角，弄得好像自己比别人高明似的，就你那小学没毕业的智商，你还想算计谁不成。

小年说，我这不是跟你说知心话嘛，我是一根肠子通到底的人，哪里有你们文化人那么多的心思，我小学没毕业，我父母同意我给冯大哥生孩子，那是因为我父母重男轻女嘛，他们要用这钱给我弟弟盖房子娶媳妇。

四菜一汤端上桌，向春天扶着小年往餐桌移，她一时找不到什么话来回应小年。她们都是不受命运待见的女人，都落在一个重男轻女的家庭里。她走路瘸是一种残疾，自己的不孕何尝又不是一种残疾呢？再看郑小年，她觉得，这就是另一个自己。

她给小年盛了一碗汤，说，喝汤吧。既然你是一根肠子通到底的人，就不要想那么多，踏踏实实把孩子生下来就好。

小年说，那是当然，为冯大哥生孩子可是我自己心甘情愿的。

恰好冯奇开门进来，看到桌上的饭菜和春天，眼里一惊然后又一喜，说，公司的事了了？

先吃饭，春天说。

冯奇看着桌上的菜，似乎很有兴致，从柜里拿了瓶酒和两个酒盅，给春天倒了一杯，给自己也倒了一杯。然后对着小年说，你嫂子其实很能喝几杯，这些年为了要娃，硬是滴酒不沾，今天这菜对胃口，我跟你嫂子喝两杯，呵呵。

吃完饭，春天收拾碗筷，冯奇坐在餐桌边玩手机，小年则在沙发上看电视。春天收拾好厨房，给自己倒了杯牛奶，也准备坐下刷手机。春天手往桌上摸，没摸到杯子，一抬头看见牛奶被冯奇仰头喝光了，他在那里嘿嘿地笑。她起身教训他，他赶紧躲房里；她也跟过去，刚进屋，冯奇便把门反锁，她这才意识到自己掉入了"敌人的陷阱"。她问，你干什么？他说，十年了，每次开头你就是这句话，能不能换句新鲜的？春天扑哧笑了一声。

温存过后，冯奇问，你东西还没搬过来吧，要不我等会儿开车过去把你日常需要的绫罗绸缎、杯杯盏盏、瓶瓶罐罐都搬来。以后你就住这里，我从明儿起就住中南路。

春天说，你瞎忙什么啊？我还没辞职呢。

冯奇一下子就炸了，没辞？你怎么还没辞呢？

春天又说，我不打算辞了。

冯奇又是一炸，说，你什么意思？

春天说着，点开手机，把工商银行那条短信给他看，他看过后，哼了一声，说，三万八千块就打瞎你的眼了？我在你身上花过的是多少个三万八千块钱？你要用钱，我什么时候阻止过你？

春天说，你给我再多的钱那是你的，那钱姓冯；这个钱是我自己的，它姓向，意义不一样。这些年虽然我除了看病吃药，其他日常开销，也都不敢有过多花费。你隔三岔五跟我来个冷战，一连十几天不跟我说一句话，我能有脸开口问你要钱？说是给了我几张信用卡，额度都是五六万上十万的，可我每刷一笔，你那里都清清楚楚得很，连在哪里、消费了什么都明明白白的，我敢多刷吗？消费也属于个人隐私，你知道吗？她顿了顿，似有所悟，说，现在忽然发现你手段高明得很，鸡贼！

那你究竟想怎样？当初这个事我就同你商量过，小年从怀孕到现在，从头到尾你都知道，临到这个节骨眼了，你跟我来这出，还倒打我一耙！我手段高明，我鸡贼，咱俩谁手段高，谁鸡贼，你自己心里清楚。冯奇从床上跳下，穿上裤子，系上皮带。从床头柜里找出纸和笔，走到向春天这边，将她身上的被子扯下，逼着她起来，将纸笔递给她，说，我没什么跟你好说的，今天这个辞职报告，你写也得写，不写也得写。你这个倒霉女人，你竟然玩我？你要我好看，是吧？

春天气极，气得眼睛里几乎要喷出火星子来。她说，你凭什么逼我辞职？你无非是想回中南路去住，那你住好了。我不辞职，可我也没有说不留在这里啊。你在这里可以正常上下班，为何我在这里就得全天候着，就不能工作？她现在需要的无非就是一日三餐，我上班之前给她把早餐做好，晚上下班给她做晚餐，大不了中午午休我再过来一次给她做中餐，晚上我留在这里过夜，难道这不是在解决问题吗？你的事业是事业，我的工作就是狗屎，那么不值钱，说不要了就不要了？你当初娶我，到底是想娶一个跟你肩并肩的妻子，还是一个矮你一头受你摆布和控制的女奴？

冯奇虽然青筋依然暴起，但气焰缓和了一些。他说，你早晚不都是要辞职的吗？孩子生下地，那是我跟你的孩子，你不带？冯奇顿了顿，几次想开口又闭上了嘴，欲言又止，只一味地叫春天辞职，片刻也耽误不得。急着急着冯奇又来了火，将笔和纸重新推到春天面前叫嚷着说，你别磨磨叽叽，到时出了事，仔细你的皮。

春天也起身穿衣服，说，你什么意思？威胁我？你自己搞清楚，说到底这是你冯奇跟她郑小年的孩子，关我什么事？我能住这里一日三餐照顾她是情分，我不管不顾那是本分，你牛哄哄的牛什么？

冯奇冷不防一把揪住春天的衣领，把衣领上的两颗扣子也扯掉了，又掐着她的脖子将她抵到墙上，叫嚣道，我哪里牛哄哄了？我要是牛哄哄的，我今日在这里受你这份冤枉气？你自己不想想，事情发展到今天这一步，根上是怎么来的？你这个一无是处忘恩负义的毒妇。

春天死命挣扎，终于挣脱，她像一头疯牛一样瞪着眼前这个男人，这个尖脸瘪着嘴唇的男人，这副刻薄寡恩的嘴脸。她跟他过了十年的日子，也没搞清楚自己到底爱不爱这个男人，直到现在她每次看他在餐桌上咀嚼饭菜都有一种小小的恶心感。她也许根本就不爱这个男人，他们的日久生情，不过是一种对习惯的依赖和妥协，这一刻他的心狠手辣令她产生了某种摧毁围墙和城堡的力量。

向春天的眼睛里恨不得飞出尖刀，她说，姓冯的，你狠，从来都是你狠，老娘就算玩你耍你，也就到今天到这一刻为止。不就是怕谁先提离婚吗？好，我提！不就是净身出户吗？好，我出！我房子车子啥都不要,我这个一无是处忘恩负义的倒霉女人,耽误了你冯家的血脉,我欠你的欠你冯家的!今儿我一身干净走出这门,就当我还完了,咱们两不相欠!

好,净身出户,这是你自己说的。冯奇的眼睛像抹了血,脖子和脑门上一条条青筋像蚯蚓般蠕动,一副恨不得要吃人的样子。他拿出手机,打开录音软件,叫嚣道,你最好再说一遍,你若反悔,你就是混蛋;你这么想离婚,我也不绊着你,明天我不到民政局,我也是混蛋。

呵呵,呵呵呵,向春天像是忽然明白了什么,止不住一阵阵冷笑。他果然一直都在算计成本,他对自己哪有那么多的真爱。爱,也许曾经有几分,可一年年递减,减到如今,那点可怜的情分竟比不过他半套房产。怪不得浔阳江头的琵琶女琴声如泣,自悔不该嫁作商人妇,商人向来重利轻别离啊。当初他要跟郑小年怀孩子,她提出可以假离婚,他都拒绝了。她当初认为是他对婚姻的忠诚,对法律的敬畏。如今看来,对婚姻的忠诚是假,对法律的敬畏是真,因为假离婚也要涉及财产分割,他怕弄假成真,堂而皇之失去一半财产。向春天终于掂量清楚了自己在他心中的分量,从前想着的一套小房子,竟都是妄想。呵呵,呵呵。十年了,才看清一个渣男的真面目。向春天走到冯奇的手机前,说,我向春天宣布,我与冯奇离婚,不要他冯家一分臭钱,我净身出户,净身出户!

你!你!冯奇还想抓住向春天,被她一脚给踢开了。冯奇跌坐在床边,说,你就这么恶心我?

春天朝他看了一眼,"咚"一下拉开房门,不想小年正贴着房门听墙脚,两人各自唬得一跳。春天说,你再用不着恨我了,我如今给你腾位子,祝你们有情人终成眷属,说完打开家门就走了。

小年急急跟了出去,拦住电梯,说,春天姐,嫂子,你别这样,我有时候是嘴巴很讨厌,但看到你跟冯大哥闹成这样,我心里也不好过。其实你们都不用照顾我,我也不是娇生惯养长大的,怀孕生孩子在我们乡下也不算什么大事，不用你们守着我的，你们该上班的都去上班。别这样，我冯大哥成个家不容易，我冯大哥真的挺喜欢你的。嫂子！

电梯来了，春天温柔又有力地扒开小年的手臂，电梯门合上那一刻，向春天的眼泪汹涌而出。

向春天暂时安身在同事的出租房里。她的脸上一连几天都是乌云密布，单位同事问她怎么了，她也只是摇头，不多言语；她也没跟家里人联系。下了班就跟同事在街上游荡，吃烧烤喝啤酒，喝完还带上一小瓶江小白，睡前就着花生米喝几口，把自己喝得微醺，倒头就睡。麻醉也算是一种方法，她不想给自己的脑子留空，怕自己细思起来，会精神崩溃，她恐惧那种天要塌下来的感觉。如今她头顶的这片天，得要自己撑着了。

浑浑噩噩过了个把月，一次上厕所，她在垃圾桶里看见同事带血的卫生巾，突然想起自己的经期已经过了快半个月了。应该不会有事的，她想，但隐隐地又不安。为了释疑，她去药店买了两根验孕棒，在就近的商场卫生间做检测，两根验孕棒在尿液里不到十秒就显示出了红双杠。她心里顿时惊起一滩鸥鹭，差点崴在便坑里，她想笑又想哭，她不知道这到底是上天的恩赐还是捉弄。她下意识地摸了摸自己的小腹，盼了十年，十年了，这个柔软的部分，终于有了一个小小的生命。我怀孕了，我怀孕了！她一遍一遍小声地说给自己听，直到两行眼泪悄悄流进嘴里，咸津津的。

她开始后悔这段时间不该喝这么多酒，不知道对胎儿有没有影响。次日她去医院抽血，证实了早孕，她把自己的担忧说给医生听，医生说，目前各项指标都是正常的，具体的好不好，要等后期的唐筛、小排畸、大排畸才能确定，不过你可以隔日再来查血，看数值有无翻倍，如果有，说明胎儿发育不错。她隔日去查血，数值比前日翻了几倍。医生建议她去做 B 超。她躺在 B 超床上，腹部被涂满了果冻一样的凝胶，探头在她腹部上游走。很快医生就对一旁记录的护士说，宫内早孕，孕囊外形规则，15mm 乘以 15mm，可见胚芽，胎心音一分钟 140 次。她把医生的话一字一字认真听进耳朵里，听到胎心音几个字，她内心的激动再也掩饰不了，她说，医生，好医生，可以让我听听宝宝的胎心音吗？医生略犹豫了一下，说，可以。便把一副大大的耳机递给她，她一戴上，满耳朵便是那种浑浊的像水烧开后不停喷气的声音，她知道这就是宝宝的胎心管在搏动，这可爱的声音，动人的声音，这是她迄今为止听到的最令人陶醉的声音，她又一次地止不住眼泪双流。

离婚的悲伤被孕事冲淡了许多，她整个的一颗心全落在了隔着肚皮的那个小小的生命上。她满脑子都是那天在医院听到的胎心音的声音，"咕咕咕"，这声音像是有着某种魔力，令她快要坍塌的骨骼一下子变得强劲有力，冷却的血液再次沸腾，干瘪的得以饱满，枯萎的得以充沛，她仿佛重生，一次全新而又光彩的重生。我要做妈妈了，她把这当做人生最高的荣耀，是功德圆满的大喜事。因为当初大量喝酒，她有点隐隐担忧孩子将来的健康和智力。但她也做好了充分的思想准备，哪怕将来检查出孩子不健康，她也会全盘接受，这是一条鲜活的生命，她不想用医院那套优生优育的标准来鉴定，她的孩子无论是优还是不优，于她都是这世上独一无二最珍贵的宝贝。上天赐予的生命，谁都没有权利扼杀。

她有时还是会想起冯奇，心里思量这事该不该跟他说一声，毕竟他是孩子的父亲，可几次拿起手机按完那串号码将要拨打时，又默默地放下了。自那天离开光谷那套房子后，她将他的微信拉黑了，屏蔽了他所有的联系方式，她是打算跟他老死不相往来的，可如今她又不得不再次定位她跟他之间的关系了。她这才想起他们并未真正离婚。

她虽然瞒着公司，但没多久身边的同事还是看出了端倪，主管来征求她意见,问需不需要调换岗位,她说不需要。她得挣钱,她再也不能过那种舒适安逸的日子了。她依然接受大量出差,只是不再选择乘坐飞机。她坐在动车或者高铁的窗户边,心里忧虑着未来。飞驰的速度将车窗外的景致一帧一帧更换,山川、河流、田野、城市、工厂、电站、乡村……祖国高速发展的面貌像一幅幅画卷在她眼前徐徐展开。她摸着肚子,心里对宝宝说,孩子,等你出生了,我们一起看看这美丽的大世界。妈妈定当拼尽全力,给你一双翱翔的翅膀,让你与这个时代一同奔跑。

这一次出差回来,刚到公司,一名同事就急急过来把她拉到一边,说,春天姐,你老公一个小时前来这里找过你,急得满头汗的,说你妹妹突然晕倒了,情况很危险,打你电话打不通,叫你回来后赶紧回电话。她从包里拿出手机一看,三个未接来电,是陌生号码,没有备注,凭记忆应该是郑小年的电话号码。她赶紧打过去。

接电话的是冯奇,他语气十分焦急,说,你赶紧来中南医院妇产科,小年情况很糟。

她从他的语气中感受到了一种人命关天的紧迫,纵有天大的仇恨也得在生死面前让步。她说,好,我马上来。

她将手上的行李交给同事,就打了一辆的士迅速赶往医院。产科人满为患,走道上都是病患的铺位。她找到郑小年的房间和床位,看见冯奇和他妈各自在小板凳上坐着,一脸霜色。小年躺在床上鼻子里插着氧气管,手臂上输着液,连导尿管都用上了,她头发蓬松,面色无华,似乎处在一种昏睡状态。

向春天的到来,令婆婆很是恼怒,眼光像是刀子,仿佛要活剐了她。冯奇将凳子让给她,说,你坐着吧。她说,我不坐,这到底是怎么回事?冯奇看了他妈一眼,说,突然晕倒的,幸亏倒在沙发上,送到医院来,检查后说是什么心脏病还有肺动脉高压,情况很危险。

她站到郑小年的床边,看看输液瓶、氧气管、导尿袋,不知道能为小年做些什么。这时查房医生来了,领头的是一位男医生,他上前喊了一声郑小年,将她喊醒了。小年看看医生,转眼看到她,眼里竟露出欣喜之色。

医生说,郑小年,你这个病很危险,你自己知不知道?你这种情况是不允许怀孕生孩子的。刚刚我们产科、麻醉科、呼吸科、新生儿科的医生对你的病情进行了会诊,几乎是举全院的力量来对你进行手术。你这个病越往后,心脏负荷越重,受不了的,加上一个肺动脉高压,分娩可能是要送命的。目前你怀孕32周,孩子剖出来属于早产,但借助高科技的医疗手段,存活的概率还是很大。像你这种情况怀孕能撑到32周算是奇迹了,我的天老爷。

小年说,医生,如果手术过程中遇到保大保小的问题,请一定要保住我的孩子,我求求你。

向春天赶紧握着小年的手说,别说傻话了,不存在保大保小,都好好的,母子平安。

医生说,你情绪不要激动,平复一下心情,好准备手术。

冯奇说,小年你别胡思乱想,现在医疗水平这么发达,不会有事的。就算真有事,我也不会让你有事。

不,不,冯大哥,一定要保孩子,只要孩子能活,我死也是乐意的。

冯奇妈说,都不要再说了,生孩子本是一桩喜事,你们就一口一个死,弄些好兆头不行吗?医生总是喜欢夸大其词,说得吓死人,屁大的手术都有危险,这不过是把丑话说在前,这是医生的套路。

正说着,两个护士推着一张带滚轴的床进来了,他们一起把郑小年挪到手术床上。郑小年一手拉着冯奇,一手拉着向春天,他们也便顺着她一起把车推到手术室门口。小年说,春天姐,冯大哥,我的预感不是很好,我这几天做梦,也都是不好的。我不知道进了手术室,推出来的是个人还是一具尸体,如果我不好了,春天姐,求你一定要好好保护我的孩子,要多疼他,爱他,不要让别人欺负他……

别说了，小年！向春天的眼泪和鼻涕一齐流下，此刻小年还不知道她的肚子里也有一个孩子，每个孩子都是母亲的心头肉，小年的心思她如何不懂？她哽咽着说，小年，你跟孩子都会好好的，你一定要这样想，要坚信最好的结局，这样上天才能感知到你的意念，才会有神降临来护着你，护着你的孩子。

春天姐，我要你答应我，即便你们将来有了自己的孩子，我也要你始终如一地疼爱我的孩子，不要有偏心。我求求你，我求求你。

春天只一个劲地点头，她的喉咙像是插进去了一颗铁钉，哽得生疼。她说，我答应你，答应你，你的孩子就是我的孩子，我一定拼尽全力去护他周全。她顿了顿，强忍着心底的悲痛，略装出一个笑脸，又说，我看着他长大，接送他上学放学，辅导他写作业，高中三年陪着他，送他上大学，给他买房子娶老婆，帮他带孙子，这样好不好？

小年含着眼泪扑哧笑了起来，说，这可是你自己说的。

看着小年展露了笑容，春天的心里也宽展了许多。在手术室大门快要合上时，春天举起拳头，做了一个加油的手势。

接下来就是静静地等待了。四十分钟后，一个医生抱着一个襁褓推门出来了，喊道，郑小年家属，谁是郑小年家属？

他们赶紧凑上前去，医生说，是个男婴，情况不是特别好，出生一分钟评分7分，两分钟评分8分，要赶紧送新生儿科，你们赶紧去交钱，最好一次性交五万，早产儿肺部发育不全，一针固尔苏就得一万，赶紧！

冯奇一听，整个身子都僵了，连声问，医生，我孩子是不是很危险？会死吗？向春天说，你别纠缠这些了，快去交钱。冯奇哦了一声，边跑边对医生说，一定要保住孩子，多少钱都没关系。

这时又一个医生推门出来，医用手套上全是血，大喊，郑小年家属，郑小年家属！看见血，冯母两条腿不停地哆嗦，站也站不起来。春天心里也是一紧，颤抖着走了过去，说，我是，我是她姐姐。医生说，产妇心率快，血压低，情况不好，心脏已经停跳过一次了，请过来签一下病危通知书。

小年在生死边缘，这超出了她能签字承担的权限了，而冯母脸色煞白，几乎要晕厥。向春天立马冲向走廊尽头，大叫冯奇、冯奇，所幸冯奇刚走到楼梯转角。她说，快上去，小年不好了。冯奇一时发蒙，又急又不知道该怎么办。向春天说，钱我去交，你赶紧去守着小年。冯奇连连答道，好好好。他将银行卡医生开的单子交给她，说，密码还是以前的密码，没有改，先交八万，让他们用最好的药，一定要拼全力救孩子。向春天说，好的；又说，一切都会好的。然后她听见耳后传来了一声男人的哭泣，这一声哭泣竟让向春天的心莫名地疼痛。

等她交了钱回来，看见冯奇和他妈坐在椅子上，头垂着，像是断了颈骨。

看见她，冯奇妈像看见了仇人，一双眼睛狠狠地瞪着她，憋了半天，终于说，你呀，你就是我冯家的克星。我好好的一盘棋交给你们，你竟给我弄成这样，我冯家到底哪一点对不住你，你要如此毁我们？

向春天辩解道，这个事我也没想到，我也不希望事情成这个样子。您这么善于算计，当初就应该让您儿子和我把这婚离明白，然后你们冯家规规矩矩再娶一个儿媳妇，名正言顺地怀孕，光明正大地照顾孕妇，理直气壮地抱孙子。

冯母气得耳根子都红了，冯奇赶紧拍着他妈的后背，说，妈，您能不能消停点，小年在里面还不知道怎么样，万一有个三长两短我们怎么去跟人家父母交代？说到底，这事一开始是我们的算盘打错了，小年她，她就不该怀孕的。

向春天看着冯奇，一脸狐疑，总觉得他们娘俩一定有什么事瞒着她，包括那次吵恶架，他几次吞吞吐吐，她就起了疑心，这一次他又是话到嘴边又咽下，她觉得其中有蹊跷。她走到他面前，严厉追问，什么意思？

冯奇捶了捶脑门，又狠狠地搓了一把脸，似心理斗争了一番。他说，几个月前小年做产检时，就查出这个病了，当时医生建议终止妊娠，说这个病怀孕生产是医学禁忌。但孩子已经怀上了，还是个男胎，我妈舍不得流掉，便一直都瞒着小年，没有对她说实情，当时也没太信医生的话，另外也有点侥幸心理。战战兢兢过了七个多月，以为没事了，如今，如今算是遭了报应了。此刻这个男人应是真的感到无助了，说着说着就言语哽咽，最后竟哭出了声，双手捧着低垂的脸，肩膀一直不停地颤抖。

向春天万没想到是这样，怪不得冯奇几次话到嘴边又咽了下去，不肯对她说出实情，倘若他说了，她是坚决不会同意的。让人冒着生命危险给他们生孩子，这也太缺德了。从前她只觉得他们冯家精明，机关算尽，也不过是算钱算利，了不起算计点人心，没想到他们连命也敢算计。也许在冯家母子眼里，小年这条命爹不疼娘不爱，身带残疾，可以由着他们摆弄，可以为他们的后嗣血脉做牺牲。果然这世上不能直视的除了太阳还有人心，一阵恶心涌了上来，向春天跑到一旁的卫生间趴在水池上呕吐。

冯奇跟了过来，看她这样，在一旁怔了半天，小心翼翼地探问，你是不是？

我感冒了，向春天赶紧切断了他的猜测。她之前还犹豫着要不要告诉他，以他和他妈对生命的这种草率粗糙的态度，不说最好。想到进手术室前，小年还要求医生若遇两难，只保孩子；临进手术室了，还拉着她的手把孩子托付给她。小年压根就没想过自己，她是拼了命也要为她的冯大哥留个后，她把一颗心全掏出来给了冯家。可他们呢？哪里是什么不信，侥幸，分明就是自私冷血。她想着自己这么多年来，身体一遍一遍遭受疼痛磨难，没有一个人真正疼惜她。没孩子抱养一个不行，哪怕是提出离婚，分一点财产给她也不行，冯家忽冷忽热地对待她，看她在这囚笼里煎熬挣扎。她忍不住热泪滚滚，为小年，也为自己，她感到莫大的辛酸。

小年被从手术室推出来，他们以为她已死里逃生，但看着医护人员凝重阴沉的脸色，焦急地催着赶紧把病人推到楼上的重症监护室，他们才知道小年的情况不容乐观。冯奇和他妈扶着病床，她赶紧去按电梯。一位医生举着输液瓶对他们说，产妇手术完毕，但情况不好，血压低，心率快，已经用了去甲肾上腺素，就怕恶性心律失常，目前她的血氧饱和度比正常人低很多，先转到ICU，术后24小时是道生死关。

看着全身插满了橡胶管的小年，向春天心疼得几乎要窒息，冯奇的眼眶也是红红的。冯母眼泪鼻涕一大把，不停地说，小年，你一定要挺住，一定要挺住，大姨不该让你怀孩子的，大姨对不住你啊。

在重症监护室外，冯奇再一次签了病危通知书。三人守候在重症监护室外，自然是一夜无眠。第二天上午十点他们去探问，医生说，郑小年已经醒了。他们提出想看看她，医生迟疑了一下，还是同意了他们的请求。换上消过毒的手术服，他们被指引着来到小年的病床前，她的身旁摆满了各种仪器，整个监护室只听得到机器持续运作的低频声和各种心电仪、监护仪有规律的嘀嘀声。发乌的灯光，冰冷的仪器和一张张没有生气的面孔，令向春天感觉到了死神的气息，牛头马面和黑白无常似乎都徘徊在这些病床旁边。

她拉着小年的手，看着她嘴巴鼻子额头前胸手臂手指脚上插满了管子，看着她疲惫苍白的面孔，心里便堵得慌。看着她奄奄一息的模样，一种同为女人的惺惺相惜，在春天心里油然而生。她想，这就是身为女人的疼痛和苦难。为了一次生育，几乎要搭上自己的性命，究竟是勇敢还是愚蠢？她想哭，但又不得不强笑颜，说，小年你真棒。

冯奇俯下身摸了摸小年的额头，对着小年笑了笑，并吻了她的额头，说，辛苦你了小年，你再加把劲，过几天我们就可以出院了。

冯母说，我的儿，我的乖乖，你一定要听大姨的话，挺住。

小年的眼角顿时溢出眼泪，朝着大姨虚弱地点了点头。

向春天一边给她擦眼泪一边说，到时候我还要喝你们的喜酒呢。

小年虚弱地动了动嘴角，又虚弱地摇了摇头，她嘴里插着管不能说话，便用手指在春天的掌心里一笔一画地写着，春天便一笔一画地领会。春天说，小年的意思是，一切都不重要了，她只想看看宝宝。

春天忽然有种小年时间不多了的感觉。她转头对小年说，你等着，我马上去拍宝宝的照片，你一定要等着。

小年弱弱地点了点头，眼睛里顿时充满期待。向春天立刻冲出重症监护室，来到新生儿科，叫了值班护士，把情况做了简单说明。值班护士对她进行了消毒处理，带她来到一排保温箱前，一只箱外贴着"郑小年之子"的标签小手小脚小脑袋的宝宝像一只小青蛙，戴着氧气罩，面色红润，趴在保温箱里沉沉地睡着，仪器显示他的小心脏一跳一跳的，这小家伙仿佛在竭尽全力地生长。这柔弱而又蓬勃的生命令向春天热泪长流。她掏出手机照了一张照片，又录下一段十三秒的视频，赶紧回到重症监护室。

小年，宝宝的照片来了。

小年，你看宝宝真的很像你。

向春天把视频播放给她看，小年的泪水顿时汹涌而下，竟哭得抽动起来。她忽然抓住向春天的手，眼睛就那么定定地看着她。

向春天的心里像是被什么东西强有力地击打了一番，再也忍不住失声痛哭起来，她点头哽咽着说，小年，你放心，我会照顾好宝宝的。

小年的眼睛又缓慢移向冯奇，冯奇流着泪吻着小年的手说，宝宝的名字叫敬年，冯敬年，你说好不好？

小年的眼神里忽然有亮光一闪，但瞬间就熄灭了。

医生！医生！冯奇慌乱地按着呼叫铃，一群医护人员迅速赶了过来。一名护士扒开小年的两只眼睛，冷静说道，瞳孔散大。一名医生说，推肾上腺素,快!几名医生趴在小年胸部做按压,一次又一次。一阵忙乱后,医生盯着仪器说,不行,血氧饱和度下降得太快,血压也在往下掉。医生的话音刚落地,春天就看见心电仪旁的数字瞬间就从八十六降到了零,然后波纹图一闪变成了一条直线。

整个重症监护室里一片寂静,只有向春天手机视频里的宝宝奋力呼吸的声音,那是一个小小生命在努力生长。

(原载于《北京文学》2019年10期)

祝你好运

雨，暴雨，下得气势汹汹，白雾蒸腾。伍彩虹坐在我家沙发上，两只手在腿缝里揉搓着，像是被什么东西憋住了。她有很严重的妇科病，是生孩子作下的，因胎儿头过大，造成下体撕裂，缝过几针，此后，便一直毛病多多，打喷嚏都会漏尿，遇到阴雨天就会周身不适。她身上长年散发着一股淡淡的尿腥味儿，她便用香水遮盖，但香水味儿很死板，把四周空气熏得又僵又硬。她要好的朋友并不多，据她讲，好像就我一人。是不是如此，我也懒得去考证真假。

应该不是憋尿，卫生间就离着几步远，她没必要强忍着。我想她大雨天奔我这儿来，不会是来聊天的。那许是被什么事憋住了，有什么话这么难以启齿呢？她这样子倒把我弄紧张了。

我们住得很近，只隔着一条街。她是做销售的，销售一家著名的日化用品。公司要求她们见客户时必须穿得很耀眼，穿出扑面而来的商界女强人气势。她每天着廉价的职业套装，上衣统统扎进下装里，腰里紧紧系根皮带，勒得小肚子圆鼓鼓的，确实有几分霸气。

我给她倒了杯水，说，伍姐，喝茶。

她端起杯子，嘴唇嚅动了几下，说，晶莹，我想请你帮个忙，你一定要帮帮我。

我心里咯噔一下，不知道是什么忙，看这样子绝不是抬手就能帮上的。我壮着胆子问，什么事啊？只要我帮得上，我肯定会帮。

一番扭捏后，她咬了咬牙，说，妹子，你能借三万块钱给我吗？

三万？我一惊，这是在难为我。我来武汉三年了，扛不住现实，终于也买了房。号称南湖花园的高档小区，有泳池和公立的幼儿园，但价格也可观，首付就掏光了婆家和我娘家的积蓄。我的工作东一榔头西一棒子，现在又刚刚失业闲在家；我老公不过是一个外企的小职员，一年收入也就八九万元。可是好汉难养三张嘴，房子、车子和我，都靠着他，前两样并不比我好养，说要钱就要钱，连商量都不打的。家里每一分钱都有去路，没有闲钱来救江湖之急。

我很果断地摇头。

两万，两万可以吗？她不死心，两眼望着我，快要喷出火焰来。看她那个样子，似乎是不打算从我这里空手而归了。交往了两年，我从未见过她这个样子，在我看来，她是很要面子的，如今这借钱的架势倒有点无耻了。

我希望她就此打住，拒绝多了，势必影响到我们的情谊。我不想失去她这个朋友，来武汉三年了，但这个城市对我来说依然人生地不熟。老公呢，为了挣那点钱，像是卖身给了公司，早晨我还没醒他就走了，晚上我睡着了他才回来，心里憋闷了，连个说话的人都找不到。幸好马路对面有个伍彩虹，能陪我逛逛街，说说话，还能陪我喝两口。隔三岔五在外面吃个饭，也是这顿我请，下顿她请，我们胃口好，一盘拍黄瓜配啤酒能让我们咀嚼出舌尖上的中国味。

而且她于我有恩，自古道滴水之恩当涌泉相报，难道眼睁睁地看着我和恩人的友谊从高空坠落，摔个粉身碎骨？为了拯救我们的交情，我表态了，我说，伍姐，我手上就一万块钱，你要不嫌弃你就拿去。

其实我手上有两万块钱，偷偷摸摸攒了两三年才攒出来的。我的工作不稳定,便一直寻思着想找个小门头,开个果汁店或是鲜花店什么的,大小是个营生。可是我老公不同意,他觉得投资有风险。我为了我的后路,只得早早准备了。

她一愣,说,晶莹,嗨,晶莹,你说我都朝你开口了,我还能嫌弃?一分钱,一毛钱,我都没有资格嫌弃。听得出她话语里还是有些感动的,虽然没有达到她的预期,但能拿出一万块钱来,也多少让她看见了朋友一场的诚意。她见好就收,我也就觉得这一万块给得值了。

在她冒雨离开我家时,我想,她一定是碰上什么事了。

说起我与伍彩虹的相识,倒也寻常。大约是两年前的春天,记得那时正值广玉兰的花期,满街都是大朵大朵的玉兰花。我途经中商超市门口,有女声提醒我鞋带开了。我赶紧蹲下系鞋带,出于对人善意的报答,系好鞋带后,我没有立马走开,热情地和她多说了几句。她问我住在哪,我说就住前面央央花园,她顿时喜上眉梢,说她住央央花园对面的静安苑。面对面而居,便觉得情感上也近了些。

我看她穿着小西服、一步裙,脖子上还系着一条小方巾,不是家常的穿着,便问她是做什么的。她指了指一旁的小台子,台子上摆着琳琅满目的商品,都是安某利。我一惊,大叫,这不是传销吗?话一出口,我又想我得罪人了。没想到她并不计较,很有礼貌地解释说,不是传销,是直销,国家允许的,相关领导人还接见过我们总公司的老板呢。我为我的失言感到些许歉疚,便想买点产品弥补一下。没想到这些东西都很贵,贵得让人冒火,一盒牙膏竟要五六十块钱。她当然是认真又热情地推销了,说这牙膏是纯植物配方,不含氟,可治阴虚火旺,可固齿强肾,仿佛一刷立马百病消除。我捏着这管神奇的牙膏,咬咬牙,买了。付了钱刚要走,她又叫住我,要我留个联系方式,又给了我一个便携式保温杯,说是赠品,像是挽回了一点损失似的,我朝她笑了笑,并留下了我的电话号码。

　　还没到家，她的短信就发过来了，说她叫伍彩虹，嘱我有什么事尽可以联系她，只要她能帮上的，绝不推辞。我当时一笑，我能有什么事需要她来帮忙，真是让人呵呵，便没理睬。不料半个月后，一次我从厕所出来忽然感觉头晕恶心，眼前一阵一阵发黑，躺在沙发上只觉得天旋地转，像是绑在了吊扇上。老公又正在外地出差，一时半会回不来。我咬着牙翻手机通信录，竟然找不到一个可以求助的人。绝望中翻到了伍彩虹的号码，顿时决定把电话打给她。

　　不到十分钟，我就听到了敲门声。我扶着墙去开门，她一进来就将我扶到床上，帮我脱衣脱鞋盖被子，又从包里把她销售的什么维生素A、B、C、D、E倒出一堆来让我吃。我说，能吃吗？这又不是药。她说，你吃吧，总没有害处。我便全吃了。她又坐在床边陪我，也怪，晕了一会儿就渐渐地好了。但她并没有离开，又去厨房帮我弄好了饭菜，陪我吃完饭，还帮我收拾了碗筷，直到夜里十点我老公回了家她才走。

　　两个月后我查出怀孕，还没来得及通知亲朋好友，就动红小产了。医生交代小产也要当大月子养，不能碰冷水，不能负重，最好卧床休息。大半个月的时间，老公不可能一步不离守着我，他得上班挣钱。这事不是喜事我也不想让家人知道，所以我再次想起了伍彩虹。她又是挂了电话就赶了过来，除了让我吃各种维生素，还带了两罐蛋白粉，一早一晚给我冲三勺，督促我喝下去。大热天里，一连十几天，她每天过来给我做饭煲汤，洗洗涮涮，还陪我睡觉。我俩躺在一个枕头上，她为我摇着扇子，彼此说些心里话。也就是那时她跟我说她生孩子的事，听得我好替她难过。

　　这两件事让她在我心里有了恩人的地位。此后，我们往来频繁，互通有无，在一次次推杯换盏中推心置腹。她大我十多岁，我便叫她姐，伍姐。伍姐经常来我家帮我打理较为复杂的家务，如手洗大件的地毯和羽绒服、拆洗窗帘、给地板打蜡等。作为回报我便经常去参加他们内部的营销大会，在他们激情洋溢的发财梦口号中，力所能及地在她手里购买生活中用得着的小商品。

伍彩虹一直向我推销的是皇后锅。她把这口锅说得天花乱坠，神乎其神，什么军事材料制作，什么油烟不粘、红外线、聚能环，仿佛生命中有了这一口锅，就能长生不老，身列仙班。我问多少钱，她说要一万二。一万多块钱就买个炒菜的锅，就是马云的娘们也干不出这样的事吧！我说，这锅有人买吗？她瞪了我一眼，说，当然有。她说，我跟你讲，有钱人多的是，有钱人不怕花钱，就怕短命，他们对吃的喝的讲究得很。显然她向我推销皇后锅是失败的，她应该向那些惜命的富人们去推销，可惜她一个都没碰到。

她销售皇后锅的目的就是为了上银章，上钻石。上了银章就可以在公司组建团队，她就更有话语权了；成了钻石级别，那她就是一言九鼎。她说她这小半辈子活得太窝囊，太憋屈，她的后半辈子不能再这么过下去。她还说无论多大年纪的人都应该有梦想，保不准哪天实现了呢？这听起来一点都不神话，倒像个笑话。我说她是被洗脑了，被那些空洞的致富口号、发财的故事戕害了，我劝她找份正儿八经的工作，凭自己的劳动挣钱。她反问我，你不是一直都凭劳动挣钱吗？挣到了吗？

我顿时哑口无言。

次日一早，我决定到她家去看看。

虽然我们只隔条马路，交往两年多，我也就去过她家两次，两次都是我死皮赖脸强去的。她所在的小区是南湖片区建的最早的一批商品房，楼高七层，没有电梯，砖混结构。二十年过去了，建筑外墙污渍斑斑，墙脚的裂缝疏可跑马。花坛里种的栀子花，因为背阴，就没见开过花，几株瘦骨嶙峋的桂花倒是吊儿郎当地香过几次。这个小区的房子租售价一直半死不活，去年报纸公布说地铁七号线要延伸过来，又在这里设了一站，这破楼终于受到高度的尊重，电线杆、路面上和楼道里到处贴着中介的小条，高价求购求租，这小区一下子就火了。

她家住顶楼，站在下面抬头一看，望而生畏。楼道像是从来没有人打扫过似的，每一脚都尘土飞扬，有一股油漆味，越往上越浓重。三楼的楼道墙上是红色油漆泼着"伍彩虹，臭不要脸"，那些漆液流下来，像血。每层都有，语言一层比一层凶狠，"伍彩虹，请你马上滚蛋"。我大惊，她真的遇到事了，遇到大事了。

她一定是借了高利贷，我想。听说这一行逼债手段很恐怖，我后背沁出热汗，迈着两条筛糠一般发抖的腿爬到她家门口，她家铁门上赫然写着大大的"去死"俩字，红得触目惊心。

我很害怕，心里乱跳。敲门，久不应声。她不会遇害了吧？想象着她躺在血泊中的样子，胸口还插着一把匕首，我的头皮发紧又发麻。我哆嗦着掏出手机正想打电话，门却开了，回过头一看，是伍彩虹。她一脸阴沉，探出脑袋左右两边瞄了瞄，对于我的来访，表现出慌乱、厌恶和冰冷，但到底还是把我让进了屋。

她家饭桌上搁着一碗稀饭，一个塑料袋装着几片卤藕。显然，她在吃饭。快十一点了，也不知道她这是吃的早饭还是中饭。我问，你没事吧？

她嚼着卤藕片，说，你既然到我家来了，也都看到了，我也就没什么好瞒的了。她清了清喉咙，脸上的神情也缓和了下来，不似先前那样抗拒。她说是她舅要霸占她的房子。

舅舅？我愕然，问，为啥？

她并没有回答我，却问我认识不认识律师。

我摇头。我亲戚六眷、好友闺蜜中尽是些瓦匠和裁缝，能做到包工头和小作坊老板就算光宗耀祖了。对我的爱莫能助她已习以为常。我追问，难道你还准备跟你舅舅对簿公堂？

她说，被逼的。然后又很气愤地说，这房子是他十五年前赠予了我，当然也不是白赠，我给他干了近十年的活，没拿半分工钱，末了弄个房子给我。当初这里的房子便宜，七八百元一平方米，这房子八十来平方米，买下来也就六万多元。这几年虽说也在涨，但涨得不带劲，去年说这里要建地铁站，一下子从六千一平方米涨到了一万八一平方米，百多万了，他急眼了，说房子是他的，要我赶紧搬出去。

我问，你这舅是干什么的？

她说，大学老师。

大学老师？我吃了一惊。在我的感觉里，老师属于传统知识分子，都是文质彬彬、轻财仗义的。如今为了房子，连黑社会手段都用上了，这实在让人大跌眼镜。

我环视了一下屋子，装修粗陋，水管和电线走的都是明线，家具也简单，屋里到处都摞着纸箱子。房子的格局也不好，两房两厅，一个卧室冲着卫生间，一个卧室冲着厨房，大门冲着阳台，客厅四面都是门，没有一面完整的墙，如此，便安放不了电视，摆不了沙发和茶几，墙上连幅画都挂不了。两个卧室的门都敞着，其中一个房间里挂着顶老式纱布蚊帐，影影绰绰的似乎床上有棉被样的东西堆得高高的。

我问，你老公呢？

她说，睡觉。说完将碗筷拿进了厨房，接着水龙头便是哗哗一阵响。

记得她曾跟我说过，她老公做过厨师，后又改开出租车。我们很少谈到她老公，即使有时候谈到了，她也会马上避开，我想很可能是他们夫妻感情不和。所以我除了知道她有个老公，老公是的士司机外，其他一无所知。而且我来她家两次，两次她都说她老公在休息。那顶蚊帐总是那么挂着，被子总是码得很高。我想她老公可能是夜班司机，只有夜班司机才可以在白天这么放肆地休息。

看看墙上的钟，快十二点了，她刚吃完饭，想必是不会留我吃中饭了，我便告辞，她迫不及待地说好。出门时，她又忽然叫住我，随手从一个纸箱子里拿出两罐蛋白粉和几瓶复合维生素，说，拿去吃吧，身体是革命的本钱，所有财富都是 0，唯有身体是 1，没有 1，0 再多都是瞎的。这显然又是她们内部销售培训那套说辞。

我接过来，这两年承她的情，蛋白质和维生素算是恶补了。我很想再劝劝她不要做这份工作了，不可能因此发财的，但看了看她那张蜡黄的面孔，又看了看楼道墙壁上如血一样的油漆，最终什么也没说。

第二天，她给我打电话，说想去房管局问问。我说，我陪你去吧，反正我也还没找到工作。

在去房管局的路上，她跟我讲了她跟她舅舅之间的事情。

她舅是她妈带大的，说是姐弟，却情同母子。这舅什么事都干不好，就读书还行，她妈就供他，即使嫁到了婆家还继续供这舅读书。吃里爬外，婆媳关系自然好不了。她爸对她妈也没个好脸色，几次打架闹离婚，直到伍彩虹上了小学，她妈才把这尊舅神供清白。她舅大学毕业那天，她爸杀鸡打酒办席面，倒不是庆贺小舅子学业有成，而是庆贺他伍家从此可以过安生日子了。

自她这舅参加了工作，她妈就跟得了天下似的，一切都有了依靠。伍彩虹读书读不进去，她妈一点也不急，反倒宽慰她说，有你舅呢，还怕饿死？！伍彩虹那时也觉得遥远的舅舅是救苦救难的菩萨。三年初中郁闷地读完了，舅舅对外甥女的人生没有做出任何指点，连她妈都有点坐不住了，这猪油和尚般的女儿，到底是学手艺还是另谋出路，她得找个能干人商量。

她妈托人给在省城的舅舅写了一封又一封信。那个暑假，她的舅菩萨终于千里迢迢赶来，降临在她家的堂屋里，白衬衫，黑西裤，架着眼镜，戴着手表，皮鞋铮亮，头发又黑又密，一看就很高级的样子。他叫伍彩虹的奶奶婶娘，叫伍彩虹的爸爸大兄。舅舅从随身的包里掏出几张钱塞给婶娘，又掏出几张钱塞给大兄，末了还掏出几张钱来塞给她，那沓厚厚的钱往手心里一塞，她预感她的人生将要改变了。

到了夜晚，她明显感觉到她妈跟她奶奶的关系和软了，她奶奶还提醒她妈给舅舅做夜宵。她舅舅用调羹慢条斯理地吃着荷包蛋，她爸爸就在桌子对面摇着蒲扇，帮人家赶蚊子。舅舅吃完荷包蛋，擦擦嘴说，就把虹虹交给我吧，跟我去省城，我来安排她。她妈自然是喜笑颜开，眉头舒展了。

一路上，她对城市充满了期待与向往，但未知的新生活也令她倍感压力。身旁的舅舅正襟危坐，一言不发，没有一点亲切感，她甚至担心这个舅舅会不会是个人贩子。他们在傍晚时分到了舅舅的家，家里有一个又瘦又白的女人，正在吃西瓜。舅舅说，这是舅妈。她怯怯地叫舅妈。舅妈说，你没有虱子吧？她一愣，在他们乡里，问候远道而来的客人第一句话都是，您累了吧，然后是快坐下喝口水，饭马上就好。很快她就明白过来了，舅妈这是在嫌弃她。舅妈对舅舅说，带她去楼下理发店把头发剪了，越短越好。她没有剃胎毛，头发留了十四年，枯黄的一根辫子齐屁股，她很为自己的辫子骄傲。乡里早有人收头发换钱，像她这样的头发，可以换二十元，她妈要她剪了，她硬没让剪。她蓄着这条辫子就像蓄着一分荣耀，一笔财富似的，可是这还没踏进城市的门，她的这份荣耀就要一剪没了。剪完头，她照了照镜子，鼻子一直酸酸的，夜里躺在床上才敢流出眼泪。城市给她的第一印象一点都不好，冰冷又刻薄。

过了几天舅舅才对她讲明，她在这里的主要事情就是照顾舅妈，因为舅妈有了身子；等过几个月生了，她还要帮忙带孩子，说白了就是当保姆。她感觉自己被骗了，她虽读不进书去，但心高气傲，怎肯去伺候人。她写信给她妈，要她妈来接她回去，她不愿做保姆，她想学门手艺去打工。过了十几天，她妈就坐在了她舅的客厅里。她舅对她妈说，姐，你放心，我绝不会亏待了虹虹，她以后嫁人成家就不用您操心了，我保证她一定会在这城里扎下根。

许久她妈才叹了口气，说，女孩儿就是个菜籽命，落在肥处就是棵肥菜，落在瘦处就是棵瘦菜。她妈似乎还想对她舅舅说点什么，但最终什么也没说，把脸转过来交代她，舅舅有难处，你帮帮他，亲亲的舅舅，十里八乡唯一的大学生，不会让你吃亏的。

她听了她妈的话，不听也不行啊，她一个女孩子家，没钱又没胆，起不了势也造不了反，就这样顺理成章做了舅舅家的保姆。煎炒烹炸、洗洗涮涮整三年，终于把小表妹伺候到上了幼儿园。还没歇上两天，舅妈就有了新主意，想学别人下海创业，说靠拿死工资永远发不了财。她打量他们的家，电灯电话、电视沙发，她想她这辈子要能有这样的家，也算出人头地了。

一个油炸带烧烤的铁皮炉子，支在校外的路旁，这便是舅妈苦思冥想的创业。那条街终日被超大的遮阳伞和雨篷所遮盖，烟熏火燎，暗无天日，细皮嫩肉的舅妈哪里受得了这罪，勉强支撑了一个星期就交给了伍彩虹。从下午四点到夜里十二点，伍彩虹就像块腊肉，绑在那只烧烤炉子上了，连尿也没时间屙。当然她好像也没尿，没空喝水，哪里又有尿呢？那些油烟时不时就往她脸上舔，舔得她生疼，还熏眼睛。这一切逼得她眉头一直皱着，眼睛一直半眯着，久了，她正在发育的眼睛也变形了，眼皮松弛，耷拉了下来，成了三角眼，克夫的面相。

烧烤摊支了两年，舅妈又在学校附近盘了一个小饭馆，伍彩虹就负责起了小饭馆的生意。舅舅舅妈隔三岔五来指点一下，舅舅时不时总说，好好干，虹虹，以后这店子就是你的了；舅妈不作声，只淡淡地笑。刚开始伍彩虹只当舅舅说着玩的，但舅舅说多了，伍彩虹就有点当真了。饭馆里一个炒菜的厨子很会来事，开始叫她老板，她半推半就地认了。那厨子还向她献殷勤，单独为她炒菜，其他伙计的菜盘子糊里糊涂，她的菜盘子总收拾得眉清目秀，无论炒什么，菜面上总要搁一朵胡萝卜片做的玫瑰花。伍彩虹又不是傻子，她当然知道这厨子的心思。怎么说呢？这厨子长得倒不像厨子，像她们村的杀猪佬，鼓眼、阔嘴、横肉、硬骨，又高又壮，这样的人身上有股杀气，金刚似的，能威慑得住人。伍彩虹对他虽没有好感，但也不反感。见他对她有意，她也想象过跟他一起过日子的场景，他有手艺，将来不会饿死；他高大魁梧，她不会受人欺负。在一次打烊关店的深夜，店里其他人都走了，他在后厨收拾锅碗瓢盆，她在收银台后面盘账。她不知道他是什么时候来到了收银台，等她抬起头发现他时，她惊讶得"啊"还没完全喊出喉咙，他就一把将她按在了货柜下面的破沙发上，霸王硬上弓地将她的身子给破了。下体尖锐的疼痛告诉她，她已经被玷污了，此生别无选择了，只能嫁给他。

  舅舅是不同意他们俩好的，舅舅觉得这厨子心术不正，怕她跟了他吃亏。为了打破他们的关系，舅舅把那个厨子开了。厨子早就不想干厨子了，颠勺颠得整个肩周像灌满了铅。他改行去开出租车，时不时地深更半夜守在伍彩虹的饭店对面，等她打烊出了店，他便恶狗样冲上前去，拦腰将她捉到车里，开到背人的江堤上或废马路上，将她推倒在座椅上。每一次完事后，气都还没喘匀，他就问她，你舅什么时候能把饭店给你？

  很快伍彩虹就清楚了，厨子跟她交往，是冲着那饭店来的，她的身体不过是他要走的一条道。她的心底生出一股寒意，一种被算计的屈辱令她感到万分窝心，她的五脏扭成一团，在她的躯体内一阵阵发颤。可是她还不得不跟他在一起，她的肚子里已经有了他的孩子。

  为了达成他的心愿，也为了将来她跟孩子能有个出路，她还是不要脸地去问了舅舅，这饭店到底什么时候才能给她，是舅舅说说玩的，还是真的有这个心？其实舅舅有这个心也不算什么，毕竟她给他做了近十年的活，长工一样地卖给他家了。十年里，他没有给过她一分钱工资，虽然她是吃他的喝他的，但这并不能代表他们养活了她，从某种意义上说，谁养活谁还不一定呢。他们如今住在南望山脚下的高档商品房里，两百平方米，复式楼。她空闲的时候，坐在客厅的皮沙发上盘算，这一砖一瓦里埋了她多少的血汗，但这种想法永远只能烂在她自己肚子里，不能说出口。自从她在他们家做了保姆后，她在舅妈严厉的挑剔下，养成了逆来顺受的性格。是与非，对与错，谁又能为她撑个腰，做个主呢？争辩也是白搭力气。好在舅舅总说这个饭店将来是她的，对她以后的人生好像还是有一番考虑的。如此生活也算有个盼头，苦尽了，甘总是要来的。

　　舅舅冷笑了两声，严厉地盘问，她是不是还跟那厨子搅在一起。她有点心虚，但突然间就镇定了，跟厨子搅在一起，又不是什么见不得人的事，又不是她身上的七寸，凭什么要被人给拿捏住呢？她说，舅舅，我是来找你问店子的事，不是来跟你谈厨子的。

　　冷了一会儿场，舅舅忽地叹了一口气，说，哎，这店估计你指望不成了，不光你指望不成，我也指望不成了。我现在在跟你舅妈闹离婚，正在扯皮。她这才发现房子里没有舅妈的影子。她自是不信，舅舅不过是搪塞她。隔日她来家打扫时，正撞见河东狮吼状的舅妈。舅妈的圆脸被愤怒拉长了，她一字一冷笑，说，你还有脸争财产，你除了跟你的女学生有那破关系，家里的一切以后都跟你没任何关系了。房子、孩子、店子，你休想分一样走，你要快活，我成全你。舅妈在说到店子的时候，朝她看了一眼，那眼里尽是鄙视。那是她第一次看见舅妈这么泼妇样，这么骂人。

　　在厨子得知饭店彻底没戏的时候，她的肚子大得已经很壮观了，但厨子却仍然不提结婚的事。伍彩虹走投无路，只得向她妈哭诉。她妈再次坐在她舅舅促狭的客厅里，那时舅舅已带着新舅妈住进了学校分的家属楼。面对长姐，舅舅总是一副自知理亏的样子，他表示他会把虹虹安排好。她妈努了努嘴，一脸的皱纹也跟着运动起来。她妈说，做人都难，我那时供你读书也难，没得吃没得穿，虹虹的爸爸跟奶奶一天到晚指桑骂槐，那日子，我每天都像是滚钉板。我想着把你供出来了，我就脱离苦海了，我这辈子就虹虹一个姑娘，她十四岁我就把她托付给你了，十年了，你就是这个样子来交代我这姐姐的？舅舅的脑袋都快要扎进裤裆里了，但他还是向姐姐做了保证，保证虹虹会在省城里落户。

阿弥陀佛，孩子满周岁时，我总算住进了我自己的房子里。伍彩虹说。

由于房子没有两证，也没有购房合同，去房管局询问的结果也是不尽人意。她们便到律师事务所去咨询，律师说赠予的财产，只要赠予方不是被胁迫，赠予完成，财产就是受赠方的了，一般情况下，赠予方是不能随便拿回赠予的财产。可律师又说，赠予方如果到了衣食无着居无定所的地步，当初赠予的财产是可以要求受赠方返还的。

这倒是稍稍令人心安，再怎么着一个人民教师不可能弄到衣食无着居无定所的地步。可她又叹了一口气，说，他说他现在就是这样啊，没房子住。

真是流氓不可怕，就怕流氓有文化！她气鼓鼓地说。我问她，那你现在怎么办呢？他三天两头耍无赖，雇黑社会的人泼油漆，我怕时间长了，你那栋楼的住户会把怨气发泄在你身上。

她沉默了一会儿，说，我也是担心这个。你不知道我这两天走在楼道里，左邻右舍看我的眼神都怪怪的。她这么一说，我更加替她担心了。

我们败兴而归。因地铁施工挖坏了我们小区的水管，物业说要晚上八点才能修好，我只好来到她家。坐在她家逼仄的客厅里，一时无话。楼道里的油漆味还是能飘到屋里来，这气味像是一种警告，这里潜伏着灾祸，空气压抑得让人心胸发紧。我打开从外面打包回来的两碗酸菜牛肉盖浇饭，孜然与焦洋葱的味道弥漫开来，食物与生俱来的慈悲似缓解了这种紧张。

我忽然听见房中有一声响动，继而传来一声叹息。我一惊，以为是幻听，但随后的一声呻吟证实我没有耳疾，不是听错了。我朝房里看了看，依然是那张床，依然挂着蚊帐，半透明的蚊帐内，依然是棉被高耸。我疑惑，都这个点了，她老公还不出车吗？

我问她，你老公在家？

她把嘴里的一口饭细细嚼了半天，说，嗯。

我问，他不去交班吗？

她又扒了一口饭，嚼了半天，说，他一辈子都不用交班了。

我涌起更多的疑惑，在我开口问问题之前，她自己主动说道，他是个废人，躺在那床上已经七八年了。

我愕然，完全蒙了。我们这样的交情，此等大事，我竟然现在才知道。她下体撕裂、漏尿这样的超级隐私都能告诉我，但老公是瘫子的事，她却吭也不吭一声，这女人城府太深了。

说话间，那屋里又传来一声叫唤，像是被掐住了喉咙发出的声音。我的脑子里顿时充满各种怪异的想象，我怀疑她把她的瘫老公绑在了床上，还在他的嘴里塞了双臭袜子。这样一来，我再看伍彩虹时，就觉得有些可怕。自古知人知面不知心，也许在她温和的外表下包藏着一颗毒辣又变态的心呢。

我说，你老公好像在哼，你不去看看他到底怎么了？

她很淡漠地说，他是饿了。

扒完最后一口牛肉汤汁饭，她抹抹嘴，起身从架子上拿了一只掉漆的搪瓷碗，又从一只纸箱子里拿了一罐蛋白粉。大概只剩一点底子了，她从里面舀出四勺粉后，开始拍打罐体，从里面刮得半勺粉，用开水和了后，从一只小冰箱里拿出半碗稀饭，倒在一起，搅和搅和，就端进了房间。

我跟了进去，房间里有股淡淡的屎尿臭味。伍彩虹扒开蚊帐，将一侧帐门绕在床边的竹竿上,那张神秘的床就完全呈现在了我眼前。我吓了一跳,差点叫了起来。床上确实躺着一个人,但却是一个半截人,没有腰没有屁股没有腿。仅存的躯体,瘦、干,裸露的肤色白得怪异,像鱼肚的颜色,似乎还能反光,很是瘆人。他看见我的一瞬间,也是惊恐。他慌忙扯过一条被子,盖上了被子后,脸上的神色才安稳。他在维护自己的体面,这点可怜的自尊让我心酸。我尴尬地站在他床前,为我的四肢健全感到一些不安和惭愧。他深陷的双眼盯着我看了半天,没有一点表情。

伍彩虹一口一口给他喂饭,有时候他吞咽得有些吃力,汁水不断地从他的嘴角处流下来,泅在领口处,一股馊味从他的毛衣里幽幽发散出来。

牛肉,他说。

你们吃了牛肉,他又说了一遍。

伍彩虹没有理会他,她面对他的时候,脸上没有任何表情,看不出愁苦、心疼和厌恶。喂完饭,她扯过被角给他擦了擦嘴。那面被角也是黑的,黑得都起毛了。他的床上码着五六床冬天的棉被,许是没有地方安置,就统统放在他的床上。除了棉被,还放了两只大纸箱子,外包装箱上印了个大大的锅,哦,想必是伍彩虹总向我提起的皇后锅。那箱子上还用圆珠笔写了个日期,是昨天。我想她前天找我借钱定是为了买这两只锅,这个疯魔女人!我扫了眼屋子,各处都堆满了杂物,塑料整理箱和各种纸箱子高高地码在四周。窗户锈迹斑斑,里面的黑胶条从卡槽里散落下来,被风吹得轻轻摆动。

她喂完饭,又处理了他挂在床板下的屎尿袋,然后像是一刻也不愿多待似的,走出了他的房间。窗外已经能看见零星灯火,夜色开始袭来。伍彩虹打开客厅的灯,白炽灯泛青的光使得屋子阴森冰冷。我余悸未消,害怕在这样的屋子里待久了,伍彩虹会长出青面獠牙,屁股后面会静静地生出一条毛尾巴，然后大嘴一张，显出她的原形。

我说，时间不早了，我回家了，你也早点休息吧。

她说，你晚上有事吗？

我回过头朝她看了一眼，她似有挽留的意思。这真是少有，每次我到她家，她都巴不得我快点走，我一起身说告辞，她就有种如释重负的感觉，所以我也不大愿意来她家。但此时她的神态却与往日大不同。

我说，我无业游民的，能有什么事。

她说，那我们出去喝两杯吧。

喝两杯就喝两杯吧，她应是想和我说说话。我说，那干脆到我家里去喝吧，能不花钱就不花钱。

她说，好。

在小区门口的周记鸭店，我买了一大包鸭肝鸭掌和鸭头，开了一瓶十二年的白云边，给她倒了一杯，我自己则喝白开水陪她。我说，我要怀孩子，就喝这个。

她点点头说，女人生孩子是大事，这是我们做女人的本分。

她握着酒瓶自斟自饮，这架势使她看上去有点男人的气概。她抬头看了看玄关处的挂钟，快十点了。她问我，你老公还不回家？

我说，他不到十一二点不会回来。

她便没有再作声了，只是静静地喝酒，这突然的沉默让我们各自的情绪低落下来。一个男人每天都是十一二点才回家，拖着一身疲惫，回来脸不洗牙不刷，倒头就睡，感情便在这如雷的鼾声中倦怠下来。消极的身体带来消极的生活，器官、思想、情绪甚至是胃口都跟着一起衰败下来，日子便陷入泥潭。这样的状况，她想必也经历过，所以又能对我说什么呢？这世间，每个人都有每个人的天罗与地网，有谁真的能超越平凡的生活，不都是被世俗的日常给活埋了吗？

酒喝了一半，她的脸上升起红晕，像是脸颊上开出了两朵桃花，人也显得灿烂起来，撇开她那双三角眼，这个女人还真的是很有风韵，可是半辈子却困在屎坑一样的生活里。我向她举杯，说，伍姐，我敬你！我要是你，早疯掉了。

她说，我疯过，一天到晚躲在家里不出来，怕，屋里不能有亮光，窗户要遮得严严实实的；这都不行，我还要躲在床底下，我不愿跟任何人接触，他们每天都把饭菜端到床底下，像喂条狗一样。我连我妈都不愿见，在我精神正常的时候，我能体谅我妈的不容易，但那段时间，我不知道为什么，我恨她，我见到她，就有一种想咬断她脖子的冲动。我们家的人都想把我送进精神病院去，可最终因为费用高，放弃了。婆家的人后来就不管我了，他们把我丢在外面，我饿了也翻过垃圾桶，渴了也接过屋檐下的水。说到这她蓦地笑了笑，说，现在回过头一想，其实人一旦疯了，我告诉你，活得还轻松自在些，没有任何负担，不觉得谁亏欠了你，也不会觉得你亏欠了谁。

我吃惊，在我的印象中，精神病也跟绝症一样，一旦得上了，便也没治了，靠药物控制，也是时好时歹，并不能根治。而伍彩虹居然还能完全好起来，这不得不说是个奇迹。

看我一脸愕然，她叹了一口气，说，后来，我的孩子让我疯不下去了。那个时候他才四岁，爸爸瘫了，妈妈疯了，村里便渐渐开始有孩子打他骂他，到后来连大人也开始欺负他。有一次我从外面游荡回来，看见一群孩子围着他，然后一哄而上压在他身上，拳打脚踢。他们说，叫你妈偷我家菜，叫你妈偷我家鸡。我孩子就躺在地上，任那些半大孩子作践，他只抱着头，蜷缩着身子，不作声。我当时心如刀割，我只是疯了，并没有傻掉，我认识人，认识我的孩子。我上前就把两个半大孩子给抓了起来，一把掼到地上，将他们打在我孩子身上的拳头还给了他们。人疯了后，没有约束，力气变得很大，那些孩子一看疯子打人了，都吓得直哆嗦。那一次我谁都没有放过，我一个一个抽他们的耳光。直到我的孩子哭了，我才住手，他是被我的样子吓哭的。那些孩子赶紧趁机跑了，村路上只剩下我跟孩子。他跟我说，妈妈，你为什么是疯子？你为什么是疯子？我恨你！我当时也是心如刀绞，但我也有我的苦衷。如果我正常了，就要去面对那个半截人，我害怕。如果他没有活过来，死了，该多好。

　　过了几天，家里突然来了一男一女两个陌生人，他们给了孩子爷爷奶奶一笔钱，然后又给孩子递了一瓶饮料，孩子喝后不久就瞌睡了，那女的便抱着孩子往外走。我知道他们这是要把孩子给卖了，那是我的孩子，我当然不允许。我从菜园里冲出来，一把夺过孩子，紧紧抱在怀里，任凭他们怎么挟制我，我死不松手。孩子奶奶说，你这个样子，还舍不得孩子，你叫我们怎么办？儿子儿子指望不上，你又是这个样子，我们也是六七十岁的人了，养不活孩子了，我们好不容易给孩子寻了个好人家，两口子没有孩子又想要个孩子，孩子跟了他们倒是孩子的造化，跟着你一个疯妈孩子能不能长成人都难说呢。你就撒手吧，给孩子一条活路。

　　也许孩子奶奶说的是对的，我便松了手，可是当他们从我怀里抱走孩子的那一刻，像是有人从我体内摘走了心肝，那种生疼令人窒息。我便再一次夺过我的孩子，这一次随他们说什么，我都没有再放手。他奶奶坐在地上哭天抢地质问老天爷，一个瘫子一个疯子怎么办啊？我抱着我的孩子站了起来，一字一句告诉他们，我没疯，我没疯，我不是疯子。为了证明我不是疯子，我特意挽留那对夫妻在家里吃了饭，我到菜园子里摘菜，淘米煮饭，炒了一盘茄子，一盘豇豆，煎了一盘豆腐，还蒸了一碗鸡蛋，碗碗菜都咸淡合适，所有人都很吃惊。是啊，我疯到连爹和娘都不认识，疯到连垃圾桶里的食物也狼吞虎咽，疯到连塘里的鱼虾都活吃，可是说不疯就不疯了。他们只能把这一切归为鬼神之说，请人掐算了一番，买了几刀黄表纸，找了一棵朝东的楝树烧了。

她说，那对想抱孩子的夫妻倒是好心肠，不仅原先想收养孩子的两万块钱没有拿回去，还又给了我五千块钱，说给孩子买好吃的好玩的，莫让孩子受委屈，而且此后几年还经常汇款过来。

她仰头又喝干一杯酒，感叹道，那两口子真是好人，后来就没有音信了，我估计他们一定是有了自己的孩子，一定是的。

我没有做声，只是静静地看着她，看着她一手拿酒瓶，一手拿酒杯，看着她啃鸭脖鸭掌，看着她脸上泛起的桃花，看着她被辣酱和白酒刺激后的红唇，直看得我眼底一片潮湿。

她终于醉了，一头栽在一堆鸭骨头里。我把她从椅子上扶起来，才发现她的裤子全湿了，她又忘记垫卫生巾了。浓重的油腻味、酒味和尿臊味包裹着她，令她身上散发着尘世荒诞而混乱、腥臊而饱满的气息。

我将她扶到床上换了身干净衣服，让她先睡下，等她酒醒。迷迷糊糊间我忽然听到她叫了一声，我睡眠浅，一下子就惊醒了。看看床头柜上的夜光钟，快十二点了。主卧有鼾声，我老公应该回来了。我想着她家床上还躺着那样一个男人，吃喝拉撒需要人安置，要不要叫醒我老公一起将她送回家去。正思忖着，忽然她脚一踢，将身上的被子蹬到地上，脸上的表情狰狞可怖。她咬牙切齿地说，你怎么不去死，你怎么不去死？你去死啊！她在说梦话，只有心思重的人才会说梦话。她的每一个字都像是顶着千斤重量吐出来的，看着像是梦魇，我只得推醒她。

醒来后，她坐在床头怔怔地，两眼放空。待她情绪稳定后，我说，你刚刚魇着了。

半响，她长长地舒了口气。我给她倒了一杯水，她喝完后，竟主动跟我说起了她老公。

她老公叫何志平。她说，在那场车祸前，我每时每刻都在诅咒他，咒他去死，武汉每天那么多起车祸，怎么就没有他。每天早上我在楼上看着他交班回来，腰圆膀大，一副长生不老的样子，我就不知道自己该怎么活下去。

我说，你既然这么恨他，为什么不离婚，离了不就四角清静了？

她木木地摇了摇头，她说，你不知道，你现在看他没了双腿，大小便都要靠人造的肛瘘，在床上躺了七八年，不见天日，身体一寸寸缩小，像块肉干似的，人畜无害，是弱者了，所以你觉得他可怜。你从前没跟他过过日子，你不知道他的无耻龌龊，不知道他的心狠阴毒。离婚我提过，他也同意，可是他要房子，孩子归我，他答应每月给抚养费，但前提是我要先给他六万块钱精神损失费，说我是骗婚，以饭馆做诱饵骗婚，又以肚中孩子相要挟，强迫他结的婚。如果我不同意他的要求，即便离了婚，他也要弄死我，还要弄死我的娘家人。你说这样的人，四肢健全的时候是不是很卑鄙下流？这样的婚，我离得起吗？

我那个时候，孩子生了，也有了房子，我是很知足的。老公嘛虽然不是自己中意的，但凑合着过吧，天底下的夫妻不都是凑合着过的。我自己的爹又有多喜欢我的妈呢，三天两头拳打脚踢，打得我妈身上青一块紫一块的，不也过了大半辈子？人年轻的时候，都没有太多柔肠。女人要翻过三十岁，才会懂得家和万事兴的道理；男人非要到四十岁，才明白家里的事比外边的事大。女人比男人懂事早，所以女人就比男人承受得多，这是我妈告诉我的。我妈说，忍忍吧，彩虹，女人一生的福气都是忍出来的，忍到儿长女大，媳妇熬成了婆，就都不怕了。

她说话轻言细语，不急不缓。她说话的时候，两只眼睛会一直看着你，感觉她说的每一个字都是那么真诚，都是从她的肺腑里掏出来的。因了她的口才，这些年，她的产品销售得还算不错，手里有很多稳定的客户，虽然这些客户都跟我一样买不起她的皇后锅，堆不起她想要的银章，但每个月都会从她手上买四五千块的产品。我有时候真心觉得，她是个人才。

伍彩虹说她老公刚结婚有了孩子那会儿也还像个老公，虽然脾气不好，急起来暴跳如雷，但每个月挣的钱还是交给了她。如果这也算是好景的话，那么这好景也不长，才两年，她老公的脾气就越来越差，稍不如意就在家里摔摔打打，起初是埋怨伍彩虹不节俭，给孩子乱花钱，后来是埋怨伍彩虹不做事，整天好吃懒做。伍彩虹自觉委屈，但为了顺老公的气，并不争辩，立刻就给孩子断了奶粉，把孩子丢给乡下她妈照顾，然后在超市找了个收银的工作，一个月一千块。但自从伍彩虹上班后，她老公就再也不给她钱了，连养孩子的钱也不给，家里所有开销都是伍彩虹的，她老公在家吃饭，菜里不见荤，还要摔碗摔筷子甚至是掀桌子。骂伍彩虹是骗子，什么饭店老板！伍彩虹忍无可忍，便动了手，结果是她老公将她打得鼻血如注，鼻梁骨都折了。伍彩虹是个外柔内刚的人，性子也烈，这两三年一直在他的腋窝下做人，怨气积久了，便爆发了，白天趁她老公睡觉时，用鞋底板将她老公也抽出了鼻血，从此家暴便成了家常便饭。

　　伍彩虹想不通她老公怎么就变得这么凶残绝情，像仇人似的。她便去她老公的出租车公司打听，果然她老公在外面有人了，是个夜店的小姐。那女人就在离她家不远的武泰闸活动，说是那女的因为坐了她老公一次车，觉得他像凶神恶煞，可以镇场子。做那种生意的需要这样的人，那女的便留下了联系方式，一来二去两人就好上了。

　　伍彩虹只觉得恶心，武泰闸那一带马路坑坑洼洼，门脸破破烂烂的，风一吹，漫天都是尘土与垃圾袋，灰飞垢跳。有一排休闲屋，都是毛玻璃的推拉门，半遮半掩，里面沙发污渍斑斑，通常坐着两三个女的，黄头发，红嘴巴，面黄肌瘦但乳沟深邃。她每次去武泰闸买菜经过那里，那些休闲屋和那些女人留给她的印象就像冬天的田地，干巴巴的没有生机。

　　对于老公出轨这事，伍彩虹一点都不恼火。让她对他充满恨意，每天巴望他去死的是后来。她向他提出离婚后,他那嚣张跋扈混账无赖泼皮不要脸的态度彻底激怒了她。令她的心寒成了冰块,令她每时每刻都在心里诅咒他去死,去死,去死吧。

可他的死期一点征兆都没有,这令她无比焦虑。伍彩虹打算做点什么。思虑了很久,她把脑筋动在他每天夜里要开的出租车上。小区附近有个修车兼洗车的店,她每天下班后就去那儿看。有时候也装作很随便的样子问师傅,车子的什么地方坏了最容易出事,最危险?师傅告诉她,当然是刹车啊。一来二去,她便跟那个修车的师傅很熟络了。伍彩虹问他什么,他就答什么,他一点都不警惕她,这反倒令她心虚了。一天傍晚,她跟在他旁边看他拧螺丝,他的一只手装着无意的样子摸了一把她的大胸后,她就知道他的心思了。夜里,她主动来找他,把身体和心理都交代了。

接着便是等待时机,她的手里攥着一个人的生与死,大权在握的感觉令她心胸生出宽广,日子也宽展了许多。那些天,她天天好酒好菜伺候着他,他骂她再难听的话,她都忍着。他喝多了酒,拿她撒酒疯,她也忍着。他以为她彻底降伏了,脸上成天显露着得意之色,他甚至把他跟武泰闸那个女人的床帏之事说给她听,说那女的如何温柔,如何有手段,她跟那个女人比起来,就像块抹布,像块肉干。他得意得忘了形,继续刺激她,说她那个地方已然烂了,不会再有男人上她了,她这辈子只能像狗似的趴在他的裤裆里过日子。哈哈哈哈哈,他放肆地大笑,那张嘴像个粪坑。她看他笑,她也笑,他在她眼里不过是一只秋后的蚂蚱。

她心一横,决定就在当晚动手。按照惯例,他一般会在下午五点半把车接来,放在小区楼下,然后上楼洗澡吃饭,六点一刻左右出车。中间有四十多分钟的空档,这时间已经很从容了。她早早就做好了饭,特地买了他最喜欢吃的牛肉,还买了些孜然粉,他喜欢这个味。阳间的最后一顿饭,她想让他多吃一点。夫妻一场,她不想让他当个饿死鬼。然后她给那个修车师傅打了个电话,接通了就挂了,没说一个字。

忽然她的心就剧烈地跳了起来,一下一下,像是要从嗓子眼里蹦出来似的。会不会被发现,如果事情败露了,她会不会要去坐牢,会不会要抵命?父亲死了,她还有母亲在,还有那么可爱的儿子,她不想蹲大狱,不想抵命。不知道那个修车师傅可靠不可靠,他那么深藏不露,他把种种给轿车动手脚的方法都告诉了她,却从不问她知道这些阴毒的方法想干什么。这样的人,会不会出卖她?她把自己连皮带肉都给他了,事后如果警察调查起来,会不会查到他,查到他了,他会不会和盘托出,托出她恶毒的阴谋。如果是这样,她便也只有死路一条了。

她握着手机贴着窗户看着楼下,她很紧张,两条腿不住地抖。她看到那个修车师傅刚好走出小区大门,不一会儿她老公就从楼洞里出来了。上身穿一件蓝色T恤,下身穿一条白色的西装短裤,一双黑色球鞋,腰间系了个黑色腰包,脖子上搭一条毛巾,手里拎着一只超大水壶,还满面笑容,声音洪亮地与小区住户打着招呼。他不知道他即将要去赴死,她蓦地替他感到悲哀。

可是,他没有上车,她在楼上眼睁睁地看着他出了小区。她顿时就傻了,难道他发现了?难道他今天不出车?可是他明明是出车的打扮啊。也许,他只是去门口小超市买包烟或是槟榔,他会出车的。等了一个小时,他都没回来。她知道他今天躲过了一劫。这是怎么回事?她计划了这么久的事情难道落空了?如果他不上这个车,那么一切手脚都白做了,她还得麻烦那个修车师傅去把一切还原,冤有头债有主,她不想害别人。如此,她又得跟那个修车师傅纠缠一番。呸,她对他的恨意更加深厚了。

凌晨四点,她从修车师傅那里回来的时候,电话铃响了,震动的模式像台发动机,在她的裤兜里震得她皮肉瑟瑟发抖。这个时间来电多半不是好消息,强烈的第六感令她心下一紧,她哆嗦着接起电话。

那头问她是不是何志平的家属,她说是的。然后那头就说她丈夫出了车祸，情况十分危险，目前生死未卜，还在抢救中，请她速到人民医院重症监护室。

诅咒真的应验了，这个王八蛋终于出车祸了。她顿时感到一阵轻松，之前的种种纠结、恐惧、压抑一扫而光。她并不急着去医院，也许他们要做手术，要等着她签字，何必急慌慌赶过去，这种时候，晚一分钟，也许就意味着更糟糕的结局。那就再等等吧！她躺在床上，居然睡着了。一觉醒来，阳光已经射到了客厅的地板上，灿烂的光辉像金子般闪耀。手机显示有四个未接来电，她终于有了一丝罪恶感，赶忙出了门。

主治医生告诉她，要她做好充分的思想准备，她丈夫生还的概率非常小。又转而安慰她，说只要有百分之一的希望，他们会竭尽全力抢救的。她不知道该说啥，便什么也没说。

事后她才知道，她老公那天是帮他同行代车，之前就有客人预约了同行的车，可是同行的老妈在乡下把腿摔断了，他要赶回去，便叫她老公去代开一下。她老公拉完活后就接他的情人到郊区消夜，情人喝多了啤酒，要下车解手，他便把车停在路旁，没想到被一辆飞速行驶的渣土车给撞了，出租车瞬间被挤成了"饺子"，他被死死地卡住了。报警和救护电话是情人打的。两车分离后，救援人员看见他肠子都流出来了，车内一片血海，都以为司机已经身亡，没想到他居然还在微弱地喊救命。到了医院后，医生发现他的下腹部脏器已完全破碎，两条大腿粉碎性骨折，腹部出血不止，面色如白纸。所有的医生都觉得已经没有抢救的意义了，无力回天，可是他却伸出一只血手拉住一位医生，说，救我。医生顿时沉下脸对医护人员说，不惜一切代价抢救。

医生告诉伍彩虹，你丈夫的双腿没了，盆骨以下都被截掉了。你要有心理准备，而且还要做好更坏的心理准备。

她懂得医生的意思，更坏的心理准备，无非就是死，这个她一直都准备着。但此刻她不能流露出内心的真实想法,要演戏,她要出演一个柔弱女子,无法面对这样的打击,这简直是天塌下来了。而且还要人道主义一些,只要活着,不管有没有双腿,那都不重要,生命才是最重要的。活着,哪怕是个废人,但至少孩子有爸爸,至少家不会散。她哭哭啼啼,悲惨而绝望。虽然她的内心没有丝毫悲伤,但她还是为他那么强悍的求生欲感到一丝震撼,还有畏惧。

医院和医生忙着创造生命的奇迹。一个失去了双腿,没有了尿道和肛门的人,整个内脏仅靠一层皮兜着。这样的一个人,时刻都被死亡威胁着,然而他神奇地活过了一天又一天。

四个月后,主治医生请她走进了重症监护室,把她老公的床单撩开让她看了,她捂着嘴倒退了三步。她在脑海中想象了无数次他失去双腿后的样子,但是这一眼,完全粉碎了她的想象。以前那么魁梧的一个身躯,如今比她儿子还短小,不仅没有了双腿,连屁股也没有了,人造的肛瘘,一个连着尿路,一个连着屎道。严重残缺的身躯令她感到强烈的恐惧,继而是恶心。她的五脏六腑霎时翻江倒海,头脑中某种质地坚硬的东西"砰"一下,犹如被重物击中,万千碎片在她的躯体里散开。她快速跑出来,在卫生间呕吐了好久,最后昏倒在厕所里。

醒来后,她极力排斥这里的环境,拒绝跟医生做任何交流与沟通。她反感救治她老公的医护人员,她觉得他们自私虚伪,他们拼命救活她老公,不过是想在他身上展示他们医院先进的医疗设备和高超精湛的医术。尽管医生反复告诉她,是她老公自身的求生欲和她老公本身强大的生命力,才使他能顽强地活下来,可她不听。他们给她扔下这样一只包袱,这是一副沉重的担子,他们如何知道她恓惶的内心,她一个弱女子,这支离破碎的日子,该怎样过下去?

可以让他死吗?其实死了,对他也好,对家里也好,这个样子,对孩子也不好啊,有这样一个爸爸,他要受尽欺负的啊。她找到医生,说出了自己的想法。医生一把推开了她，说，你简直不可理喻。

在她丈夫转到普通病房后，主治医生跟她商量，叫她暂时对何志平隐瞒截肢真相。她吃惊地问道，难道他自己还不知道这事？就剩个上半身了，他自己感觉不到吗？还需要隐瞒？医生严肃地告诉她，说病人是不知道的，他没有了知觉就不会意识到自己已经失去了双腿，是个半截人。如果身边的人不戳穿，而他自己又看不到自己，他便永远都会蒙在鼓里。而且他还有严重的幻肢痛，他能感觉到自己的双腿实实在在地发生疼痛，所以他是不会相信自己没有双腿的。

她看着他全身缠满绷带躺在床上，不足一米，她想起了她舅舅书房里陈列的半身石膏像。想起以前对他的诅咒，想起之前对他的车做的手脚，她觉得真的是举头三尺有神明，人在做，天在看，如今落得这个下场，不是他的报应，是自己的报应啊。

他睁开眼看了她一眼，眼神里尽是厌恶之意。他不愿看到她，她也不愿看到他，可是他又必须面对她，而她也是如此。他向她提要求，要见儿子。她说休想。他说，你这个死婆娘，老子要见我儿子有错吗？我现在是躺在这里了不能动，容你嚣张几天，等老子出了院，养好了伤，我让你死得成。他对她依然是恨之入骨，一讲话就龇牙咧嘴，一脸狰狞。她感觉自己的血直往脑门上冲，她真想狠狠地掐住他的脖子，但是她强忍住了，在他面前她已经是强者了。

过了一天，她不知道去哪儿弄了面大镜子，包裹得严丝密缝地藏在床下，待医生查过房后，她把镜子横在了他的额头上方。他的眼珠子瞪得快要掉出来了，过了半响，他的牙骨忽然哆嗦起来，在口腔里咬得格格直响，他双手迟疑地向下半截探过去，战战兢兢地摸索了一番。然后他大叫了一声，惊恐、慌乱、愤怒、悲恸、绝望、羞愧，迅速堆叠在他脸上。他挣扎着在床上扭动起来，试图跌下床去，让自己摔死，那是一种士可杀不可辱的刚烈。她也跟着慌张起来，手足无措，像是突然意识到了自己的罪恶。他激烈的反应，是她希望看到的，可是她一点也没有期待中的快感，她只觉得自己的阴毒与残忍。她对他生出怜悯，她按住他的肩膀，令他无法动弹，使他的意图无法得逞。

医生赶了过来，看到那面破碎的镜子后，便知道是怎么回事，叹了一口气，说，也好，总是要揭穿的。事实就是如此，反正你也是死过一次的人了，如今还活着，也算是重新获得一次生命，你要怎么处置，你自己决定吧。

他倒是一心求死了，可她却不让了。她日夜守护着他，睡觉也要按着他的一只手。他拒绝一切治疗，不吃药不打针，几次将护士托盘里的药水踢翻在地。他请求安乐死，速死。他说，如果不能健康地活着，还不如死去。他说，他这样的人，以后活着也不过是个活死人，还不如真正死去干净。

一次午睡她在他床边打盹，醒来后发现他拿着一根牙签往脖子一侧戳，皮陷进去很深，但却没有戳破。她一把抓住他的手，将那根牙签使劲往自己的脖子、脸上戳，嘴巴被戳破了，有血渗出，染红了牙齿。他被震住了，他叫她住手，可她并没有停下。疯了，疯了，你这个疯婆娘！他一边叫骂一边紧按床头的呼叫器，直到医护人员赶来，夺下了她的牙签，这事才罢休。

此后，他便没有再闹自杀了。

在医院，她每天面对的是医生护士，是陌生的患者，空间封闭，人际关系单一，自从心理上接受了这样一个异样的老公后，习惯了，也还好。但是八个月后，他各方面康复得都不错，办了出院手续，乘坐医院的车回到他老家，站在阳光强烈的村庄里，左邻右舍看她怀里抱着的半截人，一时吓得尖叫、躲闪、避让，他们不是来看病人的，是来看稀奇的。她好不容易垒起来的心理大厦，开始动摇，走一步晃一下，她步履迟缓，面色暗沉，把他放到床上后，躲在门后的四岁半的儿子大哭了起来，他不是我爸爸，他是妖怪。

在儿子的哭喊声中，她的心哐当一下碎了。她再也没有勇气出去面对外面的人和事了，她只想躲在黑暗的旮旯里，永远不要出来。她爬到了床底下，她疯了。

我们聊了一夜，直到窗外显出了曙色。我想让她睡一觉，她婉拒了，说上午她舅舅的律师要约她面谈，想调解看看。

自那晚后，我们很长时间都没有联系。大概过了一个多月，她又来敲我的门。我刚把门打开，她便责备我怎么不接电话。我问什么事？她说，帮我个忙吧。我心里一惊，说，不会又是借钱吧？我可是身无分文了。她眉头一皱，面色陡暗，像是受到了侮辱，说，我好像也就只找你借了一次钱吧？说完欲转身离开。我只得拉住她向她道歉，我这小半辈子总是为自己的嘴跟人道歉。看她这样子，应该不是来借钱的，只要不是借钱，有什么忙不可帮呢？！我说，你说吧，什么忙？只要我能做的，我都做。

她从兜里掏出一把钥匙递给我，说，这是我家的钥匙，我要出门两天，麻烦你给何志平送两天饭。不等我开口，她又说，不必一日三餐，两餐就可以，你如果嫌烦，送一餐也行，只是要把分量弄足一点。也不需要你喂他，在他床头放一张凳子，把饭菜搁在上面，不放筷子，放一把勺子，他自己也能弄到嘴巴里。另外一桩事比较难为你，就是处理他的尿袋和粪袋。当然这个事情你也可以不做，也就两天时间，应该不会有多少，我回来处理也行。

这并不比借钱让我感到轻松，我内心有一百个不情愿，可是我却不能拒绝，我只能硬着头皮接过钥匙，将此事应承了下来。

我说，你没认识我的时候，要是出远门，怎么弄？

她看了看我，笑了笑说，你放心好啦，这样的事我不会总麻烦你的，知道你矫情。何志平有个表姐也在这附近，我以前是托付她，这两天不巧，他表姐回乡里去了，要过几天才能回。

好了，我走了。说着便挥手下楼了。

哎，我叫住她，轻声问道，你舅舅跟你怎么调解的？

他说给我十万块钱，还是看在舅舅和外甥女一场的份上，让我一个星期后搬家，给他腾屋子。

那你怎么说？我问。

我说，呸。她很得意。

然后我们一起咯咯地笑了起来。

我还想问她这两天要去哪里，这么着急忙慌的，可是她已经噔噔噔下到一楼去了。

临近中午了，我去买菜，一路上给伍彩虹发信息，关于她老公能吃什么，有什么禁忌之类的，无论微信还是短信，她都没有回复。想到那天去她家，她老公念念不忘牛肉，想来应是喜欢吃牛肉，我便买了点牛肉、毛豆、白菜和豆腐。我做了一个牛肉羹，一个毛豆泥蒸肉，一个白菜炖豆腐。菜简单，但很费工。怎么说呢，一是"为人谋而不忠乎"的传统观念，再一个是出于怜悯，可怜见的，我们同为人，他在窄处，我在宽处，我不能为他做什么，尽我能力给他做几顿好吃的，也算尽个心。至于他恶不恶，狠不狠，那是他跟伍彩虹之间的纠葛，跟我无关。

做好后，我将饭菜拍了照发给了她，她依然没有任何回复。难道是人间蒸发了？我有些疑惑。

提着一篮子饭菜，到了她家那个门洞，之前楼道上泼的红漆已被小区物业处理了，一堵新刷的白墙，楼梯间也变得亮堂了些。可是总隐隐能闻到一股臭气，一种肉身腐败的气味，越往上气味越浓。到了她家门口一看，天啦，一堆的死老鼠，有的都烂得露出了骨头。我一阵恶心，差点吐了。我屏住呼吸掏钥匙迅速开门。

忽然邻居的房门打开了，出来一个老头子，戴着口罩，他说，你们这是搞的什么名堂？欠人钱了就赶紧还钱，欠人命了就赶紧还命，今年开年以来，我们这栋楼的人就没过几天清静日子。楼下也有开门声，又是一个老头子的声音，你们都是些什么鬼，在外面不学好，尽招惹些牛头马面，上辈子造了孽，住到你们楼下。限你们一个星期，一个星期过后，如果还有这样惊扰四邻的事情，我们这栋楼的人都不会答应。搞邪了，真是搞邪了。

楼道里呼啦啦聚了一堆人，他们应该知道我不是这家的主人，所以并没有上前揪我的衣领，对我拳打脚踢。他们只是在我面前高声臭骂伍彩虹，说这个女人，肯定是在外面做了什么不干净的事，惹祸上身了。有人说看见她站在街头专门拉老头子干那个事，一次二十块三十块，弄得身上整天一股臊臭味；有人说她吸毒，瘦得皮包骨；也有人说她就是个神经病，整天拿张宣传单跟人推销什么锅，一个锅一万多块钱，呵呵，谁买？鬼的妈买！哈哈。她在左邻右舍眼里，就是个不务正业、游手好闲、吸毒卖淫的乡里下三烂女人，他们把她推销昂贵的锅具当成是一个笑话。

我为伍彩虹感到些人世的悲凉。她这半辈子似乎一直就生活在污水横流的臭沟里，在暗无天日的世界里，从来没有一束光照射过她。那些倚在楼梯间的人，陈衣旧衫，皱纹深刻，他们无情地嘲笑别人的样子，令我对这个世界生出一种绝望。我用脚一踢，将门"砰"的一声关上了。

屋子里弥漫一股油烟沉积、空气腐朽的味儿，一种粗糙、陈旧、老化、窘困的气息。我去厨房寻了把调羹，用水冲洗后依然是黏腻腻的。

我将饭篮提到她老公那间房里。蚊帐是拉开的，他躺在床上，眼睛闭着，床头放了一只收音机，在沙沙响的杂音下女主持人正为人类的生殖健康担忧。我从墙角拖了一把椅子过来，尖锐的声音令他睁开了眼睛，他跟我打了个招呼，你来了？我没做声，只是把篮子里的饭菜一一端到椅子上。椅子面小，放三个菜就很挤了，还差点掉了一只碗下来。他饶有兴致地看我揭开每一盘菜的盖子，一边说，哟，牛肉羹；哟，毛豆泥蒸肉，这个不简单；白菜炖豆腐，嗯，不错，不错。他也不客气，拿起勺子直奔牛肉羹，送进嘴里，咂巴了几下，说，嗯，好，工夫挺到位的，如果把香葱换成香菜，就更妙了。

呵，我倒想起来了，你是做过厨师的。我说。

嗨，什么厨师，就一伙夫。他自我调侃。

相比第一次见面时的拘谨，这一次他倒像是换了个人似的，面容轻松，心底敞亮，甚至就这么把半截身子呈给我看，不再用被子掩盖。他如此坦然，我也便自在了许多，没有想象中的尴尬与硌硬，我知道我面对的也是个人。

他一勺一勺吃得很艰难，但也吃得很满足。他问我，刚才外面乱哄哄的是怎么回事？

没什么，我说。

他们在骂伍彩虹是吧，我听到了。不知道她这又是把谁给坑了。

她坑人？

呵呵，他居然一笑。又说，她有一口锅，你知道吗？炒菜用的，白钢，在我看来，顶多值百把块钱，她卖一万多块，这不叫坑人叫什么？

我也笑了，但我毕竟跟伍彩虹是姐妹，不能失去立场。我说，经济市场，一个愿打，一个愿挨，她只是做了推销，没有强买强卖，如果认为不合适，大可以不相信她的说辞，不买啊。顿了顿，我又说，看来你对伍彩虹成见很深啊。她伺候你这么多年，没有功劳也有苦劳吧，你竟一点人情也不讲。既然这么不待见她，当初就别招惹人家啊。

他一急，呛着了，喷出一口毛豆泥，说，你就听她编吧，这婆娘，我跟你说，她最会撒谎！我说当初我俩，是她主动的，你信吗？

我看着他短短的一截，那皮包骨头的胸脯一起一伏的，满是气愤与怨恨。他说，你别看她瘦瘦弱弱，说话轻言细语，蛮温柔的样子，我告诉你，才不好弄。之前她在她舅那个饭馆里，说话做事，泼辣霸道得很。她自己是个从农村出来的，却还挺瞧不起农村人，看到餐馆里穿着乡气的客人，就专给人推荐大菜，别人嫌贵不点，她就给人甩脸子。我们饭店多半员工都跟她合不来，她总一副高高在上的样子，好像自己见过多大的世面。一天两餐，她的饭菜要另做；饭馆里女厕所三个蹲坑，她自己要独占一个。你是没瞧见她那副嘴脸！他又舀了一勺牛肉羹，吃到嘴里后继续说，不过她不敢在我面前耍横，在那个饭馆里，也就我能镇住她，因为我的长相和个头，我一米八二的个，长得又壮，眉毛倒栽，像是随时准备跟人架炮开火。她舅舅说饭店里有两个神，一个是怒目金刚，这是说我；一个是低眉菩萨，说的是她。我能看出她中意我很久了，只是我从来不挑破。如果不是那天打烊后，她硬留我喝几杯酒，我是不可能跟她搞在一块的。可是做都做了，虽然是她主动的，但她确实是个黄花闺女，我就是心里再不乐意，可事是我做的，我得负这个责任。

看我瞪着眼睛瞧他，像是在质疑这件事的真假，他又补了一句，说，当然了，自打跟她有了那个事之后，我就有了我的打算。她舅隔三岔五来店里，总说以后要把店给她，我想着娶了她，也算是人财两全，有个自己的店，一家人一辈子的出路就有了依靠，前景还是值得憧憬的。

我笑了笑，说，所以你还是冲着那个饭店娶的她。

不，不是的，我们结婚的时候饭店的事就已经泡汤了，我娶她是因为孩子。他辩解道。

也因为这套房子吧？虽然这房子装修很烂，但自己的房和租人家的房，心理上是两个感受。我说。

他好像并不否认，但也陈述了自己的理由，他说，我爱她爱得不够，所以需要一些物质来填补。我不过就是一个厨子，后来转行开出租，干下力活的人嘛，都比较实际。

可是这个房子现在麻烦得很，伍彩虹为了这事，日焦夜愁，起一头的包。你知道吗？我问他。

他顿时一脸木然，用手撑起头，将自己的半截身子抬高了些。他说，房子怎么麻烦了？她没跟我说，但我有时从她打电话和你那次来家里谈话，隐隐约约听到一些，好像是还要为这房子打官司。我问过她，她总阴着一张脸，不说。你告诉我，到底是怎么回事？

她是他老婆都不说，我又如何好说。我说，当初你们这个房子是怎么来的？买的吗？

他说，应该算买的吧。她给她舅舅做了近十年的事，没有一分钱工资。她要结婚了，她舅舅就给她这套房子，虽说是给，但也可以看成是她舅舅跟她结算的近十年的工资，这就是她用十年的工资买的一套房。这样理解没有错吧，有错吗？

这一点跟伍彩虹的说辞好像没有什么出入。我觉得没有什么不可以对他讲的，作为这个家的男主人，他有权知道这个房子的实际情况。

于是我便把她舅舅跟她之间的纠缠告诉了他。他虽然表面很平静，但我看见他额头的青筋突起又凹陷，凹陷又突起。我说，今天一早她还跟我说，她舅舅委托律师给她递话，看在舅甥一场的份上，给她十万块钱，限她一个星期内搬家，不然就法庭上见。

话还没说完，他的双手就握成了拳头，忽然他双手猛地一撑，竟将自己的身子给撑起来了，那半截腰身子直立在床上，像纪念碑上的半身塑像，吓了我一大跳。

他直立了半晌后，又无可奈何地躺下，气氛已经不似先前那么平和了。我不能确定我这张嘴是不是又闯了祸，看看手机，已经中午两点半了，我便将残羹冷炙往饭篮里收拾。他枕边的收音机依然沙沙作响，弄得郑智化的《星星点灯》听起来粗糙得很。

我提着饭篮离开了，走之前，往鼻子里塞了两坨卫生纸，忍着强烈的恶心,把那堆臭老鼠给处理干净了。回到家里我立刻洗了澡洗了头,换了套干净的衣服站在阳台上,看着底下打围的街道,深挖的泥土乱堆着,横七竖八的钢筋如獠牙,凶狠又丑陋。我脑子一时有点混乱。

晚上我没有给他送饭,中午的饭菜分量很足,他不会挨饿。次日一大早我熬了一锅小米粥,骑着电动车到中商超市旁边的美食城买了一笼蟹黄汤包,四十元一笼,也只有五个,配上醋腌的姜丝,听说好吃得要命,但我从来没吃过,因为贵,不舍得。想必伍彩虹和她老公也没有吃过,她的手比我还紧。所以虽然价高,但我还是买了。人间虽然多坎坷磨难,但美味的食物多少能慰藉一下人生的辛酸。

我提着饭篮走进她家的楼道,上上下下的人都用异样的眼光扫视我,他们眼中的伍彩虹是那样的不堪,想必她交的朋友也是来路不正。我不卑不亢径直上了楼,这次她家门口倒没有死老鼠,也没有别的幺蛾子,但门却洞开着。难道伍彩虹回来了?我疑惑。我确定我昨天走的时候是把门给锁上了的。我快步进到屋里,屋里像是遭了贼,之前码放得高高的纸箱子全倒了,箱子里装的大多是她要销售的产品,什么蛋白粉、维生素片、沐浴露、洗发精、洗洁精等,各种质地的罐子滚得满地都是,黏糊糊的液体鼻涕样糊在地上,还有几个玻璃瓶装的辣椒酱,应该是她自己做的,全碎在了地上,红色的汁水四处流淌,化学勾兑的香气和自然发酵的酸辣气纠缠在空气中,给人的呼吸造成淤塞。这显然不是强盗所为,倒是土匪的手段。我想关门,可门不知被什么东西卡住了,关也关不上。

何志平,何志平?我叫他,可是没人回答我。

我一步步跨越障碍来到他的卧室。他卧在床上,背对着我,不知道是睡着了还是没睡着,反正那只收音机依然在沙沙作响。

那些人连卧室都没有放过,昨天我放在床边的椅子也倒了,椅子上搁的盘碗掉落在地，饭菜撒了一地，我做的那碗毛豆泥，绿茵茵的一坨，像坨屎烂在汤汁里，让人怒火中烧。堆在窗户一角的纸箱子也被掀了下来，就连床上的两只纸箱子也被扔在地上，一只白色的钢制炒锅被扔在地上，锅盖扔在一旁已经变了形，这就是无所不能的皇后锅了，一万多块钱的皇后锅高高拱着，像一只白白圆圆的屁股。我将那只锅捡起，装进包装袋，放进纸箱里，还是搁回他床上。

他翻过身来，浮肿的脸，一双眼睛红红的，面带惊吓过度的神色。看见我，他的眼角一下子湿气氤氲，似有泪要溢出，但最终也没有落下来，被他生生地憋回去了。他骨子里还是刚硬的，把在女人面前流泪视作男人的无能。我能体会到他在遭遇这些之后的复杂心情，那些人进门后他的恐惧；面对他们的来者不善，他无半点反抗之力，他只能眼睁睁地看着，看着他们在自己的家里撒野逞强。也许，他还饱受了他们各种的讥讽与挖苦，而这些，他统统只能干受着。这是一种活活的折磨，是一种绝望的屈辱。

我将椅子扶起来，把小米粥、蟹黄汤包、吸管、醋腌姜丝和勺子一一摆放好。他看了看，不为所动。我说，吃一点吧，我知道你心里难受，吃不下，可这蟹黄汤包是我一早排了很长的队才买到的，吃一点吧。

他没理睬。

我将一只汤包盛在碗里，拿起一根吸管戳了进去，然后递到他嘴边，一股淡淡的鸡汤加蟹黄的香气飘散开来，令这一片破败狼藉的屋子有了些温润的生气。我问，这是什么时候的事，在我走了之后多久发生的？

他说他们大概是下午四点左右来的，我那时正睡得迷迷糊糊，隐隐约约听见大门响，还以为是你又送饭来了。可是门响了很久，最后砰的一声，像是用什么铁器捅开的。人来得倒不多，只有两个，一进来阵势就不一样，乱打乱翻，像造反派抄家一样，翻完客厅，又把她睡的那间房的门锁扭了，进去也是一通掀。然后又来掀我的房，那两个人黑得像鬼，砸完了，还撂下一句话，说，限你们三天之内搬走，要是不搬，下次来就不砸死的了，砸活的。他顿了顿，对我说，我告诉你，死我倒不怕，让我愤恨的是我自己，受了这样的欺负，却无法还击，如果我那双腿还在……他说不下去了，忍了一会儿，说，可是，我却只能像坨狗屎一样躺在床上。他的手在床上拍打起来，这样活着太难受了，活得难受，像个废物。

你别这样想，你活着就意味着生命的奇迹。我诚恳地说道。

我拿起手机拍了几张现场照片，发给了伍彩虹，可是她居然还是不回复。这一天半的时间，伍彩虹没有任何音讯，给她打电话，永远都是无法接通，不知道是在搞什么鬼名堂，就像遇难了一样。我说，事后你没给伍彩虹打电话？

不提伍彩虹还好，一提起伍彩虹他简直就要爆炸的样子，他把手里的勺子在椅子上敲得山响，敲得汤包里的汤直晃荡，他咬着牙说，这个家早晚要毁在这狗婆娘手里。隔个两三个月就要出去一趟，说是参加她们公司组织的什么成功岭，一出去，就跟放王八喝水一样，音不通信不闻，手机关机，谁都找不到她。他终于淌出了泪，一流便不可止，他说，她的心可真大，家里瘫着这么个人，她居然能这么放心。他抹了一把脸，说，有时候天一黑，我就躺在床上想，我要是死在这夜里了，只怕没一个人知道，这跟死一个畜生有什么两样？你说我这么活着，比一条狗都不如。如果不是有我儿子在，我想看着他长大，没这点牵挂，我早就死了。我不想活，活得没意思。

这定是他的真心话，可是我不知道该如何安抚他激动的情绪。我不能改变他的现状，不能让他变得健康富有。如果此刻他是健康富有的，想必他会是另一番光景，觉得自己是万物的主宰，高傲自大，绝不是此刻无助凄怆的心境。世间的高处与低洼，酸甜与苦辣，总得有人去尝过，人不走到窄处，便不会有悔过与慈悲之心。

我将他泼洒在床边的饭菜打扫干净，又问他中午想吃什么，他没回答我。我能理解他内心的苦闷，在这样的绝境中谈吃喝，像是残酷生活的一种讽刺。我告辞离去。屋里乱成一堆的杂物我没有收拾，只是大致理出了一条路，应该让伍彩虹回来看看。"敌人"的铁蹄已经踏到家里来了，她失败得连底裤都被人扒了，还执迷不悟去上什么成功岭，就让这一地的狼藉来狠狠讽刺她吧。

中午我骑着电动车去武泰闸买菜，路过那排低矮的休闲屋，每个屋子都半遮半掩，胖瘦不一的女人穿着紧身衣服瘫坐在沙发上，各自刷着手机，松松垮垮的，一派人生了无希望的样子。我想，当年伍彩虹老公的情人不知道在哪里，是离开了还是继续在这里做着旧营生。

我踩着地上烂成泥的蔬菜瓜果，转了一圈，买了火腿和鲈鱼，另外又买了一些新鲜蔬菜水果。刚出菜场，我的手机便在包里震动起来，拿出来一看，是伍彩虹打来的。我赶紧接听，她问我在哪，她要拿钥匙回家。我说，你那家不用钥匙也可以回。她问什么意思？我说你没看微信上我给你发的图片？她说，我在外面从不上网，耗钱。我便把她家被人砸了的情况简单跟她说了。她倒沉得住气，只呵呵一声冷笑便没下文了。我说，你不急？她说，砸都砸了，急有什么用？我说，他要你腾房子，说下次来就不砸死的，要砸活的了。她鼻子里哼出一口气来，说，不用太担心，毕竟是我舅舅，有血缘关系，他难道还真能拿锤子往我头上砸？看来她内心深处对亲情还是充满了幻想。我什么也没说，知道她就在附近，我便骑车去接她。她出门在外的行李也简单，就一个帆布袋子。

路过那排休闲屋时，她指着一家名叫"小桃子"的门脸说，你扭头悄悄看，那个坐在躺椅上的女的，就是何志平当年的情人。我扭头瞥了一眼那个女的，白、胖，穿一件水红色的毛线裙，黄头发、红嘴唇，腕子上有一只金镯子，倒谈不上什么姿色，就是一个很普通很普通的中年妇女，没有一点风尘味，就像隔壁大妈。我不解，这种女人，吸引人吗？

我从后视镜看了一眼伍彩虹,她谈起当年的情敌,一脸的平静,没有丝毫恨意。甚至在经过她店的时候,我看见那个女的还对伍彩虹微微笑了笑,而伍彩虹居然也对她笑了笑。这太奇怪了,我说,你们倒交上朋友了?伍彩虹说,她现在是我的客户,经常找我买产品,她店里四个姑娘也找我买,一买就是一千多块钱。我说,你不恨她?当年你老公跟她是一整个,你半边都占不到。她回答我说,我从来都不恨她,恨她干吗?我不爱何志平,便不恨她。我恨的是何志平,恨他也不是因为他不忠,恨的是他要霸占我的房子,还威胁我和我家人的性命。

我说,何志平出事后,她跟他应该就没来往了吧?

她下巴一扬,说,还来往个屁,躲都躲不赢。过了半晌,她又说,不过这女的虽说下贱,倒也不算无情无义。何志平出事后的第二年,这女的找到我家来了,说是想看看何志平,可见他们好时背着我来过我家。我当时有一瞬间的暴怒,但很快就变宽容了,他这样的下场,我便没有什么不能原谅了。我很热情地带她来到何志平的房间,看到他只有半截,她在他床面前吓得倒退了三步,什么话都没说就走了。我很满意她对他的态度,我以为他们的故事就此残忍地结束了。没想到过了一个星期,她在我家楼下等着我,硬塞给我一个纸袋子,也没说别的话就走了。我回到家,打开纸袋子一看,竟是一沓钞票,两万块钱。我想这一次应该就是真的了断了。但后来我推销产品,当时没人买我的东西,我也是鼓了半天的勇气去找她推销,她什么也没多说,一下子就买了我两千多块钱的东西,而且后来经常找我买,她什么也不问,但我会主动告诉她何志平的情况,她听后也就只淡淡一笑。每次这女的找我买了东西后,我回家都要在何志平的床边坐一会儿,我就这么看着他。说实话,我很眼红他,这个砍脑壳的男人真是好福气,药渣一般倒在了床上,从前有过一腿的女人居然还能念念不忘他。我有时候就想,如果换作是我倒在了床上,是不会有人对我牵肠挂肚的。

她突然长叹一声，哎，妹子，我这一生，一无所获啊。

我听她絮絮叨叨，心里也随着她起起伏伏。她那一声叹息，令我心尖一颤，心中涌起一阵悲伤。

想着伍彩虹回到家后定是焦头烂额，面对一屋子的破碎山河，即便她的骨头是钢筋做的，一时也会支撑不住。我决定中饭就在她家做，这个时候，她家里需要个能搭把手的人。

伍彩虹刚进楼洞，就被一老妇人给捉住了，那老妇人高声叫嚷，喂，大家快出来，顶楼的那个女的回来啦。我在花坛边锁车，扭头看了一眼，伍彩虹想挣脱，不断地厉声喊道，放开我！对方虽然年纪大，但两膀有力，伍彩虹没有挣脱。等我进到楼洞里时，楼梯上已经围满了人，一级一级的，高矮胖瘦各种人，把伍彩虹压在最低层。他们都向她抱怨，这大半年来没过过安生日子，地铁施工日夜轰隆隆的噪声已经让他们心烦意乱，如何经得住她这里隔三岔五地来闹腾一下，楼道里成天有黑社会的混混进进出出的，他们的人身安全如何保障，每天都过得提心吊胆的，他们对她的忍耐在这两天已经达到了极限。有个瘦瘦的老头激动地说，上个月那个油漆味冲的，我多年未犯的哮喘又复发了，这不是要人命吗？这还没好清楚呢，又来一堆死老鼠，要是传染了鼠疫怎么办？这楼道里不光有老的，还有小的呢，真要出了事，你担得起吗？

在住户们左一句右一句的声讨中，伍彩虹渐渐意识到了这个事情的严重性，她从先前的理直气壮变得心虚气短，面对他们的责备，她不敢回一句嘴，不敢为自己辩驳一二。她犯了众怒，楼栋里十几户居民结成同盟，对她猛烈开火，她孤立无援，只能束手就擒。那个扯着她手臂的老妇人一个劲地刨根问底，问她究竟是干什么的，到底得罪了谁，是不是在外面借了高利贷，是不是吸毒犯。在她的追问下，伍彩虹终于有了向邻居解释的机会，她粗略地讲述了她跟她舅舅和这个房子的关系，以及她跟她舅舅和这个房子的现状。在她的讲述中，楼洞里的气氛有了些转变，人们不住地喷嘴唏嘘，谴责舅舅的为富不仁，对亲外甥女做得太过分。他们开始同情怜悯她，之前冲天的怒火渐渐熄灭了，都纷纷给她出主意，叫她去找物业，找街道，找妇联，找政府。他们说，这样的事，以你一己之力是很难为自己讨公道的。他们还说，你应该强硬起来，泼辣一点，光脚的还怕穿鞋的？既然舅舅不念亲情在先，那外甥女又有什么可顾忌的，反正撕破脸了，就不要再讲客套了。也有一些人仍然凶神恶煞，点着伍彩虹的鼻子吼叫，找街道找政府找什么都没有用，赶快搬走，不要住在这里，搞得上上下下的邻居都不安生，你赶紧在这楼洞里消失。

无论是邻人的善意与恶语，伍彩虹都诚恳地说着谢谢、谢谢，然后噔噔噔跑上楼。我也跟在她身后一个劲地向邻人说谢谢，说对不住。伍彩虹一气儿跑到了家门口，我跟她后面赶得气喘吁吁的。她一进屋就慌着关门，却关不住，她有点恼，低头发现是门背后一根晾衣竿卡住了，便用蛮力抽出晾衣竿，铁门"砰"的一声关上了。她像是再也绷不住的样子，手臂支在墙上嘤嘤地哭了起来，肩膀剧烈地抖动。这是从她的房子发生纠葛以来，我第一次看她这么伤心地痛哭，那就让她好好哭一场吧。

我径直去了厨房，花了半天工夫将案板收拾了出来，待我切菜时，伍彩虹的哭声还未止住。里屋她老公叫嚷了起来，就只知道哭，哭有个屁用。这房子我当初就催了你，要你找你舅去把证办了，如果办了证，过了户，真凭实据捏在自己手里，就屁事没有。你总拖着，到你舅那里走一趟，像是要你去过奈何桥一样，总不去，拖拖拖，拖成这个鬼样子。现在好了，大水冲了来，手里连根稻草都没有，上风的道理也变成下风的了。从没见过你这种猪脑袋女人，别人的铳都放到家门口了，你还有心思出远门，一出去就把个破手机一关，老子都这样了，你即便出去寻几十个野老公，老子也管不着你。

伍彩虹忽然抹去眼泪，边拾掇屋里乱七八糟的东西，边说你挺你的尸就好了，放这些屁做什么？这房子就算他要走了，也跟你扯不上一毛钱的关系。我当年嫁给你，你给我置办什么家当了？连出嫁的衣服都是我自己掏钱买的，这么些年了，你除了给我气受，你还给我什么了？你有什么脸来跟我谈这个房子。这房子有一块砖一片瓦是跟你姓的？当初我要跟你离婚，你居然不要脸跟我要这房子，不仅要霸占这房子，你还要我倒给你五万六万，你也不撒泡尿照照你自己，你讲那话是裤裆里有东西的人讲的吗？怪不得现在什么都没有了，这都是活该。报应，这就是报应。伍彩虹眼泪滂沱鼻涕横流，巴掌不断地拍打着桌子，染黄过的短发像一蓬稻草，一副歇斯底里的样子，我瞧见她穿的那条灰色裤子裆下隐隐有了湿意。

跟她交往这么多年来，我从未见识过她发脾气的样子，也从未见过她言语如此刻薄辛辣。她瘦瘦弱弱的，又一身隐疾，稍一用力，便会漏尿，她一般也并不高声讲话，总是温温柔柔慢条斯理的样子。没想到她恼怒起来，说话如打铁，句句都能蹦出火星子来，而且还专朝人的短处、致命的地方捅。

何志平显然也被激怒了，两手不停地捶着床板，恨道，我不要脸，我不要脸，我这一生就毁在我这不要脸上了。说着又兀自笑了两声，说，要不是看在孩子的分上，我拿刀把你绞得下去，一想着我们这么活着都是为了孩子，我都忍了。但是姓伍的，你不要太嚣张，我要不是遭此横祸，瘫在床上，我怎能容许你骑在我头上这么多年。我从前还想着死，如今我比谁都想着活，你知道为什么吗？因为我就想看看你会有什么好下场。顿了顿，何志平又说道，你别以为你当年做的事我不知道，你伙同楼下修车厂的老王在我车上做手脚，想置我于死地。呵呵，我要不说，你一定永远也不知道。那天我出了小区门，老王就告诉我了，而且人家根本就没听你的盘算，只是做了做样子，根本就没动那辆车，人家老司机，懂得轻重。他提醒我防备你，你万万没想到，你整个被人吃了，人家连骨头都没吐出来。你在我面前还能耐什么？我原打算第二天交车回来，就跟你打离婚的，我喊打喊杀在明处，你却一声不吭在背地里下手。你这种阴毒的女人，你肯定不会有好下场的。

伍彩虹半天没说话，她像是遭雷打了一般，怔怔地站在桌旁。我从厨房看过去，感觉她就像是站在垃圾堆里的一个塑料人。我不清楚何志平是否知道我此刻就在厨房，他们的家丑彻底暴露在一个外人面前，这样赤裸裸地揭开，仿佛一个人的私处被暴露无遗，我拿着锅铲的手都在为这个家庭的秘密瑟瑟发抖。再回头一看，伍彩虹"咚"的一声倒在了纸箱堆里。

好在她只是一时庸痹，掐掐她的人中和太冲穴就苏醒了。醒来后的伍彩虹两眼直瞪瞪的，耷拉的三角眼里，目光如刀刃，让人周身发寒发冷。我叫她，伍姐。她把眼珠子转向我，算是回应。旋即下了床，趿了双拖鞋就冲进隔壁房间。我赶紧跟在她身后，急切地叫她，伍姐、伍姐。

她站在她老公床前，黑风罩脸，上下牙咬得紧紧的，一副想要置他于死地的样子。何志平起先是惊慌，但旋即就闭上了眼扭过头去，一副要杀要剐悉听尊便的姿态。看伍彩虹咬牙切齿的样儿，我心里突突跳，我担心她会用枕头去捂她老公。后来，看她拿起床边凳上的水杯，应该是准备朝他脸上泼，可最终也没泼，又恨恨地放下了杯子。她似在极力克制着内心的怒火，然后很颓丧地走出了何志平的房间。

她在绊手绊脚的杂物堆中摸索着走着，走在餐桌边后，像是不堪重负似的，一屁股跌坐在一只纸箱子上。她从桌上拿过帆布包，取出手机，打了个电话。趁着空儿，我去厨房照看了一会儿，米饭已经好了，蒸锅里蒸的鲈鱼也上了汽。

雷体仁，你干脆把我弄死好了，你来弄死我吧！她对着手机怒吼。

撇开我是你的外甥女不讲,我当了你近十年的保姆,给你做牛做马,倒尿罐子屎盆子,带大你的女儿,给你的丈母娘养老送终,现在你过河拆桥,你真是做得出来,为了一处房子,泼油漆,放死老鼠。如今还打进门来了,你真是太有本事了!你有本事,你就该从树木孔里炸出来,你有本事,你就该喝风喝雨喝尿喝屎长大,又何必吃奶吃饭吃粮食呢?我真替你羞得慌,我告诉你,像你这狗样,在我们老家有句俗话,叫读书读进牛屁眼里去了。我第一次看见伍彩虹的爆发力,第一次听她以如此快的速度讲话,一句连一句,像打锣鼓一样。电话那头应是她的舅舅,她舅舅叫雷体仁。她说,雷体仁,我告诉你,你既然这般无情,也就休怪我无义了。是,现在房子我是没有两证,什么证据都没有,你握着当初的购房合同,把我讲的事实强说成狡辩。打官司,我打不过你,只怪我当初太相信你,我哪里能料到自己的亲舅舅会来算计我呢?但是我告诉你,只要我的房子再有别人这样闯进来,拼着我这命不要,老子必定要找你寻仇,与你白刀子进红刀子出,你给我听好了!她一字一句,像铁锤钉钉子,直讲得热尿滚滚,一条裤子已湿透了。

喂喂喂喂,伍彩虹一阵气极,将手机重重地掷在桌上。我猜电话那头的雷体仁可能早就挂了电话,而她没有察觉,那番严厉的警告与怒火撒到了空气里,她恼羞成怒。

清蒸鲈鱼的香味在屋里飘荡开来,热油浇过,香气愈发浓郁,我将鱼和青菜端到桌上。伍彩虹从房间里换了条干净裤子出来了,我招呼她吃饭,她摇了摇头,将掷坏了屏的手机扔进帆布袋子里,又从桌上拿了把水果刀,用纸卷了也放进袋子里,像是着急要出门。我问,你要去哪?她咬咬牙说,我要去找那个王八蛋,跟他拼了。我说,既是要去拼命,那得吃饱饭攒足力气才行啊。她没搭理我,径直到玄关处,踢开一些瓶瓶罐罐,寻了双矮跟的皮鞋换了。脸垮着,眼斜着,嘴绷着……

她满身火气出门,不能周全,一则路上危险,二则找到了她舅我怕她不理智，她包里卷着刀呢。我赶紧把那饭菜端到何志平床边，好言安慰了何志平几句。何志平说，妹妹，你是好人，就拜托你了，我今生报答不了，来世做牛做马报答你。他说得很真诚，尾音带着哭腔。我匆匆忙忙说，别这样，大哥，我们这辈子还长着呢，好好活着，天无绝人之路，会有办法的。何志平点点头，伤心地闭上了眼睛，眼角有泪溢出。看着伍彩虹已经出门下楼了，我稍稍犹豫了一下，便追她去了。

小区大门口停着一辆空的士，她大步上前去开门，可司机却向她摆手，车已经有人预约了。伍彩虹说，我多出一百块，立刻走。这是我头一次看见伍彩虹花冤枉钱。她心中烧着旺旺的一盆仇恨之火，看她那气呼呼的样子，不把雷体仁的脑袋拧下来当球踢，誓不罢休。

车子一路走走停停，地铁施工，道路维修，几乎每条路都有打围的，硬邦邦的蓝色板子把宽宽的马路割成了羊肠小道，各种车堵成一锅粥，喇叭怨声载道。灯箱和打围板上被广告包圆了。车载收音机里两名主持人正狂热地为几处楼盘打广告：上品豪宅，绝版地段，起价一万八千八，认筹有好礼。的士司机兀自冷笑两声，说，乱坟岗子都一万八千八了，呵呵，真敢卖啊。

车子开到了南望山附近，在一条林荫路上，伍彩虹就叫停了。看门口的招牌，这是一所中专学校，并不是什么大学，而且通过大门两旁挂的几个牌子来看，这个中专也曾折腾过很多回了。

虽说是周末，但学校有种严重的破败感。操场旁边栽种的一排水杉，枝枯叶黄，地上厚厚的一层落叶，落光了叶子的爬山虎像一团铁丝缠绕在墙上，几个高高在上的硕大鸟窝，更显得秋意萧索，天宇寥落。没有多少人气儿，一点都不像是校园应有的景象。

我跟着她顺着操场旁的水泥路一直走，在看似一栋教学大楼的旁边拐了个弯，穿过一座水池假山和一个迷你竹园，眼前又是一道院墙，月洞门，院墙内一栋栋矮楼，楼高五层，红砖青瓦，似有些年头，墙角下生着厚厚的绿苔。垃圾遍地，像是从来无人收拾，每层楼朝外伸出的阳台只有四五家晾着衣服，生活的痕迹很淡，有遥远和隔世的感觉。

正看着，从小竹园那头走来三个老头，其中一个稍显年轻些，约莫六十岁上下，戴着一副黑框眼镜，穿白衬衫黑裤子，高高大大的，手里端着一个茶杯，一个文质彬彬的老头。伍彩虹顿时激动起来，大叫道，雷体仁，你这个没良心的王八蛋，你让我不好过，我也不会让你好过。她正要冲上前去，被我死死拖住了。那个文质彬彬的老头想必就是雷体仁了，他面红耳赤，气得浑身发抖，手指不住地朝伍彩虹点着，你你你，你个白眼狼，你个狼心狗肺的东西，你趁早给我滚远点。

伍彩虹一个劲地往前拱，我奋力抱住她。从她舅舅脚上穿的那双布鞋和手里捧着的罐头瓶水杯，我觉得她舅舅是个老实人，想必坏也坏不到哪儿去。

在那个残垣断壁的院子里，舅舅与外甥女各自高声大骂。舅舅说，我与你没什么好说的，你有话跟我的律师去谈，我们法庭上见。伍彩虹大肆叫嚣，别说是法庭，就是去天庭又怎样，人间的官司我输了，咱们去阴间继续打。我告诉你，除非你有本事把我弄死，否则你别想从我手里拿走那房子，那原本就是我的。她拍打着胸部，是我的！

她舅舅显然厌恶与她纠缠，欲走，可是伍彩虹却挣脱了我，冲上前去一把拽住了她舅舅的衣领。另两个老头赶紧护住她舅舅，并斥责伍彩虹，说，小伍，你现在怎么变成这样了？蛮横不讲道理，你舅舅有高血压，你这样做，太过分了！他跟你讲明白了，你有委屈受了冤枉你去找法院，在这里撒什么野？

伍彩虹眉毛一扬，说，我不讲道理？我撒野？你怎么不问问他，他都做了些什么？我给他做了十年的保姆，没拿过他一分钱，临了买个房子赠我，如今看房价噌噌涨了，他竟然说那房子是他的，逼我搬走，泼油漆，堆死老鼠，昨天还跑我房里又打又砸，究竟是谁在撒野？我当牛做马了十年，现在他翻脸不认账，这也太恶毒了吧？我现在手里无凭无据，我怎么打官司，那些律师和法官只看得见证据，看不见良心。

一个白发老头说，小伍，你也要体谅一下你舅舅的难处。我们这个学校，你也看到了，冷冷清清，远不是当初你在这里生活时的样子了。现在这里也要征收，我们教职工的宿舍学校也没给个让人心服的说法，一分钱都不赔，说这本来就是学校的财产，不属于教职工的个人财产，叫我们有困难自己去克服，自己去解决住房问题。我们家门口也经常被堆死老鼠，我们家也多次有不明身份的人来打砸，可是我们没地方搬啊。所以，你舅舅也是万不得已。

伍彩虹冷冷一笑，说，他有什么难处，他左一个老婆右一个老婆，左一套房子右一套房子，离一次婚就要把房子给老婆，他宁可讨好别的女人，却在外甥女面前输不起一颗芝麻。何况我这房子又不是他白送我的，那是我十年青春换来的，是我劳动所得，是我该着的。他凭什么说要回就要回啊？他现在没地方住了，他可以找他的老婆们去要啊，凭什么就单朝我要呢？当我好欺负。

老头说，小伍，你不能不讲道理啊。你舅舅把房子给你前舅妈，那是法律判的，我们生活在法治时代，一切都要讲法。

伍彩虹再一次冷笑，道，法治时代，要讲法是不是？讲法，您就该快点搬离这宿舍啊，怎么还赖着不走呢？这免费的宿舍是学校的公产，又不是你个人的私产，要你搬，你怎么又对那法那么不满呢？

老头被一呛，说，你你你，你不可理喻。

伍彩虹舅舅在一旁虽然半天没说话，但早已气得牙都快咬碎了，太阳穴的青筋一条条鼓起。终于，他开口了，说，伍彩虹，你总说你给我当了十年保姆，我没有给你结算工资，是的，我没有像别的人家请保姆那样，每个月到日子就把钱奉上，我没有这么做，是因为我一直是把你当家人看，没把你看成是保姆。我虽然没有把钱给在明处，可是暗里我给了不少。你来我家第四年,你们家盖房子,我给了你妈两万块钱;第七年,你爸胃癌动手术,我给了你妈两万;第八年你爸去世,我又给了你妈一万;后来你妈子宫里长东西,要做手术,我给了一万五;你老公出车祸,你妈又一次来找我,说你可怜,要我帮帮你,我还能怎么帮?我只能东挪西凑又给了你妈两万。你老公出事后的第五年,你妈旧病复发终于走了。我真是阿弥陀佛,舅舅双手合起十来。

伍彩虹轻蔑地"切"了一声,她舅舅也有点咬牙切齿了。他说,你不要做出这种样子,你妈——我姐虽然资助了我求学,是我这世上唯一的亲人,她对我是有恩,可是这恩,这么些年我也还够了。你知道我为什么左一道右一道离婚吗?因为我的每一个妻子都无法忍受你母亲无休止地压榨我,无法忍受我在你妈面前的窝囊。这么些年,我不过就是你们家过难的跳板,你妈没有把我当成她的亲弟弟,你妈把我当成了她的摇钱树。你又何曾把我当成你的亲舅舅?你不过是延续了你妈待我的姿态,你们仗着当年对我的恩情,处处凌驾于我之上,我只要是没有满足你们的要求,你们便给我扣上忘恩负义的帽子。这些年我受够了!伍彩虹我告诉你,我忘恩负义很多年了,这一次我忘恩负义到底了,这房子是我出的钱,让你免费住了十多年,我还没跟你算租金呢,你倒想蹬鼻子上脸,霸占我的房产,究竟是谁不要脸?究竟又是谁不讲恩情?这房子,我是一定要要回来的。

你,你,你真狠!伍彩虹的声调已经低下去了,之前攒出的霸道劲已是强弩之末,只剩下个嚣张跋扈的空壳子在那抖擞着。

舅舅的两个老友想息事宁人,便将其扯进了月洞门,我也把伍彩虹一步一步拉走了。可舅舅余怒未消,从院子里传出话来,伍彩虹,我警告你,限你两天内赶紧给我搬走,要不然我申请法院强制执行。你眼里没我这个舅舅,我便没你这个外甥女。

伍彩虹像是受了严重刺激,突然变得孔武有力,胳膊一甩,把我甩得倒退了七八步。她掀开包，取出那把水果刀，扯下报纸就冲进了院子。我"啊"的一声叫，赶紧冲了进去，拖住她。她舅舅也是个硬犟的主儿，本来都已经上了楼梯了，看见外甥女冲过来，也甩开了老友的搀扶，走了下来，径直走到伍彩虹的刀尖前，喉结一颤一颤的，说，真的是一碗米养个恩人，一担米养个仇人。说着还把脖子又往前凑了一寸，直抵到了刀刃上，说，来来来，好外甥女，你来把我这个舅舅杀了，你舅舅对不住你，该死，来来来，往这儿捅。

伍彩虹胆怯了，一边往后退，可舅舅却眉眼倒竖着往前逼近。强硬的对峙令伍彩虹阵脚大乱，她握刀的手像过电似的，抖个不停。一个老人说，小伍，你这样就是大逆不道了，你以前在我们这个院里多讨人喜欢啊，又勤快又干净，你看你现在跟个母夜叉似的，还学人拿刀子。你舅舅真的不容易，离了两次婚，这个舅妈因为学校拆迁，宿舍要充公，没个补偿，正跟你舅闹离婚呢。你看你还……老人叹了一口气。片刻寂静后，伍彩虹的刀最终掉在了地上，伍彩虹像是折断了肋骨般跟跄着转身离去。我向她的舅舅不停地道歉，说了许多的对不起，然后扶着软弱无力的伍彩虹走了。走到竹园边上，她舅舅说，看在舅甥一场的分上，再宽限你一个月。

出了学校大门，伍彩虹忽然嘤嘤地哭了起来。而我除了揽住她的肩，不知道该用什么话来安慰她，索性就让她哭吧。

回去的车上，我们彼此依然没有说一句话，她瘫坐在后面座位上，虚脱与绝望，像是死了半截等着埋的样子。下了出租车她直冲冲地往前赶，我问她去哪儿？她说回家。我说你走反了，她才又折了回来。她这个样子，我自然是不放心，只得跟着她回家。

此刻天欲黑，华灯尚未亮，窗外的高楼色调灰暗、干枯，像是一具具巨型僵尸，了无生气。暮色笼罩下，空间和时间像是裹着不可告人的阴谋似的，让人有惶恐不安之感。伍彩虹按了下开关，客厅的日光灯闪了几闪猛地亮了，惨白的光照着一屋子的破碎，看着这遍地狼藉，我都替伍彩虹生出想去死的冲动。

她坐在桌边的凳子上，木木呆呆的。我试着收拾屋子，将烂了的碎了的纸箱子、罐头瓶子之类的捡进一个大大的纸箱子里。我朝何志平的房间瞥了一眼，之前那些高耸的被垛都塌下去了，有点奇怪。我叫了一声何志平，他没理我。我想他一定是在睡觉，他大半的时间都是昏睡着的。

半晌，伍彩虹猛地从凳子上起身，冲进何志平的房间，大有要出口恶气的劲头。我担心她一时头脑发热，做出什么无法挽回的错事，便紧跟了过去。房间里有股蒸鱼豉油的香味儿，我走前搁在凳子上的那条鲈鱼被吃了，只剩下鱼头鱼尾。地板上扔了三床被子，还有两床被子盖在他身上，连头也埋进了被子里。伍彩虹很是气恼，她揪住被角用力一掀，忽然，她就定住了，而我则倒退了四五步，全身汗毛都炸开了。我跌跌撞撞地跑到客厅，在灯光下哆嗦。

何、何、何志平死了，他竟然死了！他将他床边装锅的箱子打开，用装锅的加厚塑料袋套住头部，在颈部打成死结，怕憋不死似的，还将锅扣在脸上，像是还有不甘，又把所有被子都盖在自己身上。他是决意要死的，是一定要让自己死的。他是活得有多么痛苦了，才走上这样残酷的绝路。那地上的被子定是他窒息时，本能地乱蹬乱扯弄掉下去的，他是在极度痛苦的挣扎中一点一点把自己憋死的。

"啊！"伍彩虹大叫了三声，一声比一声尖厉，恐惧无助，哀怨悲伤，山崩地裂……

好半天，我才从剧烈的情感撕扯中冷静下来。我重新走进房间，此时的伍彩虹倒镇定了许多，她已经将那只塑料袋从何志平的头上解了下来，把他那两只睁得圆鼓鼓的眼睛给抹了一下合上，何志平两手垂下，倒有了些正常的遗容。他静静地躺在那里，乱哄哄的世界仿佛一下子就清静了。

怎么办？我问她。

她从包里掏出手机，打了两个电话，告知了对方何志平的死讯，然后我们便在客厅里坐着。约莫过了半个多小时，虚掩的大门被推开了，一个粗腰大脸的女人走了进来，看上去面熟，我很快就想起来，这是武泰闸的那个女人。她手里提着一个布袋子，我们站了起来，一同进到房间里。在何志平床前，那个女人打开布袋子，取了一支蜡烛点在了地上，又点了三炷香，插在床头椅子缝里，然后拿出厚厚的一沓黄表纸。她向伍彩虹要烧纸的废铁盆，伍彩虹便把床上那只皇后锅拿下，递给那女人。那女人有些诧异，看看锅，又看了看伍彩虹，迟疑了一瞬，还是蹲下将几张引燃的黄表纸投进了锅里，锅里顿时一片金色火光。

我们一齐蹲下来给他烧纸钱。熊熊火光在床上的白色纸箱前跳动着，我瞅见那纸箱上似乎有几行字。我将那纸箱拿了下来，凑近火光一看，果然有字，用圆珠笔写的，歪歪扭扭：

我死了，我真的不想活了。但活了这么久，又不想白死。现在我终于决定要死了，就死在这房子里！如此，这房子就成了凶宅，就不值钱了，他就不会再要了。我从来没有为孩子做过什么，心里一直有亏欠，就拼着我这条命为他挣个房子吧。如果这套房子守不住，孩子将来连个遮风挡雨的地儿都没有。我反正是无用之人，命如草籽，如果能用这条命为孩子挣点实际的好处，便也值了。儿子，记住爸爸，爸爸爱你！伍彩虹，临到死，我对你的恨意也消失了，希望你也不要再恨我了，祝你好运！

这就是何志平的遗书了。看完这些字，伍彩虹的情绪终于如山洪暴发，她号啕大哭，哭到呕吐，吐出血来。我的脑子一片空白，可身体却像是被什么缠住了似的，动弹不得，难受得要命。

过了一会儿，何志平的表姐来了，联系了一辆运尸车连夜将何志平的尸体拉回了老家。

此后，我与伍彩虹的就失联了。打她的手机总是关机，后来又变成空号，她的微信也黑了，给她发信息，竟然不属于她的好友之列，需要验证，显然她把我删除了。我还专程去武泰闸找过那个女人，那个女人也说联系不上她。我去了她家四五次，门敲烂了也无人应。邻居都说再也没见过伍彩虹。大约过了半年，我又去她家敲了一次门，这次门倒是开了，但却是一个青年男子开的，我问他伍彩虹在不在，他一头雾水。我瞥见那房子的客厅贴了条纹壁纸，铺了红木色的复合地板，从前放饭桌的地方砌了一堵半高的墙，用来挂电视机，还订了几排木架，放了各色摆设。墙角放着盆绿萝，有一个小小的三人沙发，碎花的。新装修的味道很浓，墙上还贴着"喜"字，想是婚房。这房子已经易主翻篇，物是人非了。

慢慢地，我也淡忘了她，有时想起来都觉得犹如梦里。直到有一次在街上闲逛，看见有个中年男子推着个车子叫卖"皇后猪蹄"，觉得奇怪，就回头看了一眼，一口白钢锅里泡着几只酱色漂亮的猪蹄。我问他，为啥叫皇后猪蹄？他说，这是用皇后锅焖出来的，当然叫皇后猪蹄了。

皇后锅？我顿时想起了伍彩虹。这昂贵的锅还是有人买的，不知道伍彩虹还有没有在销售她的皇后锅，也不知道她销售得如何，有没有做到银章，有没有做到钻石，在她的安某利王国里是不是有了说话放屁的权利。

伍彩虹，祝你好运。

（原载于《芒种》2018年2期）

舅舅的光辉

五一期间我回了趟老家，进屋没多久，我妈便嘱我去看望外婆。我妈多年风湿病，腿脚不灵便，自从我爸去世后，近几年不常回娘家，总觉得自己孝行有亏。替母尽孝也是应该，再说九十岁的外婆，看一次就少一次了。

外婆住在白家岗村，离我们家十多里地，小时候腿短，觉得路长，如今他们村一位大款出资把路修好了，走也就半个小时。外婆一直跟着大舅生活，这两年大舅他们在县城带第二个孙子，她便一个人过，身体倒硬朗，去年我还见过她挑水浇园子。

远远地看见她在稻场上剥豆子，我喊她，她张望了半天，认出我后，欢喜地把我迎进屋。我们东扯葫芦西扯叶地拉些家常，我问大舅多久回来一次，她说每月回来三四回。又说大舅跟邻居都打了招呼，叫他们每天都来看我一下，死了好及时递信。我笑了笑。坐了片刻，我掏出孝敬钱给她后便起身告辞，免得她留我吃饭要花费一番心思。我们这里礼数规矩大，留客招待，即便是常来常往的亲人，若席面置得不丰盛，会有怠慢之嫌。外婆自然苦留，但我执意要走，她也只好随我。送我到六棵槐那儿，她说，你今年回来过年吧，你小舅说今年回来呢。

哦。我木木呆呆的，对这个小舅没有多大感觉，从小到大，拢共也就只见过三次面。外婆说起他来，于我就像在说别人的舅舅。

回来吧，跟婆家商量一下，今年回来过年。外婆强烈要求，我不忍拂了老人家的心意，便说，好。

从来团圆都缺只角，今年不缺了。

她这样说时，我看见她浑浊的眼里放出了亮光，离过年还有大半年呢，她已经开始憧憬了。

我说，外婆你回吧，别送了。

好哦，好哦。外婆嘴里应着，停止了脚步，却没有进屋，站在稻场旁的六棵槐那里看着我。我走出好远，回头看，她还在槐树下望。我的眼前是大量抛荒的田野，杂草疯长，地里偶有老夫挥锄整平，越发令人觉得村子快要与世隔绝了。站立在阴天灰色中的外婆，让我想起风烛残年这个词，这个词语连同孤零零的外婆和凋敝的乡野一起让我的内心充满伤感。

外婆生了两儿四女，六个子女中，小舅读书最多，是恢复高考后的第一届大学生。外婆总说她这串葫芦里，只锯出了小舅一把好瓢。这话我不大认同，那是他们舍不得锯，若舍得，不定出多少把好瓢呢，至少我妈就是一把。我妈跟着民办老师的我爸，认了不少字，能读下全本的《水浒传》和《红楼梦》了，我爸都很为她可惜呢。不过我妈心态很平和，既不埋怨爹妈，也不眼红小弟，相反，她和大舅姨妈们都以这个小弟为骄傲，这"一把好瓢"成了他们共同的荣耀。

回到家我把小舅要回来过年的消息说与妈听，她说，回不回的又值得了多大的事。

我妈的反应倒出乎我的意料，好像是前年还是大前年，说起小舅她都是一脸神气，说小舅给我们这些外甥辈的和侄子辈的都做了安排。

我呵呵笑，说，妈，你洗了睡吧。

妈说，哼，你不要不信，你还不知道你小舅的实力，到时他拔一根毫毛，也够你吃一辈子的。

呵，够我吃一辈子，那得是多少？个十百千万十万百万千万？就算是，也拔不到我们外甥辈的头上。要拔早拔了。

我妈显然是深信不疑，说，你呀，你别到时吃相难看。

呵呵，我对小舅早已没有任何期待了。

我第一次见小舅是六岁，记事如刀刻的年纪。过春节的时候，小舅带着他的妻女回来过年。我们正月初二去给外婆拜年，一路上我那小脑瓜都在想省城的舅舅会给我们带来什么样的礼物。我们这里有这样的习俗，出远门的人一般都会给亲友带礼物，叫带折食。像我那在银行工作的表姑，每次父亲去县城开会，她都会托他给我捎一袋果冻或是一袋饼干或是一袋鸡汁快餐面。折食不一定要多贵，就是一个心意，我喜欢这种被人惦记在心里的感觉。

才走到六棵槐这里，我就瞧见外婆家里有个生客，个不高，穿着带毛领的黑皮夹克，脸很白，似从没见过太阳，鼻梁上架一副大眼镜，眉眼像我妈。

叫小舅，我妈在旁边指导我。

小舅！我响亮地叫了一声，叫声里充满了期待。

哎！这是春来吧？都这么大了，小舅摸了摸我的头。我以为他摸完我的头就会去摸他的荷包，但没有，他直接跟我爸握手去了。

折食是不能讨要的，那时虽然年纪小，但也知道了好歹，只得没劲地走了。在火塘屋里看见一个长卷发、涂着口红，怀里抱着一个胖女娃的女人。大舅说，这是小舅妈。我喊了小舅妈，她也是答应了一声，然后就纹丝不动。反倒是后面来的姨妈们给我们几个小孩子带来了新年礼物。大姨妈是红毛线围巾，大表姐织的；二姨妈是卜卜星；小姨妈是砸炮。我们围着崭新的围巾，吃着卜卜星，时不时从兜里掏出个炮往地上一砸，"砰"一声响。这才是过年走亲戚的味儿，不然大老远的，走得腿酸，图啥呢！

其实小舅也不是啥都没带，吃过饭，小妹妹说要玩炮炮，她当真是大城市里来的，瞧不上我们土鳖的砸炮。小舅从门后拖出一只皮箱，我们几个毛头孩子全都围了过来。他从里面拿出一个塑料袋，从袋里拿出一个花花绿绿像秤砣似的东西给小妹妹，在小舅的帮助下，她拉了吊在下面的一根绳子，突然"吱吱吱"几声响，射出一大堆彩纸，这些细碎的彩纸从半空中落下，犹如一场童话，引得我们在彩纸雨下转圈圈。这也罢了，更奇的是，这里面居然还射出一只小小的降落伞，粉红色的，就挂在稻场旁的椰树上，我跑过去踮起脚尖摘了下来。这只降落伞太漂亮了，我如捡到孙悟空的三根毫毛，喜得哦哦叫。可小妹妹也要降落伞，我当然不给，这是我捡的，捡的就当买的。

小舅说，还有，还有。接着又放了一个，可这个降落伞却落在了高树上，搭了梯子也够不着。又放了一个，是烂的。眼看着袋子里没几个炮了，我赶紧上前跟小舅商量，说，小舅，我把降落伞给小妹，你给我个炮吧。

小舅说，给。我刚接过来，小妹就号啕大哭，她不让。小舅就转而拉了引线，这一个却落到了水塘里。我好泄气，盼望下一个能顺顺当当。不如此，我感觉我手里这个就保不住了。最后一个总算如愿以偿，落在草垛上。我快速跑过去捡给她，她总算破涕为笑，可还没高兴三分钟，她去火塘找她妈，不小心把降落伞给烧了。她又哭了起来，我赶紧攥着降落伞撒腿往家跑。

春来！

我妈赶了出来，身后跟着小舅和哇哇大哭的小妹。我想，若是逼我，我就一把撕了。我玩不成，大家都玩不成。

我妈说，春来，你听我的，把这个降落伞先给小妹妹，小妹妹大老远来，是客。

我也是客。

我妈又说，你把这个给小妹妹，等会儿小舅再给你一个新的。

我不信。

我妈说，小舅箱子里还多的是。

我有些将信将疑。

小舅也附和说，是的是的，还有还有，还有更大的呢。

我总算信了，将那个降落伞给了她。然后我心里就开始惦记那个"更大的"，问他什么时候放"更大的"，他说等吃了晚饭。我如得了令一般，跑到厨房跟外婆催饭。外婆说，乖乖，中午的饭才丢碗，哪有那么快吃晚饭。外婆说的是实情，可我心里就是不爽，便跑到猪圈去找猪撒气，用棒头捶猪，猪没捶着，失手把猪食缸给打破了，潲水拌糠流了一地。这下连猪都知道我闯了大祸，拿俩眼看我，不敢哼哼。外婆和大姨妈听见动静往猪圈一瞧，就全明白了，她们没有声张，但随后而来的我妈看见了，她顺手抄起门边的一根吹火棍，我赶紧往外跑。我妈喊，我今天不把你的手铲肿，我白字倒过来写。

屋里的女人们都在收拾猪食，男人们打牌，没人给我解围。还是大舅耳朵尖，他从屋里出来，冲到稻场一把拉住我妈，说，你真是，碎碎平安呢，大正月里，外甥女给我这么好的一个彩头，你还打她。我妈也就借坡下驴，将棍放了下来。为着这场恩情，我一直都坚守着正月不理发的传统。

好容易等到吃晚饭了，我瞅着小舅的饭一吃完，就一步一摇地摇到小舅跟前。小舅看见我如看到活怪，放碗筷的手都哆嗦了一下。小舅说，你再等等，我去上个厕所。这一等就等到天麻黑，我担心小舅是不是掉进了茅坑。外婆家的厕所是埋的缸，上面搭两块木板，没处下钉，木板是活动的，踩不稳真会掉进去。我想去厕所看看，可厕所在屋后面，屋后是竹园，黑漆漆的，我害怕。我对我妈说，我要去上厕所。

怕厕所里面有人，我妈在外面咳嗽了一声，可里面没回应，我心里顿时咯噔一下。

我被骗了，先前我妈要拿棍子打我我都没哭，可这会儿，我实在憋不住了，"哇"的一声哭起来。我妈说，好端端的，哭什么？你上不上厕所？我不说话，只哭。我妈慌了，赶紧用手在我的额头上抹了三下，然后抱着我边走边朝竹园破口大骂，骂那些没长眼的孤魂野鬼，大过年的享了那么多的祭，还出来害人。

回到堂屋，所有人都问我哪里不舒服，我不作声，我不能让他们知道我那点小心思，那样会让他们觉得我没出息，我只哭不说话。大舅便拿着一刀黄表纸到竹园那里烧去了，就让他们误会我是见了鬼吧。

这一次因大姨的儿子肖立秋来武汉办事，我们几个在武汉的表亲便在楚河汉街的小龙坎设宴款待他。我们这些表亲相聚聊天，一般都会聊到小舅，我们最感兴趣也最疑惑的就是小舅到底有没有钱，有多少钱。白家岗的人都认为小舅是岗上走出去的第一代大学生，国家选拔的栋梁之材，到如今只怕都能呼风唤雨了。他们这样猜测时，大舅和我妈她们也不作解释，小舅便在这种静默中被演绎成了一个人物。

小舅很早就去了深圳，在一个大型国企当财务经理，还给我们亲戚们都寄了名片。烫金的，上面还印了他的相片，写着白玉寿、五八集团财务经理，以及两个电话号码，一个是座机号码，一个是大哥大号码。

那时候看港片，大佬们出场都是手握大哥大，后面跟一群马仔，大哥大一按，江湖上立刻就会掀起一阵腥风血雨。村里有见识的年轻人说那东西可贵了，要好几万块钱。当我们为节省一毛钱两毛钱在菜摊上挑挑拣拣讨价还价时，我们的亲舅舅手里却握着几万块钱的大哥大。小舅矮小的身躯在我心里一下子高大起来。

妈跟小舅感情很好,那是她脚下的弟弟,小舅差不多是我妈带大的。看到我为小舅高兴,她也跟着眉开眼笑,说,你小舅从小就是个聪明人,读书识字过目不忘,白家岗的神童。要不岗上几个参加高考的,就独你小舅一个人考取了,照古理讲,你小舅那就是天上的文曲星下凡。

唉呀呀,还文曲星下凡,这话也太说大了,我很烦我妈那套下凡论。我曾问我妈我是什么星,我妈说我是一颗吵星,从此我便对我妈这套歪理邪说没有了好感。

不管怎么说,生命里有了个发财的舅舅,成了我小小的骄傲。上小学和中学的时候,学校经常让我们填一些表,逢到填写姑舅姨亲属那一栏,我第一个就会写上小舅,单位:深圳五八集团公司,职务:总经理。我从不写大舅,也不写亲姑亲姨,然后我会写表姑,单位:县人民银行,职务:副行长。这便好了,虽然我的字写得歪七扭八,成绩一塌糊涂,但我家世显赫,出身富贵啊。

我把这些记忆中的小事说给我的表哥表姐们听,他们一个个笑得差点把食物喷在火锅里。

我说,我也不知道那时候怎么就有了这样的思想,就觉得穷是一件羞耻的事。

表哥表姐们终于不笑了。我们都是一根藤上结出的瓜,除了小舅跳出了农门,披挂了一身城市衣,我们的童年都是跟着爹娘在泥田里打滚。

添了汤,火锅暂时停止了沸腾,我们也安静了一会儿。秋表哥说,你小时候国家已经改革开放,农村分田到户,虽然穷是普遍的,但贫富有了差距,一旦有了穷与富的差别,嫌贫爱富就是很自然的事,也就是说你的势利是时代的原因。

海表哥说,其实我们小时候对小舅生出过一些幻想,幻想着走出去的小舅能伸出一只大手拉我们一把。

年表姐也说，我们那个时候能靠什么改变命运呢？一靠读书，可农村孩子靠读书，家里劳力不宽展，钱也不宽展，读书读得战战兢兢的，指不定哪天家长就来学校搬桌子。像我家供了我哥就供不了我，能让我读到中学毕业，已经是我父母莫大的恩情了。二靠什么呢？靠亲戚。像我们村有个人出去干出了名堂，然后就把他家里的侄儿侄女外甥拔萝卜似的，一个一个全拔到了城里。看着别人的叔叔姑姑姨妈和舅舅都八仙过海各显神通，我们那个时候也真的指望着小舅能像菩萨一样，显一显灵，让我们有个奔头。

年表姐的话让我们想笑，却又笑不起来。记得那年我们家盖房子，我爸动过找小舅借钱的心思，但我妈没有接话，我妈的意思是，不到节骨眼上，不要去找他。什么是节骨眼呢？她觉得在家人的重大疾病上，在我毕业找工作时，这些人生至关重要的节点，小舅一伸手就能扭转乾坤满血复活的那种。母亲是把小舅当成了王牌，不到见底是不能出王炸的。

小舅到底有没有钱？酒过三巡，我们差不多异口同声地问秋表哥。

在我们这些表亲中，秋表哥与小舅是接触最多的，他一年中在上海待半年在深圳待半年，再一个他是我们当中的首富，弄不好也有可能是整个白氏亲族的首富，毕竟小舅的底我们一直没摸清。

我们掐指算过，秋表哥的资产大约上亿了。他在深圳和上海都有房有厂有仓库，一个公司养着几百号人。虽然他总是自谦说是过个小日子，可他的小日子跟我们的小日子那是两个概念。他的大中华一摆上桌，海表哥的黄鹤楼蓝腰带就吓得藏进裤兜里；他身上的乔丹威风凛凛劈着一字马，而我身上的乔丹畏畏缩缩蜷着一支腿；同样都是大众牌车子，但秋表哥的大众多出一排字母，他的车一上路，许多车都躲得远远的，给他让一道。海表哥说，不怕奔驰和路虎，就怕大众带字母。还有我们的车需要我们亲自开，但秋表哥的车有司机开。我们在座的，试问谁家逢年过节没喝过秋表哥顺丰快递过来的茅台酒、蒙顶茶？资本为大，一般秋表哥说话，哪怕就是放个屁，我们都觉得香。

秋表哥说，我也不知道小舅有没有钱，我只能说几个事，你们自己判。小舅这几年经常要去北京，他说他在北京国贸大酒店有个长期包房，我打听了一下行情，这没个百把万下不来，这是有钱人的做派吧？还有九妹和小舅妈她们在美国过的可不是普通人的生活，她们的房子买在富人区，前后都有大草坪，九妹开的是兰博基尼。这些都是小舅给她们创造的，有钱吧？可我前一阵公司资金周转不灵，缺笔钱过渡，找小舅开口借六十万，我想六十万对他来说是小意思吧，但他说没有。前年，白家岗修路，他不是抬起众人摔了一跤？所以有钱没钱，真不好说。

秋表哥一番言语令小舅的身价越发像太虚幻境，这么多年都弄不明白，令我们有些垂头丧气，但也勾起我们新一轮的好奇。

与小舅第二次见面是在我十二岁。那年家里建房，工程几度因缺钱而停止，直到秋后姑舅姨们卖了粮，借了钱给我们，房子才上梁。我们一家人在稻场旁的窝棚里从惊蛰住到小雪才搬进新房，腊月初八办贺房酒。农村里盖新房算是一件大事，我们提前十多天就给小舅写了信。

记得大舅和姨妈们合伙给我们置了一块大匾，红丝绒的底面，正中四个烫金大字：华屋春晖。大匾披红挂彩，三个姨爹和大舅抬着，还雇了乐队。外婆走前头领着穿得色色新的姨妈表哥表姐们，浩浩荡荡地将这块大匾从白家岗一路吹吹打打抬到我们家。为了迎这块匾，我爸在稻场上放了三挂万字鞭炮。

把这块匾送得这么声势浩大是大舅的谋划。在农村推倒旧房盖新房，一般都算作是女主人的志气，是在夫家的业绩。大舅这是在给他的妹子扬名立万。大匾是几个人用两架梯子一步一步升上去的，每踏一脚，喊彩师就要喊一句彩，什么步步高升、五谷丰登、六畜兴旺、养子成龙、养女成凤之类的，母亲好激动，不停地用手抹眼泪。热火朝天之际，门口做支客的先生高喊一句，贵戚到。我们一齐往外面看，屋檐下站着一个穿毛料西装戴眼镜提公文包的男子，气派像极了中央电视台新闻联播里的领导干部。

这贵戚是小舅，他的从天而降令白氏亲族像是活捉了一只凤凰。

虽然稻场上一桌茶席才布上不久，只动过几块麦芽糖和黄豆酥，但为了凸显小舅尊贵的地位，我妈将其撤掉重新布了一席。白家人坐在一起热热闹闹吃茶，时不时从讲话声中爆出一串洪亮的"哈哈"声。小舅出类拔萃的仪表吸引了满稻场的目光，连倒茶装烟的往这一桌跑得都勤快些。

那时秋表哥已经是上第三次高三了，小舅自然问起他的状况。他鼓励秋表哥，说，秋儿一定要扳下脑袋好好读，考个好大学，你一生的道路就平坦了。你是老大，有楷模和标杆的作用，你读出来了，底下的就会跟样学样，这样一个一个就都出来了。

大姨爹吸了一口烟，弹了一下烟灰，说，秋儿这书读得我骑虎难下，劳力劳财读了这么多年，考不取不甘心，考取了我为难，没钱呢！他小舅舅。大姨爹说着低下了头。

一桌子的欢喜劲儿出现了片刻的低沉。每个人都望着小舅，仿佛他就是救苦救难的观世音菩萨。小舅略沉吟了一下，说，先一门心思赴考，有我在，有白家这么多亲人在，不会让他考取了还读不成。

小舅舅说话向来轻言细语，连许诺也不像村里人恨不得把自己胸脯拍烂。我妈教育我时就喜欢拿小舅做比较，说有志不在年高，有理不在声高，像小舅舅，小声音也说得起大话。小舅的一番话把我的舅姨和我妈听得笑嘻嘻的，一个个都对秋表哥说，这颗定心丸吃得好，明年秋儿高考准是状元，把秋表哥说得满脸通红。

我似乎也得到了某种鼓励，在一旁扬扬得意。逢到有客人来打问这个"贵戚"时，我就会骄傲地告诉他，这是我的小舅舅，亲亲的小舅舅。

连我那在县里做人民银行副行长的表姑都托我爸引荐，跟我小舅握了手，交换了名片。表姑在我们当地那也是大场面上的人，饱受尊敬的，但小舅对她不过就是很平常的客气，表姑几次敬烟，小舅都给推了。虽然他个子矮小，但坐在人群熙闹的稻场上，表现出的那股有知识有文化有本事又有钱的气势，让我觉得小舅真的像庙堂里塑了金的菩萨，宝相庄严。

晚上最后一场宴席完毕，写账先生将人情簿交给我爸。爸妈连夜在灯下对账，我爸看完账本像是怕漏了什么，又重头翻了一遍。我妈问，你还查什么？这礼金跟账目是对的。

我爸疑惑地说，我在找玉寿，你弟弟莫非没上情？

我妈"嗯"了一声，似也觉得奇怪。但转而又说，没上就没上，他大老远的为你这个事赶回来，就已经是很大的人情了。

我爸说，这个我知道，我不是争他的人情，只是奇怪，你说他千里迢迢的人都赶回来了，上个人情那不就是挖苕扯蔓子顺带的事吗？

我妈顿了顿，似乎怕我爸在此问题上过多纠缠，说，哎，人情再多总是要还的，他今天往我这屋里大匾下一坐，我觉得我这新屋都不一样了，蓬荜生辉。我爸嘿嘿一笑，夸赞我妈蓬荜生辉这个成语用得好。

我妈之前就教给我一句话，说千里送鹅毛，礼轻情意重。小舅从深圳坐火车转汽车，那时荆州与松滋还没有架桥，隔着一条长江，得转一次轮渡；然后又是汽车转麻木，路不平，那坐麻木的滋味可不好受，浑身骨头恨不得要颠散架；然后还有三四里小路得靠双脚亲自走。这么一段隔山隔水又隔岩的远路，小舅能回来一趟确实不容易。而且今天贺房子，我们家的亲戚六眷都来齐了，他们看到了我们家的大匾，看到了我们家的"贵戚"，还看到了我们家因这位"贵戚"有可能出现的光明未来。

我躺在床上跷着腿说，爸，其实小舅也送了礼。如果说大舅和姨妈们送的是物资意义上的大匾，那么小舅送的就是精神意义上的大匾。

我把话一说完，我爸妈都齐声喊"呀！"然后我妈忽然捧着我的脸左右狠狠亲了一下，说，这才是我们家今天最值得庆贺的事，我们家的小春来长大了。

秋表哥在武汉的事情处理得差不多了，说是签了一个大大的单，武汉为迎一场大型运动会，要彻底改造雨天积水秒变大海的现状，预备把两个区的下水管道重新铺设，他们公司中标了。回上海前，他向我们在武汉的亲友们发出邀请，再聚一次。这是庆功宴，我们自然不会推辞。

秋表哥请吃饭的饭店很是隐蔽，在东湖边上的小区里面，没有招牌，我们一路上靠表哥在电话里指引，上了电梯，还以为是到谁家串门去呢。到了后推门进去，才知道这并不是户家人，确实是一吃饭的地儿。一个大约一百五十多平方米的大平层，装修得古色古香，墙根下一溜儿石佛头、香案、琴案、画案和茶案，粗朴却别有一番质感，高几上设着炉、瓶，炉里青烟袅袅，一个巨大的白沙盘上画着枯山水，宋式风雅里掺杂一丝日式侘寂腔调。整个空间的光线阴暗但又层次分明，显然是刻意布置的。

厨房是开放式的，一个穿白衣服戴白高帽的厨师正烟熏火燎地忙着，一股煎鱿鱼的香味弥漫在整个大厅。

我笑着说，吃顿饭，搞得偷偷摸摸的。

海表哥，这叫神不知鬼不觉，安全。他在机关工作，虽然手里没多少实权，但似乎也是个内行人。

秋表哥跟海表哥都呵呵一笑。

我们听不懂他们打哑谜，便看西洋镜似的，东瞅瞅西瞧瞧。秋表哥坐在一旁的圈椅上抽大中华，边抽边笑嘻嘻地看着我们，仿佛我们缺少见识的表情能让他得到某种满足。那一刻，我有一种撞破秋表哥内心的感觉。

四个菜端上来后,我们就被招呼上了桌,厨师依然在厨房为我们做菜。

那顿饭吃得真是开眼界。一盘藕片和菱角米切得大小一致,加上几颗莲子铺排在冰山上,插上荷叶与荷花,再弄得雾气腾腾的,便是售价二百五十元的"秋塘三艳",用筷子夹一颗莲子都得慎重,若不小心滚在地,便好似刘姥姥在大观园吃鸽子蛋,一两银子没听个响就没了。年表姐从小生活在湖区,这些东西她小时吃得要呕。她说,二百五十元啊,我的天呢,这不是要杀人吗?那这几片生鱼估计得上千,我都不敢下筷子了。年表姐又转向秋表哥说,哥,你的钱也不是大风刮来的,亲友相聚,不比生意场上讲排面,没必要如此破费。

而我在经过最初的惊叹之后想法与年表姐却不一样,我在武汉待了八九年,他们也来了三四年,东湖边上来来往往多少回了,有谁知道这里面还藏着这样一个所在。想想谁吃顿饭需要隐藏得如此之深呢?可见秋表哥的生意早已鸟枪换炮,攻入到了官场。中国的为商套路,官与商一旦结合,那利润就是清早船儿去撒网,晚上归来鱼满舱。

我说,小年姐,你就放心吃吧,咱们的秋表哥再不似当年旧模样了。作为一代豪绅,他有义务和责任向我们展示富裕的生活方式,让我们增长见识,这本身就是在引领我们向上,让我们知道高品质生活的模样,这就是富人对穷人的积极意义。

呵呵,秋表哥笑了起来,笑得呛住了。他说,春来妹还是那么的伶牙俐齿,一点都没变。你说这话,我倒想起了我人生中喝的第一杯咖啡、第一顿牛排、第一瓶红酒,所有这些城市生活启蒙的第一次都是小舅带我去的。那时小舅总是给我灌输一个理念,拼命赚钱!想要在这个时代活得出人头地,秘诀就是永远不能放弃对金钱的追求,哪怕死也要死在钱堆上。

秋表哥举杯跟我们碰了一下,又抿了一口酒,说,金钱就是打开这个世界的万能钥匙。

这是秋表哥的话,但这句话的出处在小舅那里。秋表哥能经常引用,据为己有,证明他是认同小舅的。关于秋表哥和小舅之间的关系,通过大姨妈私下里透的一点口风,我们隐约也知道一些,舅甥关系一直并不怎么好,只是君子绝交,不出恶言罢了。

秋表哥当年终于以全县高考第一的成绩考取华中理工大学,县里都给发了喜报,录取通知书寄到家时,听说邮递员想讨包喜烟喜糖,但看到大姨妈、大姨爹一脸愁容和家里四面土墙后,只喝了杯三匹罐就走了。

大姨他们一直在等待小舅的主动关心,然后好顺便提一提经济上的资助,但小舅既没来信,也没拍电报。后来大姨他们决定办个酒席,一是喜庆喜庆,再就是体体面面地凑个学费。办酒就要接客,这就让大姨把被动化为了主动。别的客捎个口信,亲传亲,友传友,就都知道了。唯独接小舅舅稍微麻烦些,他俩先是请我爸给小舅写了一封信,后又担心小舅收不到,大姨又专程到乡邮局给小舅挂了电话(那时电话未普及,只有乡邮局有两部电话供老百姓使用),电话打通了,小舅向大姨道了喜,知道了摆酒席的日子,表示一定到场,还叮嘱大姨不要为学费担心,再苦再难也一定要让肖立秋把大学读完。大姨挂了电话,心里的负担轻了一半。她还很长远地考虑到怕小舅热,扇扇子担心他受累,经过一番思想斗争,咬牙花了二十块钱在百货店买了一台鸿运电风扇。

记得那天刚好立秋,但秋没有立起来,闷热得要命,好在大姨家门口有一棵花椒树,枝繁叶茂,像一把天然大伞,我们到得早,就搬了椅子在树荫下坐。花椒正值成熟期,一股特殊的芳香阵阵散发出来,把蚊蝇虫子驱赶殆尽,都不用扇扇子,惬意得很。

秋表哥出来跟我们打照面,白白净净又腼腆。白家人都向他道贺,说这么多年的冷板凳没白坐,白家又出了一个大学生,又给国家培养了一个人才。

我爸对秋表哥说，你们家这棵花椒树长得好，像红顶子，一看就知道门户里要出人。

我妈说，前不栽桑后不栽柳，屋门口栽树有讲究的。

秋表哥说，这棵树不是栽的，是隔生（野生）的，好像是我读初中那年莫名其妙钻出来的。当时都不认得，虽吃过花椒，但不知道花椒树长什么样，我爸当时要挖掉，我妈说等等看它是个什么东西，后来慢慢才弄清是棵花椒树。

姨妈们说，花椒树在我们这儿确实稀罕。

秋表哥说，估计是哪只鸟儿从远处带来的。这棵花椒树现在是我妈的宝贝，每年结的花椒可以摘一箩筐，卖了很是能补贴一下家用。我妈说要是没有这棵花椒树，我就读不成高中，读不成高中就没有如今这个大学上。

听了秋表哥的话，我们又抬头把这棵花椒树上上下下看了一遍，觉得这是一棵神奇的树。

坐久了，我们小孩觉得无聊，便约着村里跟我差不多大的小伙伴玩去了。我们上树掏鸟窝，下河摘菱角，很快我们就饿得前胸贴后背了，坐在河岸上等大人来叫吃饭，左等右等也没人来喊，只得自己回来。大姨家的屋檐下站满了客人，我爸妈他们还在花椒树下坐着，满稻场人声议论纷纷，似有几人对席面迟迟不开有怨言。我朝我爸手腕上的表瞅了瞅，已经中午十二点半了。我们那时还未流行三餐制，庄户人一天就两顿饭，酒席一般十一点开。我去里头问大姨什么时候开席，大姨说，厨子粗心，烧了夹生饭，正在加工。可大姨隔一会儿就出来在稻场上望一眼，一点都不像是家里饭没烧熟的样子。

大姨在望什么呢？哦，我恍然大悟，她在望小舅舅。

那顿饭直挨到中午一点钟才开席，宾客们饿得都已经顾不上餐桌礼仪了，鱼糕鱼丸扣肉炖蹄一端上来就空了盘。其实大姨还是蛮讲面子的，桌席整的是十碗，碗碗真材实料，可并没落客人多少好话。

宴席过后，大姨面上的神情像是遭了榔头棒，垮掉了，木木呆呆的，但还是时不时就伸长脖子朝村口方向望一下。大姨的这种期盼，让我从原先的想笑转为了难过。

大舅说，大妹，你别望了，望不到了，他要来早就来了。去年小妹贺房子，他不到十点就到了，前一天赶到荆州，次日一早从荆州起身，时间才来得赢。

我爸说，十一点还不到，来的可能性就不大了。

大姨满脸担忧地说，怕不是路上出了什么事吧？

大舅说，那不会，你不要瞎担心。可能是屋里有什么事，脱不开身。不要紧，他以后总是要给你一个说法的。

我们也不断地安慰大姨，叫大姨不要把小舅来不来这事放心上，不要为了小舅一个人，让大家的十碗都吃得不快活。

大姨总算是被逗笑了。

晚上留下吃饭的是姑、舅、姨顶首的亲戚，亲戚们围着大圆桌坐了两桌。秋表哥中午坐了上席，这一次说什么也不坐了，非把大姨父拉到上席来，大姨父不肯坐就拉大舅，大舅又拉我爸，我爸也不肯，就同大姨父一起把大舅摁在了上席。他们你谦我让，屋里一阵阵欢声笑语，大姨的心情也被感染得欢欢喜喜的。看到大舅和我爸喝酒脱去了外衣，大姨像是突然想起了什么，进房拿了一个大大的纸盒子出来，是一台鸿运电风扇，扇壳上写着万宝俩字，那台红色的电风扇扇插上电后，摇过来摇过去，为我们送来一阵阵惬意的清风，也为逼仄贫穷的小屋增添了一些喜庆。

大舅跟大姨父碰杯，说，大兄别担心，我们那个时候饿肚子都供出了一个大学生，如今这么好的条件，更没什么说的。

我爸跟两个姨父也宽慰大姨父，说，一个好汉三个帮，我们几家合一起，就是砸锅卖铁也不会耽误秋儿的学业。

　　白家因为外公的痨病不能负重，但外公幸而早年入私塾识得几个字，可以为生产队管理账目，所挣工分比外婆少不了多少。从外公身上，外婆知道了识字的好处。大舅跟大姨只相差两岁，到了发蒙的年龄，两人先后进了学堂。大姨倒读得进，但外婆不让她多读，读了一年，认得自己名字就下了学；大舅读不进，但外婆硬把他摁在学堂里，读了三四年，看他实在厌学才罢了。此后接连生了三个女儿，外婆也都无心栽培，直到生下小舅，小舅屁股能在板凳上生根。

　　小舅初中几乎只读了一半，学校动不动就停课，但他还是断断续续读完了高中。白家一向是外婆撑门立户，女人当家为人不免强势，在村里没结下好人缘。小舅想上大学，村里不给推荐。外公便替他谋出路，想让他顶替自己给集体记账，村里不让；去小学代课，村里不让；去卫生队学个赤脚医生，村里也不让。大家伙就想看白白净净的小舅在泥田里干活。

　　小舅扛了锄头下地干活那天，村里人都早早出工来地里看热闹。从来没有跟农活打过交道的小舅，笨手笨脚的样子成了村人的笑柄。白家姊妹心里极不舒服，在她们眼中如此珍贵的人却成了村人嘲讽捉弄的对象，她们抱成一团，再不让小舅出去干活，大有你躺着，我们养你的雄心。

　　在家足不出户的小舅抑郁了，成天躺床上没个人形。几个村人来劝外公外婆准备棺木，还说少年亡，不用多好的木头。外公气得痨病发作，夜夜吐血，屋子里一下躺了两个男人。外婆提了一瓶农药，奔到小舅床前说，儿啊，我一生做人要强，自嫁入你们白家，知道这家光景，从不肯输半分斗志。如今你这样不争气，我这志气也减了一大半，你若体谅为娘，咱们就一起活，你若狠得下心，咱娘俩就一起死，黄泉路上做个伴。说完外婆拧开就要喝，小舅喊了一声妈，外婆止住了，然后小舅奋力下床，将药给打翻了。从那以后，小舅像是换了一人，任谁笑话也不惧怕。他去担水，洒了一担又重新担起一担，耕田耪地什么的，他也不着急下田，只坐在田埂上细细看，等看出了门道再去弄，渐渐地便在农活上有了心得。他还买了一些农技方面的书，活学活用，制种、害虫防治什么的，很快就在生产队的种田把式里有了一席之地。

两年后，我妈跟我爸认识了。我爸有次去白家岗看我妈，除了给我妈带了一身衣料，还带去了一个惊天的消息，国家要恢复高考，工人农民都可以报考，考上了国家包分配工作，从此便是国家干部啦。这个消息不亚于一声惊雷炸在白家屋脊上。国家干部，一听就令人仰慕，白家人太明白权力在老百姓日常生活里的重要性了，他们这一家受打压欺负多年了，倘若家里能出个干部，便如孙悟空的金刚罩一般，便没人再敢欺负了。

那年高考是在冬天。本来我妈是要过年前嫁给我爸的，为此事也推迟了婚期，留在娘家照顾备考的弟弟。我爸也频送殷勤，将自己当年读师范的教材送给小舅，还为小舅手抄了一本代数书；小舅去县里赴考，也是我爸联系县里银行姑婆弄的车。

腊月十二八，我爸终于收到了小舅的录取通知书，他赶紧去给小舅报喜，外公外婆高兴得把过年的鸡提前杀了来庆贺。白家众姊妹也扬眉吐气，个个出门脸上都是得意之色。

小舅虽然考取了，但村里不放人，说小舅是个农业天才，他一走就没了好收成。这可把小舅气坏了，都这个时候了你们还欺负我。外婆不好惹，但事关她幺儿一生的前程，她把一腔怒火忍住了，还是得低下身子去村支书那里走一趟。先是让大舅去的，提了酒称了一捆烟叶，还有罐头和两对烧饼，这对外婆来说已经是下了血本。但事情没办成，村支书态度很强硬，不收东西也不放人。末了，外公去柴房拿了一个装火屎的坛子，从里面掏出一个木盒子，盒子里藏着一块金如意。外公外婆把大舅两口子叫来，意思是眼下只有拿这个去试试了。大舅说，这可是祖上传下的，为保这个东西，当年没少提心吊胆过。外婆说，不过就是个金疙瘩，今儿为你兄弟舍了它，日后他挣个金山给你。大舅说，我不过随口一说，从未想过要阻兄弟的前程。从不肯低头的外婆拿了金如意去了村支书家，反反复复讲了许多好话，直到村支书同意放人。

次年春天小舅上学，白家女儿都回了娘家，看着小舅背着包走出白家岗。大姨一时脑热肠动，嘤嘤地哭了起来。那时秋表哥已经有了些记忆，他说，看到小舅出白家岗，就跟西游记里孙悟空驾船出海寻求不老仙方，好拯救猴子猴孙脱离无边苦海一样。他还说，走出洼地，在高岗上回头摇手的小舅头上似有一道光环，光彩夺目。

秋表哥上大学那会儿，正赶上小平同志南巡并发表重要讲话后，全国涌现出下海潮，铁饭碗不如活脑袋，很多体制内的人都以脱离单位去做生意为时尚。秋表哥大学毕业本来是分到了一个好单位，但他不甘安逸，他雄心勃勃直奔深圳，说那是改革春风吹得最带劲的地儿。

那时小舅已在深圳五八药业集团当上了财务经理。虽然秋表哥大学宴缺席一事，小舅后来也没给大姨一个说法，但大姨也并没有为此事对小舅心生怨念，至少我们耳朵里没听到过什么话。大姨对小舅有不满是在秋表哥去了深圳之后。

秋表哥大学毕业去深圳首先投奔的是小舅。他所说的第一杯咖啡、第一顿牛排、第一杯红酒，这些都市风情都是小舅带他领略的。但秋表哥投奔小舅的主要目的不是为了体验这些，而是想通过小舅帮他找个工作，毕竟小舅是白氏家族的第一个城市"拓荒者"，在秋表哥看来，通过小舅是一条捷径。但小舅对这个刚出大学校门的外甥很是看不上眼，觉得他木讷、呆板、不活泛，不能在改革大潮中腾起浪来。那时秋表哥也想进五八集团，但小舅并没有替秋表哥引荐，他的顾虑是怕秋表哥不会做事,反倒牵带了他的脚后跟。

他给秋表哥安排的是让秋表哥去售药,售药所得,五五分成。售药就售药吧,秋表哥说他反正也不挑剔,可关键售的是那种野药丸,什么壮阳、回春、醒酒、迷情,乱七八糟的。怎么售呢,说小舅也给他指了一条道,去夜总会、酒吧、洗浴楼,去那些灯光昏暗的犄角旮旯。秋表哥也去了。秋表哥说他在兜售这些药品的场所中见识了金钱的魔力,那些左拥右抱、莺歌燕舞、声色犬马、纸醉金迷每天都如电棍敲击着他。秋表哥很多次慨叹,人啊人,从来都没有真正当家做主过,不是权力的奴隶,便是金钱的奴隶。

大姨对小舅的意见倒也不光是小舅让秋表哥售卖那些疯魔的药,而是秋表哥投奔小舅,小舅连住处也没给秋表哥安排,每天晚上就给秋表哥两床薄被子,让他在楼道里打地铺,屋都不让他进。秋表哥来深圳投奔小舅,一是找寻工作,二也是想图个落脚的地儿节省生活成本,毕竟家里就那个底子,为了他读书,他妹妹也就是我们的大表姐连初中都没读完就潦草嫁人。这件事小舅倒是跟大姨解释了,说是屋子小,不方便,小舅妈脾气又古怪,小表妹那时又正值钢琴考级,怕影响到她们。但大姨妈不过就表面敷衍了一下。

这样过了几个月,秋表哥觉得售药和打地铺都不是长久之计,便开始制作简历,往各个公司投递,很快他就被一家地产公司录用,他就是在地产公司就职期间看准了下水管道的商机,他想跳槽出来做这个还征询了小舅的意见。小舅当时是反对的,他认为秋表哥能力暂时不够,贸然投身商海,风险大于收益。但秋表哥还是坚持了自己的想法,并且迅速掘到了第一桶金,局面一打开,后来市场就越做越大。

2000年,大学毕业六年的秋表哥头一次回家过年。在我们那儿,像秋表哥这种好多年都不回家过春节的人一旦敢回家过年,那就表示发迹了,脱去蓝衫换紫袍啦。这一年春节,秋表哥的几件事都载入了我们镇的史册。我们镇上的第一辆宝马车是秋表哥开进来的。他带着大姨和大姨爹来给我们辞年，我们这里过年前也要把顶首的亲戚走一遍，叫辞年。听说秋表哥是开车来的，我们都下楼在校门口迎他，引导他把车开进来，停在操场上，很多老师和家属都围拢过来，议论纷纷说这就是宝马，传说中的宝马。秋表哥下车后，跟众人点头，还给每个人都递烟，芙蓉王的。然后他打开后备厢，我看见后备厢里有四个一模一样的纸袋子。秋表哥拎了其中一个纸袋子递给我爸，我爸接过后，手不由得沉了一下。我猴儿急一通扒拉，袋子里有烟有酒还有一个白色的小盒子，我拿出来一看，妈呀，是手机啊，夏新翻盖的。我可以确定当时我的眼珠子在眼眶里"咚"地弹了一下。

秋表哥说，听说你也上大学了，送给你的，方便联系家里和同学。我握着手机，傻子一样地点头。他不知道我做梦都想拥有一部手机，因为价格之故我没有勇气向家里张口。面对秋表哥的大恩大德，我几乎要给他跪下了。

那一次回来，秋表哥很是花费了不少，除了烟、酒、手机，过完年拜年，他又给每家包了一千块的红包。这个镇子还从未有人包过一千块钱的红包，是秋表哥这里起的头。春节里我们几家轮换着拜年，人群都以秋表哥为中心，尤其是我，时时都挨着他，生怕跟丢半步。秋表哥想坐，我立马把椅子搁在他屁股底下；秋表哥想喝水，我立马把杯子递到他嘴巴边；秋表哥一入席，我就把酒给他满上。我为秋表哥像驴拉磨似的转来转去一点都不累。

海表哥说，春来妹这脚上是绑了神行太保的甲马吗？

我一愣。

兰表哥略一沉吟，说，戴宗的甲马跑直线可以，不能横着跑，更不能转圈跑。那时兰表哥已大学毕业在镇上高中教物理，他似斟酌了一番，说，春来妹脚上踩的应是哪吒的风火轮。

桌上亲友一顿大笑,我也跟着他们一起笑,笑得比他们还大声。想让我难堪,没门。

秋表哥起身返城那天,白氏亲族都来到大姨家,都给秋表哥带了点特产,米啊油啊蛋啊菜啊,这些秋表哥都没有放在车上,只带走了我爸给他写的一幅字:自古逢秋悲寂寥,我言秋日胜春朝。晴空一鹤排云上,便引诗情到碧霄。我说,爸,秋日胜春朝哈。我爸一愣,继而呵呵笑。都说我对秋表哥跟进跟出,这些人包括我爸不都是这样吗?我言秋日胜春朝,听听,我爸为了长外甥志气,不惜灭亲生女儿威风。

临行时,一众亲友握着秋表哥的手千叮万嘱,叫秋表哥好好干,千万要听话,别走错道了,秋表哥自然是频频点头。他穿着一件红色的羽绒服,头发茂盛如葱,梳着偏分,架着一副金边眼镜,他鼻子又挺,嘴唇带着点自然红,高高大大站在灰不溜秋的庄稼人堆里,默默地散发着一种金钱与文化并存的高级气息。我从来没有认为秋表哥帅,这次眼光忽然上了一台阶,觉得秋表哥出类拔萃,真的是白氏表亲中最出众的,无可争议。我朋友说势利眼看人就是这德行,可能吧。

秋表哥好容易上了车,关了车门了,亲友们还隔着窗玻璃再次叮咛,说老大不小了,该成家立业啦。什么老话说乱滚的石头不长苔,流浪的汉子不招财,男人不成个家,挣再多钱都留不住的。大姨跟大姨父喊了声阿弥陀佛,觉得这话硬是说到心坎里了。大姨态度强硬,说,下次若再一个人,就不要回来了。

可不是吗?头一回省亲,就烟啊酒啊手机啊加大红包地抛撒,若没个女人管着,再回来几次不得破产啊。我心里也为大姨盘算。

秋表哥发动引擎,白家长辈们才跳着离开,生怕车轮子碾到了他们的脚丫子。总算得了空,我们表兄表姐们都围了上去,抓紧时间说些祝福的话,一路平安,一路顺风,慢点开,到了报平安这些。只有我思考得深远,扒着窗玻璃问他,表哥,你今年过年还回来不?

秋表哥说，你没听你大姨说，要是一个人回就不要回了！其实我是心里面想到了笔记本电脑，他一回来就送手机，再回来可不就是送笔记本电脑了。

就是那次秋表哥省亲之后，大姨才开始把对小舅的一些看法私下里讲给白家姊妹听。

有了手机以后，我就加强了与秋表哥的联系，对他的另一半问题操碎了心。不能不操心啊，这关系到秋表哥是否能再回来过年啊。往后的年，若秋表哥不回来，还过个什么劲。可这样的隐秘情感秋表哥哪肯对我说，他当我是小屁孩呢。我再三对他表示了我的诚恳，他也渐渐跟我吐露了一些想法。他说他有恐婚症，主要是怕步小舅的后尘。

他这一说，我顿时就茅塞顿开。

小舅虽然对他的身价瞒得紧，但他的婚姻状况倒是在亲戚面前抖落个干干净净，谁都知道他跟小舅妈的感情稀巴烂。据他自己说，当年是小舅妈看上的他，死活要跟他。这话当时我们都信，如今回过头想，一个响当当武汉大城市的姑娘会倒追一个贫穷农村的小伙子？何况这小伙子个还不高。小舅说小舅妈当年是一个小厂工人，他是上级单位的小头头，被派遣到厂里做调查。期间在报纸上发表了几个豆腐块，便成了厂里口口相传的大才子。好像说小舅妈那会也是文艺女青年，常拿了自己写的东西去敲小舅的门，敲来敲去就敲出了故事。

后来小舅好像是看出了小舅妈什么缺点，断定两个人在一起不合适，想抽身而退，可小舅妈不答应，听说还找了娘家兄弟把小舅揍了一顿，反正最后两人还是扯了结婚证。小舅结婚这事他也只在信上提了一下，也没说具体什么日子，更没说摆不摆酒。

听说婚后两口子回来过了个春节，还说那次俩人不知为什么突然在屋檐下吵起来，只听小舅妈说了一句，你凭什么自作主张要加二十块？

等我妈他们赶出来看时，就见小舅妈一巴掌铲在了小舅的脸上。把我妈他们都铲蒙了，在她们的心里，敢铲小舅耳光的人得到下辈子。小舅想还手，但还是被姨妈们拦住了。白家人本着息事宁人过个安稳年的态度劝说小舅，男子汉大丈夫不要跟女人一般见识。这当然是明面上的，实际上那个响亮的巴掌无需小舅说什么，他们就都知道了小舅这个婚结得糟心。

次年听说小舅还闹过一次离婚。本来这事白家一点也不知情，是因为有一天小舅妈突然来到了白家岗，那天刚好下了雨，她一双皮鞋跟一对裤脚像是泥糊的。小舅妈此番前来是问小舅下落的，白家人这才知道他们在闹离婚。小舅妈说是小舅有一两个月没着家了，几次去单位也没找到人，问他单位的领导同事，说他一两个月没上班了。能找的地方都找遍了，这才来小舅老家问。外婆一听，心急如焚，一两个月没落屋，屋里人都不知道音信，只怕是不好了，顿时大哭，说，我就知道我的儿心里过得不舒服，一个人在武汉，没人疼，心里有苦说不出，我的儿要是有个三长两短，我又找哪个讨说法去？小舅妈看这情况，知道小舅没在这，且屋里的气氛也没她的立足之地，便走了。稻场上的爆火泥，小舅妈一脚一个坑，走得跌跌撞撞，差点摔倒。外婆、大舅和大舅妈没一个开口留她喝杯水吃餐饭的。小舅妈一走，外婆也不哭了，像没事人一样。大舅纳闷了，说，这么快就不担心你幺儿了？外婆说，我还活着，他还敢寻短见不成。

小舅妈走后的第三天，听说小舅就回了家。外婆朝小舅看了老半天，长叹一口气，说，你回家去吧，别闹了，好生过日子，我瞧你媳妇肚子打了兜，有了。外婆又说，生了你，我就给你算了命，算命的先生说你的八字各方面都好，就是婚姻上不好，怀抱一冰人，一辈子讨不到女人的热乎气，这是命啊，我的儿。小舅听此话，自然是痛哭流涕。

其实我后来想，小舅妈那次独身一人来白家岗是不容易的。这犄角旮旯,她一个城里的女人不过是跟着小舅来了一次,方向估计都没完全摸清,就凭着模糊的记忆只身前来。千里迢迢,舟车劳顿,想见这一路上颇多狼狈。来了后连口热茶也没喝上,又往回赶。又是风,又是雨,水一脚,泥一脚。我有时候替小舅妈想一想,那会儿她的内心也是悻惶和委屈的。此后,在我的记忆中,小舅妈只在我六岁那年来过白家岗,便再也没有来过了。

从大人的口中,我知道小舅与小舅妈的状态基本是三天一小吵,五天一大吵,还打过不少架,当然小舅从来都没打赢过,他本来就个子矮嘛。小舅婚姻的不美满几乎成了白家人心里的一块石头了。

关于小舅和小舅妈的婚姻状况我们不过是听说,但秋表哥可是真真切切在他们的近旁待过一段时间的。秋表哥说,这辈子宁愿打光棍,也不要过小舅那样的生活。他说小舅妈很擅于营造一种低气压氛围,在家的小舅就跟道旁遭霜打的茄苗似的,身板从来没挺直过。小舅白衬衣洗完还要对着亮光看,生怕漏了一个污点,跪在地上擦地板,擦得锃亮,台面上的瓶瓶罐罐一件一件摆得整整齐齐。秋表哥都不敢相信这就是当年他视为神一般的小舅,指引白氏家族前进方向的伟大导师,一个云端上的领袖,一个家族的楷模竟如此地折下腰身,低到尘埃里。秋表哥内心如遭遇了泥石流,山崩地裂。而他在小舅家盘桓的那些时日,小舅妈对他的诸多生活习惯也明目张胆表示了刻薄的嫌弃,这同样也给秋表哥的心理造成了巨大冲击,以致他不敢恋爱,对女人有种心理和生理上的害怕。

不过秋表哥最后娶了个上海小姑娘,听说俩人是在火车上认识的。让秋表哥动心想娶她,是因为一个细节。当时火车上与他们相对而坐的是一对家境拮据的老夫妻,泡了一碗方便面,还你一口我一口,吸溜吸溜,吧唧吧唧,边吃还边抹鼻涕。连从农村出来的秋表哥看得都起鸡皮疙瘩,但他旁边的姑娘却全程带着善意的微笑看着对面两位老人,还打开包包，给人家递过两片香喷喷的纸巾，老人家吃完了，又帮人家去倒了垃圾，一点都没有表现出嫌弃的意思。秋表哥说那对老人令他想到了自己的父母，正是这个姑娘的善良与温柔令他鼓足勇气要了人家的手机号码。然后他又专程去了几趟上海，做了细致又全面的考察，最终表白了自己的感情，也向对方交代了自己三亲六眷的家底。

事实证明秋表哥的眼光还是不错的，不然我们后来哪里会有茅台酒和蒙顶茶喝呢。

与小舅的第三次见面是2009年，我都是奔三的人了，在武汉已成家立业。那是小舅第一次主动与我联系。他在电话里告知我他要来武汉办事以及抵达时间，并详细询问了我的居住地，问我小区附近有没有好一点的酒店，帮他预订两晚，他给我转账。亲亲的舅舅到我这里来还要住酒店，这不符合白家的待客之道，再说好一点的酒店住两晚也不便宜，这钱我出划不来，让他出又没道理。我便诚挚地邀请他住家里，一显得亲热，二在亲人们面前也好看。他爽快地答应了。

放下手机我郑重地对我那口子说，我小舅要来武汉。

他惶惑，你小舅？

我说，哎呀，就是那个很有钱的小舅。

他似乎想起了什么，说，就是那个恢复高考后的第一届大学生啊。你说你上学时读到《我的叔叔于勒》那篇课文，非常有共鸣，菲利普一家对待于勒的感情跟你对小舅是一样的，是不是就是那个舅舅？我忘了啥时候竟跟他说了这些，不过差不多吧，只是我的小舅没有像于勒落得个替人撬牡蛎的潦倒下场。

也不怪他对我这个小舅不熟悉，这么些年，我们这些表亲婚嫁生子，小舅从来都没有出现过。秋表哥的婚礼办了两场，上海一场，老家一场，我们整整齐齐地参加了老家一场，但小舅一场都没有参加。我们这些跟在秋表哥后面办事的，也就不再通知小舅，与小舅本来淡漠的感情就更淡漠了。这么多年，我们在乡间贫穷的土壤里挣扎着前进，除了秋表哥，后面这些读书的、学艺的，现在也都在镇上、县城、市里扎下了根，安居乐业。对于年少时有过的像菲利普一家对于勒的期盼，现在聊起来我们都会自我解嘲和相互打趣，我们已经看破、放下、自在了。

  我们两口子对于小舅的到来，很是重视。我们家是一个小两房，为了小舅住得舒服，我们决定把主卧让出。又利用周末的大晴天，跑上跑下把床上的铺盖都拿到楼顶曝晒，洗衣机整个上午都在不停地转动，洗床单被套、窗帘地垫。忙活了两天，总算把整个屋子收拾得干干净净，洁白的窗纱浅绿的窗帘，没有一丝褶皱的床单，地板和家具能照出人影，仿佛屋子里每一粒细小的尘埃都被清洗过。

  夜里我俩瘫在客卧一米二的小床上，我那口子竟发起感叹，说，亲情也是暗地里标了价格，富亲和穷亲那绝对是不一样的。嗯，你说如果是你大舅来了，你会给这样的接待标准吗？

  无聊吧你，我扯过被子翻过身去不再理他。但我在心里问了自己，如果是大舅来了，我会这样上蹿下跳地忙活吗？应该不会吧，就算会，也会偷工减料。但这样的区别接待，真的是富亲与穷亲的区别吗？我深刻地觉得也不是，我们这些外甥辈的在情感上都是与大舅亲近，但我这样为小舅辛勤忙碌，很大意义上似乎是为了一种展示，展示我们晚生后辈没有依靠他人，没沾谁一丝一毫的光，凭着自己的努力也在城里安营扎寨了。

  风平浪静时，小舅总是把自己塑造成一尊神，给我们无限希望，但每一次我们站在难关口，他又会及时进入信号盲区联系不上，即使联系上了，也是各种为难，股票套牢、孩子住院、存款死期、投资项目、栀子花茉莉花的。我们家没有联系过小舅，但二姨和小姨她们联系过他，加上以前有大姨的说辞，我们自然也就觉得小舅虚伪。但白氏家族的传统,自家的屎再臭都得捂着,所以这些流言在她们姐妹这儿就止步了,都没传到外婆和大舅耳朵里。整个白家岗对外婆和大舅都是恭敬的,觉得秋表哥赚大钱,海表哥当公务员,兰表哥当老师,科教文卫各行各业都有人才,一大家子风调雨顺皆是他白玉寿的关照。说这才是一人得道鸡犬升天,白家人从不去辩解澄清这些传闻。

小舅如期而至,给我打电话时已到了小区门口。我一下楼就看到不远处一辆黑色奥迪A6正试探着前行,走近一看果真是小舅,我引导着他把车停到我们门栋下面。我老公也下来替小舅拿行李,并处处抢先一步开单元门、电梯门和房门。

小舅进屋后换上我专门为他准备的新拖鞋,在客厅里四处打量房子。我打开主卧的门,把小舅的行李箱放了进去。我说,小舅,这是您的房间。小舅进来一看,想必是感受到了我的热情和隆重,显得很受感动,连说,好,好。然后他输了一通密码打开行李箱,从里面拿出一个盒子,说是给我的,我打开一看,是一只印着火烈鸟和龟背竹的玻璃水杯,双层的,不算稀罕,但因为我是杯子控,便开心地向小舅道了谢。

乍相逢,虽是亲人却又很陌生,怕冷场又不知道该说些什么。我说,小舅您开了大半天的车,也累,要不休息一会儿,我们把饭做好了,叫您。

他说,好。

我退出替他关上了房门。想必我在他心里也是一个有着血缘关系的陌生人吧。

好在桌子不大,五六个菜就有丰盛之感。碗筷摆好,酒斟满,我进去把小舅请上桌。老公陪小舅喝酒,我在一旁加菜添饭,照顾席面。起先大家都很拘谨,三杯酒后,气氛活跃起来。老公说,小舅五十多了,却一点不显老,若是我们走到街上,别人肯定以为是哥俩,绝不会想到是甥舅。小舅呵呵笑,骄傲地自谦,说,哪里哪里。然后又碰一杯,喝下。

小舅问我老公是不是武汉人。我老公说不是,是吉林的。听到吉林两字,小舅竟莫名地有些兴奋,说,吉林人好,我一个要好的朋友也在吉林,我曾救过他的命,他总说要做牛做马报答我,滴水之恩当涌泉相报。

我问,男的女的?

不知道是不是小舅没听见,对于这个问题他没有做出什么反应。而我也觉得这人是男是女并不重要,不好再问。我说,这个优点我倒没感觉出来,就他学舌这一点如拜了鹦鹉,一口武汉腔耍的,好多人都以为他是武汉人。弄清了外甥女婿的底细,小舅便以老武汉自居,说起他从前在武汉的一些事情。说武汉人都是"讲"门后代,讲吃讲穿讲玩讲乐。我老公接了一句,说,还讲不听。然后他们呵呵一笑,各自又抿了一口酒。

小舅继续向我们科普武汉的人文地理。他说,他以前在武汉是住汉口民众乐园那里。他一说,我和老公都"哦"了一声,以示对那个地段一平方米高达三万块的敬意。小舅说,民众乐园连着六渡桥这一段,是武汉老汉口的正宗窝子。我们当然只有点头的份儿。

小舅伸出一只手比画,说,武汉是两江三岸格局,长江汉江在此合流,把武汉分成汉口、武昌和汉阳。汉口是经济中心,银行、当铺都是在这里扎堆,有钱人多;武昌呢高校云集是读书人重地;汉阳全是厂子,工人满大街。一年里,汉口人过武昌来的了不起就一回,武昌的人去汉口呢,一年也就三四回吧,但汉口和武昌的是从来不去汉阳。为什么呢?武昌人历来瞧不起汉口人,觉得汉口人一身铜臭没有文化;汉口人也瞧不起武昌人,觉得知识分子一股穷酸气;汉口人跟武昌人又共同瞧不起汉阳人,觉得汉阳人又穷又没有文化。

哈哈哈,我们一顿大笑。这是我们来武汉后,第一次听到这么演绎武汉三镇的段子,又形象又风趣。这个梗令舅甥俩下了不少酒。

我探问小舅此次来汉的安排,小舅缓缓地抿了一口酒,面上活泛的笑容隐去了一些。他很认真地说,我是来联络老同学感情的,听说我们那一届的同学现在有几个做官做到省里了,有一个还是副省长呢。小舅这样说，言语中也藏有几分不易察觉的骄傲。

我问，您是长期跟他们有联系有来往吗？

小舅说，没有，我们那个时候没有电话，一毕业就跟鸟被枪打散了似的，几十年同学音信如石沉大海。这不是官当大了，浮出了水面，谁知道呢。

说完他们继续喝酒吃肉，我却直觉小舅这事不大靠谱，有竹篮打水一场空的预感。几十年没联系的同学想必当年同窗感情也一般，如今人家当了大官，你才来投，明显不是投情，而是来投利的，人家哪里会轻易相见。当然若是里面的人想见你，自会蓬门今始为君开，但若是不想见你，你便是小扣柴扉久不开，关键你也没"小扣"的机会，一伸手就会被保安请走。

看着被酒气熏得红光满面的小舅，我忽然觉得在外面闯荡了几十年的小舅还不识人间真滋味，他都没有感觉到这个时代的人际关系已经悄然发生了变化。血缘都一不定靠得住，更何况是曾经的几年同窗。

看小舅一个劲地说这个酒好喝，我那口子便从酒柜里扒拉出两瓶，装在礼盒里，说，这个酒还是您家乡的酒，二十年的白云边，难得您喜欢，给您送两瓶。

小舅高兴地接下，说，好好好。

次日我们仨差不多同一时间起床。穿着一套蓝色真丝睡衣的舅舅，如果不论个头，看上去还是很有时下流行的大叔范，小腹这块比我还平坦，红光满面，精神抖擞。他在卫生间洗漱台躬身良久，刷牙、洗头、上护发素，吹风机吹干，还用弹力素抹出造型。我以为他接下来洗把脸就完了，但见他细细地挤出一点洗面奶，在脸上打圈，我就知道这不是一时半会的事，便赶紧催促老公在阳台水龙头下接水刷牙，把眼屎擦干净得了，不然上班要迟到。

幸亏我决策英明，等我那位拎包出门时，小舅还在那儿拍拍打打，随后出来，脸上竟贴着一张面膜，饱满多汁，水乳交融。他跟我老公道别，祝他工作愉快。我老公一边回应一边愣神，头差点被门夹着。一个东北爷们认为男人擦个大宝都是娘娘腔，如今亲见老娘舅敷面膜，连我的内心都泛起了涟漪，他那里定然是白浪滔天。

我上班倒不急，可以气定神闲在沙发上看一集韩剧等舅舅。小舅终于穿戴整齐，马甲领带，手表皮包，收拾得像早年间东洋归来的留学生。我对小舅的衣品表示了欣赏，他道了声谢谢，临走拿了昨天我们送给他的那两瓶酒，说是去送人。看他进了电梯间，我有种他今天会出师不利的预感，他若是空着手还体面些。

晚上下班后我给小舅打电话，探问晚餐问题，怕他外面有留饭，我们小两口就可随便吃一点，但他说马上就到家，没吃饭。我们便想着到外面去吃一顿，刚好楼下有个汉调馆子，做的排骨藕汤和牛蛙烧鱼脸还不错，可以让小舅品尝一下久违的武汉味。但小舅说他有上火的迹象，怕油怕辣，我们便重寻了一家粤菜餐厅。

我们是坐小舅的车去的餐厅，我留心看了座位和后备厢，发现那两瓶酒不在，看来是送出去了。小舅定然是有些背景的，不然两瓶普通白酒怎么可能敲得开几十年都不联系的高官同学的门。我忽然觉得握着奥迪A6方向盘的小舅如桃花潭水，深千尺啊。

在包厢里，我琢磨着菜单点了贵妃白切鸡、蜜汁排骨、白灼虾、瑶柱节瓜煲，空里瞥到小舅手腕上的表，银光灿灿，大表盘里还嵌有两个小表盘，各个指针都四平八稳地走着，我不知道是啥牌子，感觉应该是贵得不讲道理的那种。忽然一种好奇怪的心理，竟咬咬牙加了一道清蒸东星斑。服务员起先是个大妈，后来又换成了小姐姐，她细腰软语，为我们侍奉茶水，烫洗杯筷，传递肴馔。

先生，这酒要开吗？小姐姐拿起我自带的红酒弯腰询问小舅。

开吧。

好的，请您稍等。小姐姐出去后，不一会儿就回来了，她将红酒倒在醒酒器内，然后为我们分杯，双手呈上，毕恭毕敬。

东星斑上来了，小舅吃了一口，说，嗯，味道很靓。他才吐一根骨头，三根鱼刺，服务员就很热情地给他更换了骨碟，顺便把我们的也换了一遍。这样的殷勤礼遇，让在外面吃了无数顿饭的我第一次感受到了尊贵，这定是因小舅之故。他穿着考究得体，身形结实硬朗，头发乌黑浓密，早上出门时的那个造型还在，浑身散发着一股淡淡的香味，金边眼镜，特别是手腕上被衬衣遮了一半的手表，一举一动，流光溢彩。小舅通身散发出的大佬气质让餐厅觉得这不知是何方神圣驾到，有不可怠慢的强大气场，故服务员有礼有节，处处示好。此时金钱再次展现了它的万能，灿烂的笑脸和真诚的逢迎，处处柔情时时蜜意。我一边恶心着又一边享受着。

沾着舅舅的光，我和我那口子似乎也觉得自己人五人六了，席间的话题便不可造次，虽然谈不了中东局势、游艇石油和全球之旅，但鸡毛蒜皮柴米油盐肯定是不能上桌的。为了烘托舅舅是个人物，我问舅舅今天可见到那位副省长了？

舅舅很老实地回答，说，没有，没联系上。

这倒印证了我最初的直觉，官场的人岂是说见就能见的，前面都没有铺垫。但奇了怪了，那两瓶酒哪去了？但对这个问题我就是再好奇，也不好问啊。

我们再次举杯对小舅的到来表示欢迎。小舅抿了一口酒，咂吧咂吧，说，不错，这酒。

我说，这是秋表哥给的，是他公司送客户余下的，说要三千多一瓶呢。

哼，肖立秋惯会搞这种小恩小惠，这么多年了还是没有一点出息。小舅忽然垮下脸来，说话的声音虽然不大，但语气冷硬，话音里听得出他对秋表哥的不满。

我心里自然是替秋表哥鸣不平了,小恩小惠您瞧不上,您有出息您倒是给点大恩大惠啊。我说,这就可以了,秋表哥也算是做到了苟富贵勿相忘,总不能让他给我们一人送套房吧。我边说边呵呵笑,想让气氛缓和。

小舅并没有跟我一起笑,他好像一点都不在乎气氛的变化,依旧一脸严肃,说,肖立秋格局不大,小富即安,年纪轻轻,四十多岁,就恨不得要养老,我快六十了,也没告老。说着表情很是不屑,又加了一句,没有一点头脑,目光也短浅,不知道做大。

我说,秋表哥不是大人物了吗?可以啦舅舅。来,碰一个。

小舅又抿了一口酒,说,什么大人物,不过是给当官的酒桌买单的,终成不了气候。

这把秋表哥说得太不堪了,我心里有点抵触,手上还端着秋表哥给的酒呢。但替秋表哥辩白,似乎又会勾起舅尊对他的强烈批判,我一时竟也两难,便想如何断片,再另起一行。

我说,舅,给您老报告一个好消息,海表哥马上要调到武汉来了,官也升了一级,正科啦。

小舅说,像马晓海,考进了公务员队伍,肖立秋若是有心,完全可以为晓海操作一下,让他仕途顺利,平步青云。像世兰、你和你爱人,他也可以助助力,不是要他几瓶酒几斤茶,是他要有为家族搭架子的谋划,不能只顾眼前,要长远地考虑。

小舅又说,你们自己也要有点野心,要有不断进步的雄心壮志。

我那口子又给小舅加了一点酒,说,小舅说的有道理,我们也想向上,可一抬头,山峰入云海,束手无策啊。天天坐在格子间里熬材料,也觉得没有出头之日,拿个工资,过个众人都有的安稳日子,还要常规劝自己,知足常乐。

小舅说，我跟肖立秋敲过好几回边鼓，好歹现在他还算有钱，要筹谋一番，要做架梯人，哪怕十二巫峰高万丈，有了梯子，慢慢也就上去了，只要上去了就能看到最美丽的风景。上次我炒股票，从内部打探到消息，递信要他买，若听我的盘算，他能猛赚一笔，这些钱拿来给兄弟姐妹架桥铺路，不就起来了。

我慢慢品出了小舅的意思，他是想把白、肖、程、马、邓建设成类似《红楼梦》里贾、王、薛、史的格局。这是一个宏伟的工程，眼前还只有几片破瓦烂砖。而我也才从小舅的话里惊觉，我倍感荣耀的武汉小两居生活，在小舅眼里不过是蝼蚁，我的父母辛苦一生只是把我捧成城市里的蝼蚁，舅舅一句话就抹杀了两代人的血汗和成果。我的心里一时五味杂陈，既不服却又无力辩驳。

服务员轻轻敲门，又给我们端来一盘菜，海蛎煎蛋，热气腾腾，说是我们消费达到了标准，酒店赠送的。她拿着餐刀将蛋饼划开，给我们每人的碗里放了一块，动作轻柔，态度谦卑。说，请先生和女士慢用。然后微笑退出。

也许舅舅说的是对的，这人间最美的风景只有有钱人才看得到。

舅舅趁着酒兴继续高谈阔论，说，你们要进一步解放思想，要知道为五斗米折腰有伤尊严，但为百斗米千斗米折腰呢，那是值得的。鲤鱼跳龙门的样子很丑，可它化为龙的那一刻光芒万丈，人们只会记住那光辉耀眼的一刻，不会记住它曾经摔打的伤痕与丑态。为后世子孙铺好一条路，是我们白家一代人两代人肩上的责任，要为这个责任努力奋斗。

小舅顿了顿，又说，我一直都在为这个家族的前途努力，只是我暂时还没有太大的能量，若问我这个当舅舅的将来能给你们什么，绝不是烟酒糖茶，而是江河湖海，日月星辰。

这么些年我不知道这位亲人遭遇了什么，见了怎样惊天的大世面，思想言谈全不像白家子女。外婆家虽然是地道的农民，但教育后人从来都是那几句老话，"陈谷烂米不抛洒，想起灾年吃糠粑"，这是节俭；"树活一层皮，人活一口气"，这是上进；"钱财如粪土，仁义值千金"，这是金钱观，甚至还要求封建那一套"饿死事小，失节事大"。白家长辈就怕后人在人生的航程里一个不小心翻了船，所以我们从小都被管教得中规中矩，只要人生有饭吃有衣穿便要知足，知足才会常乐。

舅舅不偏不激、语气平缓的讲述还是蛮有煽动性的。他的江河湖海、日月星辰论造成了我的头脑风暴，那一夜我的心里如威马逊台风登陆华南沿海一样，所有的心理建设都被摧毁了。我以一夜失眠深深拷问自己的灵魂，真的是知足常乐吗？真的是跟大富大贵有仇吗？带院子的别墅想不想？琐碎的生活渴望不渴望有个保姆打理？武广里面那些国际奢侈品牌有没有兴趣了解一二？头等舱、商务座、贵宾包厢愿不愿坐？鱼子酱、松露、神户牛肉的滋味想不想亲口尝一尝？泰国、新加坡、印度尼西亚有没有用脚踩一踩的想法？是想的，可是这些自己实现了哪件？一件都没有，因为没钱。钱是什么？是眼界、胸怀、品位、胆量、境界、姿态、风骨、命脉。是的，舅舅说得对，这个世界只有有钱人释放了自己，活成了人；穷人从来都是压抑自己，活得像个鬼。

舅舅次日一早就离开了武汉，走时我又送了他两瓶二十年的白云边。他接了，说，昨天的两瓶酒他中午去汉口民众乐园那块，碰见以前的老街坊，俩人就着一盘卤猪耳朵和花生米喝完了。看着他走进电梯，形单影只，想起外婆从前说的，小舅一辈子讨不到女人的热乎气，我不禁有一些伤感。

我反身回来将他送我的那只杯子洗净，打算泡茶，开水一倒，忽然一声闷响，热腾腾的水随即从底部放肆地淌了出来。杯子竟掉底了！我突然想，未来小舅就算是能过上玉盘珍馐值万金的日子，但花间一壶酒，独酌无相亲，这样的人生又有何趣呢？

小舅走后，我一连几天都心绪烦乱，一会儿被各种欲望逗弄得动如脱兔，然后又被各种现实束缚得静若处子，时不时就将自己撕裂一番。

我抽空给秋表哥打了个电话。我说，听说小舅给了你一次发大财的机会，你没把握住？

秋表哥说，听说？听谁说的？

我说，小舅才从我这里离开。

秋表哥说，哦，去找他那位省长同学去了吧！我看他现在着了魔了，啥关系都想去攀一攀，一门心思想攀附官场，说这才是发财的终南山捷径。

我呵呵一笑，说，你真是有三只眼，小舅这次来就是想结交一位管金融和投资的副省长，但失败了。

他都五十多岁了，小九妹跟小舅妈都移居美国了，他孤家寡人的，不知怎么对权力与财富的追求变得这么疯狂，为了接触官场的高层，还专门去学了保健养生和风水、占卜，以期能有机会用上一用。

小九妹跟小舅妈出国这事我听我妈说起过，这一次来汉他自己也提了几句。他说离婚后他把深圳的房子、股票、基金全卖了，加上所有的积蓄全部给了小舅妈。他自己住在深圳一套三十来平方米的公寓房里，重新白手起家。我们本来是准备为他的婚姻破碎唏嘘一下的，但看他却并不为此感到难过和遗憾，相反还有一种砸碎千年铁锁链的解脱感，我们也就化悲伤为庆祝，庆祝他重获自由，再遇良人。

我们只知道小舅炒股票，但没想到在秋表哥嘴里，小舅还成了神棍。我伸长打探八卦的触角，问道，他跟你算卦了没？道行怎么样？灵不灵？

秋表哥无奈地说，他上半年跑到我深圳的厂子，说我大门开错了方向，对着高架桥，会破财，硬要我换个方向。他一天到晚纠缠我，我没办法只得换了方向，灵不灵的，反正也不知道。

我呵呵大笑，说，你看，小舅的玄学研究方向还是对的，你们还是吃这一套啊。哈哈。

秋表哥也呵呵笑，说，小舅现在对股票研究很深，几次悄悄跟我说他的关系通到了证监会，动不动就给我递内部消息，要我跟庄，之前我听了他三次，亏了三次，搞得我周转资金都差点断了，君子不立危墙之下，我当然得止损。第四次我不信了，结果那一支确实是牛股，然后他就跟拿住了把柄似的，一天到晚骂我。上次我去深圳检查产品库存，专门去看了他，他一个人对着五台电脑屏幕，每屏都是K线图。我一坐下他就要我把手机拿到卧室，怕说话被监听，还没说上三句话，他就说我影响了他，几分钟让他亏了几十万。秋表哥说，我是再也不敢登他的门了。

哈哈，我大笑。挂了电话，我心里就一直在琢磨，窝囊了一辈子的小舅在妻女去了国外后，竟强势了起来。有好几次我都怀疑，小舅不遮掩他跟小舅妈的恶劣关系，是不是在我们亲戚面前耍的一种心机？故意以小舅妈做挡箭牌，让我们这些想借钱、想借小舅之力的亲戚知难而退。我这阴暗的揣测不好去跟白家亲友讨论，他们都是忠厚本分人，他们只会说小舅有难处。

如今小舅妈跟小九妹已移居海外，小舅一人独大，吃喝拉撒总算能自己做主了。可他对待外甥呢？依然这么马面无情，好心好意去看他，居然下逐客令，居然还埋怨外甥耽误他赚钱。秋表哥是我们中的一个杰出代表，他对待秋表哥的态度，便是对待我们众外甥辈的态度，这令我们心寒。

小舅自武汉一别，我们又是几年音信不通。我将白氏亲友聚拢起来建了一个群，群名叫好大一棵葫芦藤。亲友们进来后，都调侃这个群名，怎么起这么一个怪怪的名字，好大一棵葫芦藤？我们又不是葫芦娃！我注明出处，说，这是外婆说的，说她这一串葫芦，只锯出了小舅一把好瓢，外婆是葫芦藤，我们都是她这棵藤上结出的瓜。但他们依然反对，说这个名不好，纷纷建言献策，要改名相亲相爱一家人或者有爱的大家庭。我绝不采纳这烂宇宙的名字。海表哥说，那就叫一把好瓢吧，群里顿时狂笑。秋表哥说，一把好瓢有趣是有趣，但一把太孤单，不如起名六棵槐，既有凝聚力，又有象征意义。

秋表哥的建议群里倒是纷纷响应，都说这个好，各自给出了注解。六棵槐本来就是外婆门前一景，也差不多是白家岗的地标；外婆刚好有六个子女，六棵槐树开枝散叶，才有了如今枝繁叶茂的白氏一家。六棵槐，好！紧密团结的六棵槐，好！

在他们的议论中，我早就默默地把好大一棵藤改成了六棵槐。

六棵槐虽是由我创建，但秋表哥却更像群主。我发个言，如西伯利亚冷空气来了，秋表哥随便发个表情，都有人前来问候一番。建群半个月后，兰表哥把微信名叫潜龙勿用和我⑩一條鈥腥渔的两个人拉到了群里，介绍说是小舅和小九妹。按群规，新人进群，群里要热烈欢迎，要拿出千家万户把门开，快把咱亲人迎进来的热情态度，但小舅父女进来后，群里突然安静了下来。

我作为群主，想带个头表个态，但憋住了。

大约一刻钟群里都没啥动静。还是兰表哥率先发了个放鞭炮的表情，说，欢迎小叔和小九回家。

然后是兰表嫂，她说，欢迎小叔和小九妹。

接着是兰表哥的女儿，岗上の猫说，欢迎小爷爷和九姑姑。

再是大舅，说，欢迎欢迎，欢迎玉寿和九儿，这下亲人们就团圆了。

跟在大舅后面的是秋表哥，秋表哥说，欢迎小舅和小九妹。小九妹在美国还适应吧？

我跟在秋表哥后面也赶紧表示了欢迎，并发了一张敲锣打鼓的表情图，很快群里再次热情高涨。但在我们的热闹里，潜龙勿用和我⑩一條鈥腥渔保持沉默，没有一句回应，像是两股空气，我们也就此偃旗息鼓。

那年年底，我是在东北过的年，而小舅却回了白家岗。除我和秋表哥当然也除了小九妹，白氏亲友在外婆家大聚了一次。等我正月初四回到娘家，小舅已动身去北京了，说是去见北京银保监会的一个处长。这个处长还是我在人民银行当行长的表姑介绍的一个关系，有几年了，这几年小舅一年跑十几次北京，硬生生把一条冷线跑成了热线。听说他学的按摩保健和堪舆都用在了处长和处长父母身上，有次听表姑说起，处长买房子和给父母买墓地，都要叫小舅去帮着看看。

也就是这一次，我妈对我说，小舅要发财了，并对每一个亲戚都做了安排，那可不是小打小闹的钱，你以后可要对小舅好一点，小舅这辈子不容易，为我们这些亲人，操了大半辈子的心。我联想到他之前在武汉与我说的那番话，感觉小舅似有些大动作，可我问我妈这次小舅回来对各家是否有表示？我妈很不耐烦，说，你这伢儿，眼睛皮子就是浅，小舅将来给你一座金山，你还争他这些干啥。我便不语了。

我还听说这次小舅回来要了我们每个晚生后辈的出生时辰，用四柱八字给我们都算了一次命。对于命理结果，他也没有做什么解释，没说好也没有说不好。只是命算完后，他情绪不怎么高昂，倒像是有满腹心事似的。

六棵槐群里，小舅和小九妹依然是长年不发一言。那次小舅回来过年，亲戚们大聚的情景，群里也没有发一张照片，说是要为小舅的行踪保密。

秋表哥倒是很活跃，动不动就在群里发红包，大手笔的那种，一抢就是一百多块钱。抢完红包我每次都会发一张磕头如捣蒜的表情图，兰表哥打趣我好几次，说，春来妹又在治疗颈椎病啊。有段时间，群里找各种理由让秋表哥发红包，外婆生日啦、大舅生日啦、海表哥升副处啦，再后来大舅家母猪下崽，都要秋表哥发红包。秋表哥有求必应，每次红包都能发个几千块钱，我们很多人都能抢到一两百钱。所以我每次都故意大张旗鼓地恭维秋表哥，似乎也想揶揄一下潜水的小舅。

这几年，我依然在武汉过着如小舅所说的蝼蚁生活。每天挤公交挤地铁，灰头土脸，却也生趣盎然。年表姐也来到了武汉，开了美容美发店，慢慢地开了连锁店。

我们仨时不时就聚一下，他们也知道小舅对我们爹妈的许愿，说是将来要分给家人多少钱什么的。这话说起来我们当然都只是笑笑，哪里当真呢，可是心里还是隐隐有些期盼。从道理上来说，我们都是有手有脚的年轻人，不愁吃喝，这么指望着一个人来彻底改变我们的命运，是恬不知耻的，毕竟小舅也好，秋表哥也好，都没有义务来对我们精准扶贫。亲情本就是一种纯粹的感情，但小舅之可恶，就是他一直"姓许"，让我们一直"姓望"，长期望不到，积久就会生疑、生怨。善女子善男子拜神佛也还讲究个许愿还愿，许了菩萨就要给菩萨，许愿不还愿，早晚生罗乱。

小舅最后引起白家姊妹的公愤，是因为白家岗村修路一事。村里修桥补路的规矩都是让从村里走出去的在外面当官的、发财的出大头，虽是让他们出钱，但也是乡亲们对他们的一种抬举，是在外游子光耀桑梓的一份荣耀，是另一种高级的衣锦还乡。那一年白家岗村的村支书带领村领导班子过年前专门到大舅家里坐了坐，当着外婆的面把外婆的子女后人都夸奖了一番，说外婆好福气，生的儿女一个赛一个，然后重点把小舅恭维了一番，说白家岗第一个大学生，天之骄子，国家栋梁。又看了看堂屋的大匾，说，这才是真正的华屋春晖啊。

外婆跟大舅听得笑眯了眼。

然后村干部表达了明年修路，想让白玉寿捐资的想法，说村里领导班子走的第一家就是外婆家。外婆连连感谢村里的抬举和器重，说自古修桥补路是善举，她和大舅替小舅做个主应下来，让他出个三万五万元的，也算是回应村人的高看。大舅当着村干部的面给小舅打了电话，没想到小舅竟承诺出五十万元，差不多承担了整个修路的钱。村干部高兴得只差给外婆磕头了，次日村上还专门置办奶、茶、烟、酒、糖、酥、果、肉八礼隆重地向外婆辞了年。

小舅要出五十万元为白家岗修路，这个消息一经大舅发布，亲戚间和群里一下子就炸了，整个白家岗也炸了。我妈说，那一年他们姐妹回娘家辞年、拜年，走在路上，不少乡人都拉着她们的手，说了许多感激的话，说还是望地方上出人呢；还有的表达了当年小舅受难他们没搭把手，如今小舅造福乡里他们却跟着沾光，心里惭愧。我妈和姨妈们或谦虚或安慰或大度或不计前嫌，皆是得意神色，当年小弟受乡人奚落之辱，为上大学遭赠金之羞，如今一遭得报。想想以后，由她们小弟出资修的宽阔的水泥路从贺家渠口一直修到白家岗尾，修到六棵槐，接壤外婆门前的稻场，这是何等的荣耀！这是光宗耀祖，荫蔽子孙的大事，白家姐妹明里暗里都痛快受用得很。

可是后来这事吧，不知怎么就转了弯，变了方向，之前承诺的五十万元，小舅没能拿得出，临了只出了五万元。这像是一场戏弄，把人抬起来欢喜一场，又猛地把人掀翻跌一跤。我妈和姨妈们也觉得无趣，都不敢回娘家，村人脸色难看，说话也风凉。

这也就算了，后来白家岗的路竟是由当年阻小舅上大学的村支书的儿子出全资修的，六十万元！人家说出六十万元，话一落地，就把钱打进了村里账户。弄得村里人都说，果真是闹台打得大必然无好戏，这是含沙射影说小舅。六十万元到位，不出三个月，路就修好了，修好了不说，人家还在路口立了好大一个牌坊，上面刻着野鹅堰三字，把白家岗的村名都改了。说是村里领导决定恢复旧名，白家岗这地儿在清道光以前叫野鹅堰，县志里有记载，而且白家岗也一直是有这两个称呼。说是这样说，但白家人心里知道这里面的文章。那老支书的儿子是怎么发家的？还不是靠白家送的那个金如意。

那牌坊像高高的裤衩，令我妈和姨妈们还有大舅觉得是从人家胯下过。从那以后谁再在我妈面前说小舅将来要彻底改变我们什么的，她就特别恼火，姨妈们和大舅也不再谈论小舅。

倒是秋表哥的生意这两年越做越大，名目越来越多，不局限于城市下水管道了，市面上什么赚钱他就做什么，纺织印染、造粒设备、医疗器械、动车座椅，有一段时间他还嚷嚷说公司准备上市。

兰表哥去年四十四岁，又生了二胎，秋表哥私下里给兰表哥转账贺金一万元，兰表哥把转账截屏发到群里，惹来一片垂涎。我下半年生了孩子，秋表哥又按照兰表哥的标准再来了一遍，弄得各个表哥表姐都想生孩子。大表姐，也就是秋表哥的亲姐姐，说，哎，弟弟妹妹们加油，我绝经了，没指望了。群里哈哈大笑。秋表哥说，姐要是再给我添个外甥，我给一百万。大表姐说，滚！群里再次哈哈。

我们从东湖私房菜馆出来后，秋表哥掏出一张金光闪闪的卡给海表哥，说是那个私房菜馆的VIP卡，里面他存了二十万块钱。我和年表姐把下巴都快惊掉了，说，你又不在武汉住，存那么多钱干什么？秋表哥说，这个私房菜馆是……算了，话不多说。我和年表姐一头雾水，但海表哥好像听懂了，叫我们不要问那么多。秋表哥把卡给海表哥，说，卡你拿着，弟弟妹妹们有需要就来这里消费。海表哥也没客套就承情收下了。

秋表哥的司机把车开来，我们赶紧道别。见我们为喝酒故，没有开车来，秋表哥说他就住翠柳村客舍，挺近，吃了饭想走走，安排司机送我们回去。又打开后备厢，拿了三个手提袋出来，说是他们公司买来送客户的，多了几个。我一看纸盒上印着的LV图案，心就怦怦跳，虽然不知道具体是个啥，但只要是LV，哪怕是坨狗屎也是香的。我又忍不住热情地恭维了秋表哥一番。

我们上了车，没开出三步远，我从后视镜看到秋表哥对我们摆摆手后就接听起电话，忽然他踉跄了一下，差点摔倒。我赶紧让司机把车停下，从车窗伸头出去问他是不是喝多了。秋表哥向我们走来，一副大事不妙的表情，我们赶紧从车上下来。秋表哥握着手机，说，不好不好，小舅出事了。

怎么了？我们一惊。

他说，你们看头条新闻。

我赶紧掏出手机，打开，今日头条刚刚推送了一则消息——深圳五八集团涉嫌"老鼠仓"，高层领导被一锅端。

我们四个人在夜色中目瞪口呆，你看我，我看你，不知道该说什么。

秋表哥稍稍迟疑了一下，突然很坚定地说，不行，我得连夜赶到深圳，随即吩咐司机订最近一班的航班。又对我们说，小舅妈出国前就跟小舅离了婚，这事她自然不会管的。秋表哥上车后掏出一张卡给我，说，这是翠柳村客舍的房卡，商务大床房，两千多一晚上，朋友订的，你们住吧，记得明天退房就行，对了，含两份早餐。

我毫不客气赶紧接过，嘱咐秋表哥不要着急，路上注意安全。

在酒店宽敞奢华的套房里，我迫不及待把礼盒拆了，果然是只我神往的水桶包，顿时心花怒放。我洗了个头，让年表姐用吹风机简单弄了个造型，靠着落地窗对着东湖夜景的霓虹疯狂自拍。又开了一瓶酒店赠送的红酒与年表姐对酌。我将那些拜金风格的照片发在六棵槐群里，等了许久也没一个人搭理我。我突然意识到是不是小舅的事亲戚们都知道了，赶紧撤回我那几张享乐主义的照片。在别人的难关上欢笑，是不符合白氏家族一贯的教导和家风的。

躺在软软的床上，我开始在手机上搜索五八集团的老鼠仓事件，也搜索小舅白玉寿的点滴消息。关于白玉寿的信息网上并不多，配合五八集团或武汉六棉厂能搜到只言片语。小舅当年考取的是武汉财会学校，毕业后分配到武汉六棉厂财务室工作。这个厂子当年牛得很，与武钢、武船号称共和国长子。他应该就是在这个厂子里认识的小舅妈。1990年小舅就离开了这个厂，南下去了深圳，在五八集团从一名普通会计做到了公司财务总监。我在一个武汉老国企的怀旧论坛里看到一个网友在帖子里留言，说他是在六棉厂的院子里长大的，整个六棉厂留给他的童年记忆除了那座老钟楼，就是每天清早一个矮个子男人躲躲闪闪去公厕给他媳妇倒尿盆，后面还跟着哈哈两个字。我没来由地肯定这个网友记忆里倒尿盆的男人就是我小舅，我忽然感到一阵悲怆。

第二天我们在酒店吃早餐时，接到了秋表哥的微信，说，没事，受惊了。

我问，啥意思？

他说，没进去！

我一头雾水，只觉得秋表哥讲话没头没尾。我再次问他，小舅怎么样了？是不是被抓了？

他老半天回复我两个字母，BZ。

我先是怀疑秋表哥是不是在发高烧，但突然我警觉起来。我试着在输入法上打出BZ，出现了三个词组，不知，闭嘴，不在。我意识到可能事情不像我们想象的那么简单，秋表哥需要用密电码似的暗号来跟我们打哑谜。我反复琢磨里面的意思，估计秋表哥是在说小舅没有被抓进去。热点事件，高度关注，说太多是很危险的。

晚上，家人带着孩子出去转悠，我乐得清静。刚泡好茶，手机就响了，打开一看是秋表哥发的一段微信视频，并留言"看后即删"。我心一紧，点开一看，是小舅。他好像是缩在一张桌子底下，头发花白又蓬乱，胡子拉碴，身上一件格子衬衣胸前点点白渍，似滴下的牙膏沫，他双手环抱着两肩，瑟瑟发抖，像是很害怕的样子，嘴唇翕动，似在说着什么，但听不清。桌上的几台电脑也被推倒了。这跟前几年在武汉见过的小舅天差地别，他又老又落魄，若丧家之犬的狼狈样子，让人心疼又让人绝望。

我删掉视频后，人像是折断了腰一般，瘫在沙发上，一动也不能动。

过了一会儿，我问秋表哥，他在说什么？

秋表哥又发来一段语音，是小舅的声音。这次我听清楚了，他在说，不是我举报的不是我举报，不要追杀我不要追杀我。

我说，谁恐吓他？

秋表哥说，当然是进去的人。然后他发来一个字，删。

我继续瘫在沙发上，天光透过窗户一点一点暗下来，黑暗终于将我吞噬。我打了一个寒战，忽然感到一种不可名状的恐惧，似大厦将倾，一切来得太快，事先没有一点征兆。小舅曾鼓励我们削尖了脑袋也要爬到高处不能烂在底层的言语还响在耳畔，这个拼命爬向高处，要为白氏家族光明未来买单，要赠予我们后生日月星辰的人，自己却从高处跌落了下来。

我想跟小九妹联系一下，点开群才发现群里已没有了潜龙勿用和我是一條欽腥渔，他们不知何时退了群。我顿时觉得从前在群里我过度抬举肖立秋来奚落他们的样子好丑，丑到令人作呕。

半个月后单位派我去上海总部取一份材料，办完公事，还有几个小时的富余，我便给秋表哥打了个电话。他说他刚从深圳回到上海，就约在虹桥机场见面吧。他来后把我带到机场里面的一个酒店，开了个房间。从服务员的笑脸和问候来看，他应是这里的熟客，而且他还有这个酒店的 VIP 卡。前台拿了我的身份证边给我拍照边冲我笑，别有一番深意似的。我说，我是他表妹。前台愣了一下，笑得越发开颜了，说，肖总的表妹好。秋表哥说，这是真表妹。我瞪了他一眼，难道表妹还有假的吗？

第一次跟男人开房，居然是自己的表哥，真别扭。进了房间，他把门一关，我心里也莫名的有些忐忑，说，不就见面说几句话，还要开房，孤男寡女的。秋表哥一边点烟一边说，你能不能不要心里油腻腻的，我知道你巴巴跟我见面要问什么，那是在咖啡厅、粉面馆能聊的吗？

我恍然大悟，不由得对秋表哥再一次心悦诚服，果然姜是老的辣，事事考虑得比我周到。我说，小舅到底怎么回事？他说，小舅的事是小孩没娘，说来话长，现在他在深圳罗湖区精神病院。

看我眼睛瞪得像铜铃，秋表哥说，这也没什么可惊讶的，那天我不是给你发了视频吗？他神志不清，人处在极度恐惧中，大小便都失禁了。我心里也是震撼不小，这两年看他太各色，我也没怎么跟他联系。你看着他妻儿不在身边，想关心关心他，给他打个电话，他还跟你规定时间；你上门去看他，他嫌你坐久了耽误他赚钱，经常热脸去贴他冷屁股，我也凉了心。哪里知道他竟落到这步田地！

我叹了一口气。小舅二十岁出乡关便一直在外面，回家的次数十根手指头掰得清，每次回来长也不过三五天，接触的时间不长，交流沟通有限。血缘伦理上是舅舅，情感交流上却同于路人。他的人生轨迹、心路历程、遭际变故，我们都只是浮光掠影知道一点点而已。

秋表哥掐灭一支烟，又点燃一支。说，怎么说呢，一个贫苦的家族里有一个人出人头地，其肩上好像天然就有一种拯救家族的使命。小舅心里其实一直对白氏家族有个宏伟蓝图，希望他五个兄弟姊妹人人金山银山，他一直都在朝着这个方向努力。当年他财会学校毕业能进武汉六棉厂，是跟人下跪求来的，也是下了一番功夫；1990年到深圳进五八集团，十五年上下经营，坐到了集团财务总监的位置。我们都以为他一直是集团高层，我也是最近才知道，他几年前就从集团出来了，伙同集团几个高层在境外注册了一个公司，吃起了老鼠仓这碗饭。原先他是说有小舅妈和小九妹，小舅妈那个人又强势，他顾不到白家岗这些亲戚，如今他与小舅妈离皮脱骨，让她们母女在国外，山高皇帝远，经济上他就可以自己做主了。

我想起了早些年小舅在武汉时我们在粤菜馆里说的那番话，心中五味杂陈。我说，小舅这事绝不是临时起意，他是谋定而后动的。

秋表哥长长地吐出一口烟，说，现在回过头来看，他应该二十年前就在谋篇布局，从集团底层做到高层，又从集团出来、结交银保监会处长、包括跟小舅妈离婚和把她们办出国等等，都应该是他实现宏伟蓝图的步骤。忽然秋表哥笑了笑，说，果真是矮子矮，一肚子拐。不得不说小舅还是绝顶聪明的，这些年按他的说法过的是刀尖上舔血的日子，但他还是赚到了钱，不然小九妹在美国的豪宅和兰博基尼哪里来的？而且他反经济侦查手段也有，出了事摆平事的能力也很强。这些年他跑北京，路都跑成槽。小舅说其实银保监会敲打了他们几次了，多少个漏洞，都是小舅用钱去抹平的。本来说好那次干完就收手，哪知道最后一票，捅出了篓子，碰了高压线。在医院里清醒的时候他跟我讲过白家岗修路一事为何成为乌龙事件。那一次他是搞到了钱，但有人把这笔钱黑了，那一次黑掉他五百多万。你要知道小舅干这事，是不能用自己的银行卡，也不能用亲戚的，不然账户有异动，是很容易暴露的，他的钱一般是打进千里之外的一个朋友的账户里，说那个朋友是吉林的，寡妇，与小舅有过命的交情，之前他们合作得都很好，但不知为何那一次人家反水了，从此那女的也如人间蒸发再也找不到，这笔钱本身也是黑钱，小舅不敢报警，只能干忍。但这个事对小舅心理打击很大，他再也不敢相信任何人。不过这一次东窗事发，小舅能成为漏网之鱼全身而退，不得不说是万幸。

我说，我搞不懂小舅为何要把自己活得那么累，我们曾经是幻想过小舅的援手，但那是他力所能及的援助，没有指望他给我们挣个金银堆满屋啊。

秋表哥用烧开的水冲了两杯速溶蓝山咖啡，递给我一杯，说，你不知道，小舅这种心态我能体会到一些。就是像咱们这种穷苦家庭出身的人，后来若有一个人过上了好日子，这人心里就有一种原罪感。小舅觉得他能走出来，是大舅和四个姨妈做出的牺牲，同是一个奶子吊大的兄弟姊妹，他读书，其他人用劳动的汗水供他，他是踩着他们的前程出来的，这种负疚感会如影随形，会让他在以后的生活中，吃块肉喝杯酒都觉得良心有愧。秋表哥忽然有些动情，眼圈也红了，说，就像我，有时想起你大表姐，也就是我亲姐，我也会整夜失眠。当初她的成绩也很好，若读也能读出来，可家里那个条件，使得她初中没读完就下学了，成为家里的劳动力，我是靠着她的成全才得以跳出农门。她现在只能在镇上做点小生意，她混得不好自然也找不到好丈夫，一个老实巴交的漆匠，这样的组合，我就算想帮，也是有限，只能帮他们在镇上起两栋房子，每年给外甥几万块钱，让他进好一点的学校。在你表嫂看来，我已经是仁至义尽了，可对我来说，依然弥补不了我的愧疚与亏欠。为这些事，我和你表嫂也产生了很多矛盾，我估计我的婚姻也不长久了，听你表嫂那个意思，大概是孩子将来成家后，她就会跟我离婚的。秋表哥说着说着竟哽咽了，搅动咖啡的手也直颤抖，说，这世上最幸福的事莫过于心安理得，但我和小舅这辈子都无法拥有了。秋表哥说，没想到我跟小舅是一样的命，为家人打拼一辈子，到头来还是孤家寡人一个。

　　一时间我的心里像是塞了好多块烂砖头，凌乱又沉重，不知道该说些什么。一个在精神病院神志不清的舅舅，一个热泪双流婚姻即将解体的表哥。这人世到底要给我什么样的启示？我也不知道该如何安慰秋表哥，他也是五十多岁的人了，鬓角也已经白了一片。我只能抽出两张纸巾，一张给他，一张给自己。

　　群里突然有了消息，是大舅发的一条语音，说是外婆不好了，今早倒在菜园里，被人发现抬回家，醒来后人就糊涂了，说黄昏话，说外公在窗户外边向她招手。大舅说，看样子，这次难好了，能回来的就尽量回来，估计是最后一面了。

　　事发突然，我问秋表哥回不回，他说回不了，这两天把上海的事稍稍处理一下,明天又得飞深圳,小舅那边也离不得人。我点点头,表示对秋表哥的理解和支持,也表示了对他的敬佩。

次日中午我们赶到外婆家。外婆头上包着帕子躺在床上,盖着一床厚厚的老式蓝花被子,越发地枯瘦了,我妈和几个姨妈们围在床边无声又汹涌地流着眼泪。外婆似在迷糊,但每一声响动,她都会睁开眼睛,似在人群里找寻什么,这满堂的儿孙似乎都还不能让她瞑目。

我的脑海里闪出几个月前她送我出门,站在六棵槐下对我说,从来团圆都缺只角,今年不缺了,到时候我们这一窝亲好好聚一聚。她在期盼她的幺儿,但她的幺儿此时却在千里之外身遭巨难。

不多会儿,大舅妈喊吃饭,我们就都出来了,房里留着我妈和姨妈们守着外婆。我们围坐在火塘边,姨爹们对大舅说,还是要想办法跟玉寿联系,养老送终,人之常情,不要等以后黄土盖了身,空留遗憾。

大舅捧着碗,腰身佝偻着,一颗头似有千斤重。他说,你们也都知道,他现在的电话难打,给我们留的号码,规定必须星期天晚上八点到九点之间才能打,其他时间都是关机的,而且讲话还不能讲多,他说他的电话被监控了。大舅说的这些,我似乎有过耳闻,我听我妈也讲过,自从修路事件之后,我妈说不知道小舅在外面干些什么名堂,连打电话都难。

白家亲戚都觉得小舅有点神神道道的,但因见识水平有限,也不敢妄自评断。只是觉得联系他还有那么多规矩和约束,就干脆不联系好了。

大舅、大姨妈和白家长辈们还不知道五八集团的事情,可见表哥表姐们都没有跟家里通气。兰表哥似乎也不知,他和表嫂居住在环境相对单纯的学校里,两耳不闻窗外事,一心只育二胎娃。情势所迫,我作为知情者,为外婆故也为小舅故,毕竟生离死别是人生大事,小舅即使身陷泥潭,但为人子,他有知情权。我对大舅说,想要联系小舅,不妨给秋表哥打个电话。

大舅说，不是一样，他又没单独给秋儿设个二十四小时不关机的电话。

我说，您打秋表哥的，秋表哥在深圳，就在小舅身边。

大舅将信将疑，拿出手机，拨了电话号码。通了后，大舅说，秋儿，你是不是跟你小舅在一起？你让你小舅接电话。

有什么不能跟他讲的？你再能耐，也是我的晚辈，晚辈不要做长辈的主，你做不起！你把电话给他。

玉寿，玉寿？是不是玉寿？

你在胡说些什么？我杀你？我怎么会杀你？我是玉福，是你兄。妈病危，快落气了，你赶紧回来，看能不能给妈送到终。

玉寿！玉寿！大舅一声一声叫着小舅的名字，说，你瞎说些什么？妈不是被人杀的，妈是今早去菜园里摘菜晕倒的，谁来一个鸟不拉屎的乡下谋害一位九十岁的老太太呢，吃撑了。

大舅说，你不要疑心重，不要哭，哭什么呢，妈年纪来了，要走也是顺头路，你赶紧回来，妈舍不得断气，她还在等你。玉寿！玉寿！

我们都停住了筷子，一齐望着打电话的大舅，只听电话那头传来歇斯底里的大叫声：妈啊，我知道你是被人害的，他们要害我呢，害不着我，才跑来害你；妈啊，我要为你报仇。又说，妈啊，你说我怀抱一冰人，真没说错，我好冷呢，一辈子都没有讨到热乎气。妈啊，我冷呢。接着便是无助又凄凉的哭泣声。

秋儿，你小舅舅怎么了？怎么成这样了？到底发生什么事了？你、你你把他弄到医院去看看。

大舅挂断电话，怔了一会儿，一屁股跌在椅子上，一脸疲惫，像是背了一座山回来似的。他的嘴里喃喃道，玉寿，玉寿，妈真是白疼你一场了，你竟送不了妈的终。忽然大舅嘤嘤地哭了起来。

饭后我们再次围在外婆床前，外婆依然吃力地抬起眼皮，看着我们，她眼里不曾熄灭的期待像秋千在我心里晃荡，我为她苦难的一生不得圆满感到悲伤，明知她的心愿却不能为她实现感到无奈。我的老外婆，一个将死的人，一个强势了一辈子的女人，终将在遗憾中离开她活了近九十载的人世。我喉头像是卡了一根鸡骨，为这荒诞又残酷的阳间感到无可名状的生疼与恨意。

外婆的眼睛就那样睁着，睁了好久好久，直到大舅用手将其合上。

我们忍了许久的哭声终于如山河般爆发。

今年我在老家过年，我妈说小舅在外婆满五七的时候回来了，穿得邋遢死了，还背了个蛇皮袋子，大家都以为是个叫花子。他一进屋就跪在外婆的遗像前连连磕头，撞得地板咚咚响，大家这才搞清楚是你小舅。活着的妈是看不到了，只有引他到坟前看堆土。妈说小舅那一场哭，差点背过气去，连过路的生人都跟着赔了一场泪水。

我妈说小舅这次回来给了大舅五十万元现金，说这些年他没有给妈尽孝，一直都是大舅在照顾，包括发丧他也没有到场，这点钱算是一种补偿。他给得真心，大舅只得接了。那天晚上大舅说都不晓得他有没有在家过夜，大舅次日一早起床，就发现大门大开，小舅床上的铺盖还是原封原样，都没打开，打他手机又是空号。

大舅便只当小舅是不辞而别。

过了三天，大舅看见堂屋的大匾那里有个东西发亮，直晃眼睛，走过去一看，是小舅的手机，苹果的土豪金色，用根绳子捆了挂在中间固定匾的木桩上。大舅取下手机，顿感事情不妙，赶紧跟几个妹妹联系，姨妈们和我妈也觉得这事蹊跷。疑心疑胆地在白家岗几口堰塘里下网搜寻，又到外婆坟茔四周和附近几丛松林里找了几遍，都没有什么结果。

跟秋表哥打电话，秋表哥说小舅出院后就把深圳的小公寓给卖了，卖了五十多万元，现在我也不知道他住哪里。

我妈又托我表姑打听之前给牵线的那个银保监会处长。表姑回复说,那个处长早几年就辞职了,连同他妻儿老小,一并都打听不到任何消息,怪得很。

除夕前,大舅在群里发消息,听说邻镇的水库打捞起一具男尸,已经被水泡烂,因当地派出所没有接到失踪人口报案,作为无主尸体已送到火葬场火化。

我们都觉得那不会是小舅。

(原载于《江南》2021 年 1 期)

牙印

沉闷的天空传来几声低沉的轰隆声后，一道闪电在窗前爆裂，接着一个炸雷滚过，暴雨如泻。雨下得白浪滔天，滚烫的地面将雨汽化成烟雾，升腾弥漫。我对着窗外发呆，对面一楼院子里的紫薇花，被水汽模糊成一幅印象派画作，朦朦胧胧的紫与绿。

手机在茶几上响了起来。这个时候谁还打电话，信邪，不知道在雷电天气里讲电话可能会死人吗？我看了看，是一串数字，显示属地是武汉。手机剪卡后，紧要的号码我都存了，没存的也都是无甚打紧的人。不理，许是推销的或是打错了的。电话铃声停了之后再次响起，很有点顽固。都在武汉，同一片雷雨天，即便是打错了，估计也是遇到了要命的事，我想。还是接了。

喂，是颜妮吗？

声音颇熟悉，应是打过很长时间交道的人，但我一时又想不起在哪打过交道。

是，你是？

我是郑岚。

郑岚？我正疑惑，她立刻又说道，《爱他她》杂志。

哦，哦。我恍然大悟，郑主任好。

什么主任，杂志都没有了。她有些不好意思，也是，毕竟那是个什么杂志，我们心里都清楚。她说，我刚跟我老公吵了一架，他现在拿着刀，疯了一样要杀人。我孩子已经吓哭了，被我妈拉进房间，锁了门，现在他们都不敢出来。我妈还被他推了一掌，跌在地上。她的声音一直带着颤音，似极力忍着委屈，但讲着讲着，绷不住，哭了出来。

这是家庭暴力，她应该打给110才对。我很是不解，她为何给我打电话，我们都五六年没见了，之前我们也没啥深厚的交情。职场中，谁会对谁巴心巴肝呢，都在一个锅里搅勺，同分一杯羹，虽无明争却也略有暗斗，工作中不可能互通有无，工作之余更不可能亲密无间。况且人家是编辑部主任，大小是个领导，我向来不愿跟领导私下套近乎。

眼前一道炫目的闪电闪过，这是酝酿大雷的前奏。我有点发怵，怕遭雷电袭击。若是死了，这事捅到网上，不会有人怜惜我，只会被人骂脑残傻瓜，打雷还打手机，死了活该。

我没有挂断电话，不忍。人家面对丈夫的利刃，连110都不打，却打给我，她如此倚重我，把我当成了她的一根抱柱，我也要有所担当。雷炸了，她的哭声被雷声淹没。谢天谢地，我们没有被雷打死。

她止住了哭声，边抽泣边说，颜妮，你现在能来我家吗？我知道我提这个要求很过分，打雷又下雨的。但你要是不来，我就要死了。你来给我作证，证明我的清白。

清白？我能证明你什么清白？我跟这窗外雨气一样，越发云里雾里了。

他总怀疑我之前在杂志社上班的时候，跟程伯勇上过床睡过觉。怀疑了几年，也吵过几次，这次他发神经病，我怎么解释都不听，不信，他说除非我有强有力的证据能证明我的清白，否则他就要弄死我。

程伯勇是《爱他她》的主编，也是我们当年的老板。这都多少年了，她老公还想翻浪，这不没事找事吗？我很是恼火，我说，你老公有病吧？

捉奸要捉双,他不懂吗?只不过一点疑心,连半个证据都没有,他就要拿刀拿枪,疯了吧!

她说,他现在就跟疯了一样,你听,他的刀又在桌子上剁,我伢在屋里哭。我……颜妮,我求求你。我给潘美娟和莉莉也打了电话,潘美娟没接,莉莉的打不通。

我望了望窗外,天似乎更阴沉了。出门肯定是不方便的,但人命关天,不能相拒,只得答应。我说马上来。毕竟天上只是下雨,没有下刀子。她跟我说了地址,南湖里面的99号设计院宿舍,挨着大门的那一栋,就在一楼,靠马路。

我没车,一是懒得去考驾照,二是考了也没钱买车养车,所以交通不是靠走路就是靠公交地铁,低碳生活也挺好。这次是去救场,怕耽搁太久,凉了黄花菜。网上叫预约车,因天气故,显示要二十分钟以后才可能接单。我决定先走出小区,看有没有运气拦到的士。

我推开单元门,还没来得及撑伞,就被飘雨给淋湿了衣服。才开步鞋子就湿了,湿脚在湿鞋里滑来滑去,举步维艰。踽踽行至门岗,岗亭里的保安看我像看见了生魂。

街上比小区好一点,人声、雨声、鸣笛声声声有力。对门的椰岛美容美发大开着门,里面放着小沈阳的《大笑江湖》,风和雨来得刚刚好,谁比我的武功高,大笑一声地动山摇,江湖危险快点跑。饿了吗和美团的小哥穿着雨衣匍匐在摩托车头上,在歌声中让电动车快点跑。

车还是少,马路上几个水凼子已经初具规模了,远远地看见空的士的绿灯闪着,它正在前面斑马线那儿趴着。我赶紧招手,不断地挥舞我的胳膊。这样的雨天,能见度低,不夸张一点,怕司机看不到我。武汉的的士司机又差劲,晴天他殷勤得很,经常溜到你脚边恬不知耻地问你要不要;雨天他又生怕你缠上他,车子开得飞快。你得站在路边,像百乐门舞女一样不停地挥手招他。

的士总算开动了，却被一男一女给截了。他们从我旁边的火棘树下蹿了出来，像两个鬼，抢先一步打开了车门，坐了上去，然后理直气壮地滚了。

臭不要脸的，赶着去投胎吧，我当街破口大骂。我摇断手臂招来的的士被抢了，我当然很气愤，这世上的规矩就是被这些老鼠屎给弄坏的。

幸亏又来了一辆的士，才使我对这个世道改变了态度。

南湖99号设计院。我对司机说。

打表60不打表50。

我心里一惊，打表和不打表的价格都比正常价格贵出了一倍多，太流氓了。可这么大的雨，上了车就没有下去的勇气，只能伸出脑袋任人宰割。

那就不打表吧，我边说边系上安全带。

50就50吧。讲定了价钱，就不用时不时去瞟计价器上的数字了。

闭上眼睛，六年前在《爱他她》工作的日子也一幕幕地浮现在了脑海中。

那时我二十六岁，觉得在老家当个乡村教师，一辈子望得到底，挺没意思的，便辞职来武汉找工作。省城嘛，总比老家的生活多姿多彩些，年轻，想见世面的渴望胜过过安稳日子。我的第一份工作是在保险公司卖保险，这个不需要很高的门槛，是个人、能说话就行。我一个地级市大学的本科学历，年龄也过气了，在985、211大学云集的省城里，只能往廉价劳动力范畴里靠。在保险公司待了三个月，没有拉到一个单子，还自掏了八百块钱按内部员工优惠价买了个交通意外险。每天的晨会不仅要求报业绩还要求脖子扭扭屁股扭扭，在尽情摇摆中喊发财口号，犹如受刑，实在熬不下去了，只有走人。

在《爱他她》杂志做编辑，是我的第二份工作。在58同城上按图索骥找到的。杂志社地址在中北路那儿，穿过洪山广场就是。从我租住的马房山过去有直达的公交车，就是武汉著名的飞车公交421路。面试我的是一个姓徐的女人，胖胖的，短头发烫过，有点爆炸，因此显得脑袋很大，一张脸比月亮还圆，戴着一副金边眼镜。面试我的时候，她的眼镜松松地架在鼻尖处，一会儿看简历，一会儿看我，每次看我的时候，她的两只眼睛都要从镜片后面瞪出来，看上去没有什么亲和力，没落又腐朽的感觉。

她像是打探隐私似的，问了我几个问题。问我有没有男朋友？我说没有。问我是不是武汉人？我说不是，是荆州松滋的，她表示没听说过。又问我住哪里？是买的房还是租的房？我说马房山，是租的。她像是看穿了我的底细，又瞬间掂量出了我身价似的，有种不易察觉的俯视感。当然，也可能是我过于敏感。她问我为什么选择来《爱他她》做编辑？这个比较难回答，我不知道是该回答"为杂志崛起而来"还是该回答"为我钱包崛起而来"。杂志编辑，我没有任何工作经验，我的专业是师范类教育管理，比蓝翔挖掘机专业好听一些，但没人家管用。我此番前来，一是觉得做个地摊杂志的编辑与专业不算离得太远，能做，再就是抱着有枣无枣打三竿的心态。我找的不是工作，是一个糊口的饭碗。

我想了想，说，我来之前，在一家报刊亭看过这本杂志，我很喜欢，刚好这里又招人，我就想来试试。

这话一半真一半假，看到过杂志是真，喜欢是假。但假的部分尽量说得诚挚一些，还是可以遮掩真相的。

然后她要我回去等通知。我一到家，就接到了录用的电话，要我周一就去上班，八点钟到岗。

一个星期后，我对这个杂志社的人事情况有了大致了解。整个杂志社十匹人马。老徐除了不管业务，啥都管，广告、发行、财务。程伯勇专管业务，具体就是专门管杂志内容；管杂志内容，也就意味着管我们编辑部的四个女同志。发行是两个年轻小伙子，还有一个开面包车的老司机，再加一个上两天班就休息三天的财务人员。听说杂志社已经运营近五年了，却一直如胡司令才开张的队伍一样，永远十来个人七八条枪。

我们编辑部四个女同志，数郑岚年纪最大，三十三岁，结了婚生了娃，其余跟我上下年纪。巨婴时代，我们仨是杂志社的小姑娘。潘美娟是编辑部也是整个杂志社的颜值担当，红唇白齿，带点可爱的婴儿肥，是那种很讨喜的相貌；莉莉呢，身材很好，骨感，一件衣服穿在她身上像浪打浪，行动起来颇有仙风道骨的味道，就是皮肤黑，有点龅牙，粗看也还行。我呢，自我评价，容貌上虽然不及潘美娟，但比莉莉要强一些些，我稍微可以细看。四个人中，郑岚算是没有一点姿色，产后肥胖又一脸黄斑，虽然只有三十多岁，却已是徐娘半老之态。我有点以貌取人，不太把她放在眼睛里。

编辑部气氛不好，一直都很严肃沉闷，因为程伯勇就在我们隔壁房间里办公。杂志社是在小区居民楼里，复式结构，下面是老徐、财务和发行的办公区，上面是老程和我们。

程伯勇大概五十岁左右，每天无论是穿衬衫还是T恤，都会扎进裤子里，头发八成染过，乌黑茂密，三七分发型，一丝不苟，鼻子嘴巴符合麻衣相术上的三庭五眼，看上去精神抖擞，有几分文化人气质。打交道长了，就会发现这个人心思很细，拘小节，管理上细致入微，时刻想把我们牢牢掌控在他的手掌心里。比方，他规定早上上班见到他，一定要打招呼，要说程总好，不能以微笑和点头代替。不准我们在工作时间交头接耳，不准我们背后议论他，不准我们的指甲盖里有泥垢，不准地面上有污渍，上洗手间必须换上专用的拖鞋，不准我们不经批准擅自开办公室里的空调。他跟老徐都不苟言笑，成天垮着张脸，弄得整个杂志社的气氛很压抑。偶尔搞发行的两个小伙子悄悄上来跟我们说说话，不多会老程就会出现在我们办公室里虎视眈眈的，然后两个小伙子就灰溜溜地赶紧下楼，整个办公室就又会变得静悄悄的。

做了半个多月后，了解的就更多一些了。从两个小伙子嘴里，我们知道编辑部从没有工作超一年半的老员工，四个编辑岗位，走马灯似的走一批来一批。这一拨的郑岚也就比我们早来一个多月，然后是莉莉、潘美娟，再就是我。我们四个都是生瓜蛋子，没有谁知道杂志社更多的秘密。

两个月之后，在一次报选题的例会中，程伯勇宣布郑岚是编辑部主任，主要负责管理编辑部日常事务。我们自然是恭喜她，也接受她。毕竟她比我们资格老一些，年纪也大，比我们要稳重。但我看见郑岚当时的脸红了好长时间，可能是不好意思吧。

所以郑岚老公怀疑程伯勇跟她有一腿，我很不相信，这是无中生有。这男人也太看得起自个老婆了，就那样，还能搞出潘金莲幽会西门庆的风流韵事来？

这雨也是下得过瘾，一到设计院门口，随着一脚刹车，车停了雨也停了。按事先说好的，我给司机扫码付了五十块钱。心里隐隐作痛，痛的不光是的士费，而是三十好几了，在城里混得连付个的士费都感到肉痛的人生。

这是那种中规中矩的家属院，楼不高，没有门禁也没有电梯，门对门，一梯两户。郑岚就住一楼。我还没敲门，门就开了，想必是从窗户里看见了我。

她没变样，还是那么胖，穿着一条卫衣裙，腰圆膀又粗，标准的中年妇女款。

客厅很逼仄，两室一厅的格局。装修应是前任留下来的，白色的油漆已经变黄，破的破损的损。他们住进来前也没怎么翻新和补救，一点都不像两个80后夫妻的居住环境，窗不明，几不净，毛质的、塑料的、纸壳的小孩涂鸦和手工作品还有积木玩具到处都是。客厅里没有沙发，也摆不下什么沙发，郑岚从里屋搬了一张凳子放在冰箱前面让我坐。冰箱的旁边是一张小四方桌，桌旁坐着的应该就是她老公。这个男人长脸薄嘴，面色如酱，一身膘肉似铁，虽谈不上虎背蜂腰螳螂腿，但孔武有力骁勇善战大致能估的。他嘴里叼着根烟，眼虚虚地朝我打量了一番，便扭头看向窗外。一把薄刀放在他旁边的小方桌上，刀刃明晃晃的。

她老公抽烟，深深地吸进去，悠悠地吐出来。他也没跟我打招呼。冰箱后面应该是间卧室，门关着，有小孩的吵闹声时不时传来，也时不时传来老人的呵斥声。

我想我冒雨来了，不能这么干坐着。他不开口，我得先开口。郑岚提醒了一下，说她老公姓姚，姚科。我说，姚大哥，我就开门见山说了吧。我们之前在《爱他她》杂志社上班，就我所了解所观察到的，我实事求是地讲，郑岚与程伯勇可真没有什么关系。你想程伯勇的老婆就在楼下办公，他老婆可是厉害角色，怎么可能允许自己的老公在她眼皮子底下出轨呢？

那个老徐就是程伯勇的老婆，我也是过了很长时间才知道的，原来杂志社不过是夫妻店。知道后我大跌眼镜，这么个金毛狮王竟能跟风度翩翩的程伯勇走一道。

对呀，自个儿老婆就在楼下，真要有这种事，纸能包住火吗？郑岚也替自己辩解，这样的辩解相信她已经说过很多遍了吧。

你真是头脑简单，能在办公室偷情出轨的那都是道行很深的，怎么可能被你们知晓？被你们知道了，哪还叫偷情？姚科鼻子里哼了一声，很不屑的态度。显然我的那番说辞他不认可，一点也不能力证他老婆的清白，他很是瞧不上我这个冒雨赶来的说客。

我说，姚大哥，我们再换个角度看一下，这个我没有嘲讽和不尊重的意思。你看看你老婆，这身材这样貌，跟六年前在《爱他她》杂志就没变过，我们当初编辑部四个女人，个个都比你老婆年轻漂亮。站在你们男人的角度，如果你是程伯勇，你要找女人，你会找谁？我问你。

他把烟摁灭在刀上，略有思忖，说，苍蝇不叮无缝的蛋，这只能说明她好弄，容易弄到手。男人虽好吃但都怕麻烦。

你讲话注意点。郑岚很气愤，但她的警告，一点都不强硬。

想着屋里还有老人和孩子，我也觉得她老公说话太扎心了。当着一个外人的面把自己老婆说得一文不值，狂妄。我开口之前对郑岚老公保有一丝尊敬，虽然对他知之甚少，但我知道他是985大学毕业的，我把他当凤毛麟角看待，没想到近之一观，与我老家的杀猪佬有得一比。

我也没了好言语。我说，我真是搞不懂，你好端端的一个大男人，干吗非得往自己头上整顶绿帽子？这能光耀你们姚家的门楣是吗？

他似乎恼羞成怒，一下子从椅子上弹了起来。

郑岚赶紧拉了我一把，怕我受伤害，毕竟桌上有把刀呢。我也瞬间意识到了自己的鲁莽，我是来干什么的？这是一头偏执的公牛，我怎么能激怒他，让稍稍平息的战火重新燃烧呢？孩子调皮捣蛋的声音总是从里屋传来，伴随着的是孩子外婆低声的劝阻和吓唬，老人家似有点招架不住的疲惫。这是一桩什么样的婚姻，让老的小的都挤在夹缝中受委屈。我看了看郑岚，她瑟瑟发抖，眼里一片惊恐，她怕她的老公。这个身处水深火热之中的女人拼命解释，一个劲地证明自己的清白，无非就是想挽留这个男人，保全这个家。这个陈腐朽坏、四处污迹的家。我忽然觉得一种悲哀，一种同为女人的悲哀。

她老公愤怒地说，我什么都不管，你只要跟我说清楚，你身上那个牙印到底是怎么回事？还有那个在外面租住一个月是怎么回事？你把老子当苕耍，趁早滚远点。

我蒙了？我只能朝郑岚看，什么牙印？什么在外面租房子？这应该是问题的关键，可这两个关键处，我是毫不知情的。不知情，自然也就无从替她证明和辩解。

郑岚一副无从说起又百口莫辩的样子，双手不断地揉搓那件满身字母的卫衣裙裙边，又急又恨又委屈。

记得在杂志社的时候，我们四个人也有过几次闲聊。我们办公室连着一个弧形的阳台，黑铁花艺栏杆，阳台上有一个圆茶几，四张红色皮圈椅，与对面一幢幢带落地窗户的高楼大厦配在一起，现代都市的那种画风还是很有视觉冲击力的。中午吃完饭，我们也没有什么条件午休，一般会瘫坐在阳台上喝喝茶，吃吃小零食，聊聊天。潘美娟那会儿谈了一个武汉的男朋友，已经同居一年半载了，但前途却不甚明朗，脸上总是一副不知去处的迷茫神色。莉莉和我都是单身，我们没牵没挂所以也没心没肺，不懂也看不惯潘美娟那副萎靡不振的样儿。郑岚倒挺像个大姐，时不时会宽慰潘美娟，劝她如果对方没有结婚的意思就赶紧分手，别耗，女人耗不起，但潘美娟一副既想上岸却又彻底沦陷的感觉。我和莉莉当时只觉得她烂泥扶不上墙，漂漂亮亮一个女孩子竟被两条腿的臭男人折磨得像个吊死鬼。

我们很快就对潘美娟那要死不活的爱情乏了味，改而打探郑岚的爱情史。像郑岚这种与现代女性审美背道而驰的女人是如何恋爱又成功走进婚姻殿堂的，这才是一部真经，值得我们求取。在我和莉莉眼中，潘美娟是属于浪费了上帝的恩宠，把好牌打了个稀巴烂，而郑岚才是一把烂牌打成了王炸。

郑岚姐，跟我们讲讲你跟你老公是怎么认识的？那会儿她还没有被程伯勇提拔成编辑部主任，我们都叫她郑岚姐。

我们是经人介绍认识的，老家的，他刚好也在武汉工作。过年回老家走亲戚两个人被安排见了面，互相都有好感，就这么一生二熟，交往起来了。郑岚很大方，我们问啥她说啥，一点都没有忸怩，不像别的女人，你问她这方面的事，要么打死不说，要么三言两语敷衍塞责。郑岚不一样，她不过多剪辑内容。她连跟她男朋友交往多久后开始牵手接吻都会告诉你；他们婚前就有性行为，奉子成婚。这些她都会很坦诚地说出来。她的不遮不掩，反而让我们觉得爱情与性是一件光明正大自然而然的事，除了技术层面，其他都可以拿到桌面上来讨论。《爱他她》不就是专门写这种文章吗？封面通常是一张大比基尼照，美女躺在沙滩上，勾引下了班的男女们来翻阅。

郑岚也讲了起先她并没有看上她老公。我们都问她为什么呢？我们心眼都坏坏的，大概都觉得她就不该挑挑拣拣，只要是男的活的就行。而且她还给我们看过她跟她老公的合影，她老公不说有多帅吧，但配她如大人衣服穿小孩身上，哪哪都绰绰有余。郑岚姐说，他家姊妹五六个，穷啊。虽然他985大学毕业又怎么样？他们家自己金贵自己，可在武汉买不起一片瓦一块砖，谁嫁给他啊。

他们家都不搞计划生育的吗？还五六个。我们问她。

他妈到处躲着生呗，一个儿子都不够，非要生两个，多子多福。从郑岚嘲讽的语气里听得出她对她婆婆不太满意，有批判。

那你呢，你啥条件？我们现在清楚了她老公的缺点，穷嘛。那她呢，看样子也不像家里有矿的，穿着打扮一股土味。所以我们也很好奇，她到底是有啥资本，可以傲视985大学的毕业生，可以嘲讽多子多福理想的婆婆。

我们家没有啥条件，但跟他比，还是强很多。我爸妈在武泰闸和街道口各有一套房，房子不大，一套四十平方米，一套六十多平方米。我爹妈就我一个姑娘。

哦，我们恍然大悟。

这条件也没有多厉害，但于我们仨来说，已经是宝塔之顶。她拥有的物资很硬核。985果然是985，脑子活，懂得审时度势，懂得怎样利用对方的长来补自己的短。物资永远是感情的基础，基础不牢地动山摇。一个家底不够，学历来凑；一个长相不够，房产来凑。如此软实力和硬实力就牢牢地结合在一起了。再凑过去看他们俩的合影，嗨，真是天造地设的一双啊。

你当初没瞧上，最后咋又瞧上了？我问。我想知道她是怎么转变的。

她说，就是有一次我们去光谷玩，坐公交车，好不容易有个位子，我刚要坐下，被一个男的捷足先登了。我肯定恼火呢，就嘀咕了一句，真没风度，跟一个女的抢位子。结果那男的就骂我，死相，给老子滚远一点。遇到个人渣怎么办呢，只有自认倒霉，算了。可他从后面冲了过来，把那男的衣领一提，像拎小鸡似的拎了起来，然后往车厢一摔，就把那男的摔倒了；那男的爬起来准备反扑，他又横起一脚，直踹那男的胸窝子。把一车厢的人都看呆了，没人敢吱声。我叫他算了，不要这样闹，小事搞成大事，不好。但他不依不饶，非要那个男的跟我道歉。那男的看我老公牛高马大，还是有几分畏惧，最后服了软，虽然不情不愿，但还是跟我道了歉。

我们一齐"啊"了一声，我们以为她老公在这件事上会以理服人，毕竟是高才生，解决矛盾冲突应该更文明更高级一些，没想到是以武力解决的。我们说，你老公好像有暴力倾向啊。她对此也没有否认，说，嗯，是有点。但她又说，那是我人生中第一次有人给我出头。我爸妈都没有为我出过头，小时候被人欺负了，我爸妈只会说我惹是生非，什么都是我的错。所以一直以来我在外面也都本本分分的，出了事也是尽量息事宁人，因为闹大了，没人来替我收场。但那时，看他冲出来踹了那个男人一脚，虽然让我看到了他的暴躁、冲动，但心里却又有另一种被保护的安全感。就是那飞起的一脚，让我心动了。她很诚恳地说道。

我们也深深地认同，点了点头，觉得她的选择是理由充分的。

如今坐在她家的凳子上，看着她欲哭无泪的脸，再想起当初令她心动的却变成了令她伤心的，多么大的讽刺。她从暴力中建立的安全感，眼看着也要被暴力给摧毁。

雨彻底停了，天光大开，屋子里的光线如水洗过，明亮了许多。我看见桌旁的白墙上挂着几只蚊子干尸，和着褐色的血迹，清清楚楚。姚科把头扭向一边，看着窗外，他一直都看着窗外。窗外一排樟树，绿得清亮。

满屋子无声无息，都在等着郑岚关于牙印和连续夜不归宿的解释。想必她已经解释过很多回了，但她老公不信，说再多遍也没有意义。理工男大都一根筋，谎言说一千次也不可能成为真理。

郑岚还是说了。郑岚说，我真的不知道你说的什么牙印，我发现你眼睛里有魔障。无中生有的东西，我从何说起。

姚科一下子又火了，拍了一下桌子，说，什么无中生有，你当老子眼睛瞎了是吧？那个牙印在你左边乳房下面，你不要说那是你自己咬的。如果是你自己咬的，你再咬一次给我看看。

郑岚皱了一下眉头，苦笑了一下，眼眶随着就红了。她如兔子被逼急了想咬人，声音也大起来，说，六年前你就说你看见了，你当时怎么不问？你有病啊，过了五六年了，你挑起来说。老子在外面租房也是跟你通了气的，你当时怎么不阻止？你有疑问，你当时怎么不去找程伯勇算账，你大可去找他对质啊，你觉得他搞了你的老婆，你拿刀捅了他啊。老子还说你在外面搞女人呢，你一个月不也有几次不回家吗？谁知道你是真值班还是去找野女人了。

你跟老子通气，老子那会儿在外地培训，你说要在外面租房，老子怎么阻拦，你就是看准老子远隔千里，鞭长莫及管不到你，你才要心眼撒野。老子值班老子有证人。那你给我找个证人，证明你当年在外租房没有跟程伯勇发生关系。你找，只要你能找到证人，老子立马跪在你面前，这把刀子交给你，要杀要剐随你便。你给老子戴绿帽子还有理了！姚科从捏扁的烟盒里又掏出一根烟，在刀面上顿了顿，点燃。

孩子从里面传出声音，妈妈，妈妈，我想用外婆手机看光头强，外婆不给我看。

郑岚朝关着的房门看了一眼，没做任何回应。然后就听着里面传来一阵孩子嘻嘻哈哈的笑声，很快就有了熊大熊二的说话声。

屋子再次重归死寂。

我试着推理郑岚左乳上的牙印，我说，会不会是孩子咬的？我在《爱他她》工作的时候，郑岚正处于哺乳期。

郑岚说，是啊，我也跟他说过，可能是姚希嫒咬的，他不信啊。他当时看见了，闷心里，不跟你说，要是说了，当时就能弄清白，过了驿站想起来投宿，真是搞笑，我都不知道压根还有过这桩事。这不是欲加之罪何患无辞吗？这不是莫须有吗？

姚科说，那绝对不是一个婴儿的牙印，那是一个成年人的，你莫把老子当苕。那就是当年偷人养汉的铁证，老子只后悔当初没拍下来。

我按照姚科给的思路在脑海里想象着，在中北路某一处出租屋里，不苟言笑的程伯勇与满身横肉的郑岚脱光了衣服在床上翻滚，然后这个老男人握住郑岚的左边乳房在下面咬了一口，咬得挺狠，以致留下一枚清晰的牙印。那是一只在哺乳期饱含乳汁的乳房啊，程伯勇这口味挺重的。这枚牙印通过姚科的眼睛，烙在了姚科的心里，多年挥之不去，然后需要当年的我们一起来为这枚他心中的牙印证明。证明什么呢？证明他看错了，牙印根本就不存在，还是证明这枚牙印不是程伯勇咬的？是不是程伯勇下的，说实话，我们又能怎么证明呢？毕竟我们也没有二十四小时跟郑岚和程伯勇待在一起。

我觉得这个问题委实没有争论下去的必要了。有些问题只能是当时发现当时解决，过了有效期，再来质疑，首先记忆模糊了，事件也随时间坍塌了，还怎么求真？我发现这男人脑壳里的脑回路真是与众不同，怎么过了若干年后才去探寻当年那顶绿帽子是戴了还是没戴。好像他还是设计院里的三级设计师，无法想象从事这种工作的人，对待生活竟是这样的态度。难道如果对一个仪器设计上有疑虑也非要留存心中，等上了流水线生产了才去追根究底吗？真是荒诞，而我冒雨前来证明多年前的一个荒诞就更荒诞了。

生活真像一出滑稽戏。

我问郑岚，你当初真的租过房子？

郑岚说，嗯，这个是有的。当初程伯勇提我为杂志社编辑部主任，给我交代了很多事，除了一本《爱他她》，我们还编印了另一本刊物，叫《青春秘语》，是走高校路线的。当时有待理顺的事情很多，从中北路到我这里路上得两个小时，时间哪里够呢？我不过是为了节省时间更好地工作，才在我们编辑部附近租了一套房子。

我看着郑岚那张浮肿的脸，忽然有种这个女人不寻常的感觉。她给我的老实、本分、蠢笨印象也许都是错觉，实则她很狡猾、精明、有城府，她有一种高级的手段。我离开了《爱他她》六年，到今天才知道杂志社还有一本叫《青春秘语》的刊物，那种打着生理科普的噱头实际与暧昧的内容打擦边球的杂志，在年轻人中很受捧吧，想必赚了不少钱。这一块蛋糕，却没有我们的份，我想潘美娟和莉莉也不一定知道。那会儿我们的工资是三千元，郑岚提了主任后，比我们多五百元，多的这五百元肯定是不够租房的。

我随口问道，你多编一本杂志，他给开多少钱？

郑岚想了想，说，四千元。

我想如果就这个价钱，郑岚还自己租房子跟程伯勇鬼混，岂不是贴钱又贴米？果真如此，程伯勇就太无耻了，吃人不吐骨头啊。给员工开的每一分钱，都必须要在他自己身上实现利益最大化。

　　当初我们每月拿的这三千元块钱里，干了多少与编辑杂志不相干的事儿啊。程伯勇那会儿爱玩个博客和微博，隔三岔五就在博客上写文章，发表自己的高见，我们这些编辑干什么呢？就是在网上申请很多个ID去关注他的博客，为他的粉丝数量营造虚假的壮观，在他文章底下评论，转发，一人穿十几个马甲，在评论区扮演正反两方，精神分裂。因为老程说了，不能观点一边倒，看着像托，太假。为了看上去不假，我们一手拿矛一手拿盾，自己跟自己在网上进行撕扯大战。

　　他又不许我们在办公室交谈，有时候女生之间咬个耳朵，不小心被他撞见，他就会用一种轻蔑的目光盯着你，觉得你不够光明磊落，心胸不坦荡，在背后议论同事领导。其实我们从来不在办公室以咬耳朵的方式议论同事领导，但他敏感多疑，疑心生暗鬼，然后就会更加严厉地看管我们，弄得我们四个人在办公室里交流也只能偶尔递个眼神。那个时候，我们年轻、单纯，没有太多自己的想法，只觉得他是领导，是核心，是方向，啥事都他说了算，我们只有绝对服从，不敢生异议。

　　隔三岔五他跟老徐还带着我们去应酬，跟投杂志广告的老板们喝酒。我们四个姑娘家端着酒杯，推举潘美娟为临时首领，她漂亮嘛，糖衣炮弹，去攻克那些重如泰山的碉堡。往往潘美娟喊一声老总，那些老总们就咧嘴呵呵笑，有的叫声老总人家就喝了，有的非要潘美娟喊哥哥才喝。有的时候光潘美娟一人喊哥哥还不行，得让我们都喊哥哥才喝。潘美娟、莉莉、郑岚都落落大方，但这事我比较扭扭捏捏，那秃了顶的、大肚腩的、肥头大耳的、油脸的、鼻毛外露的、坐着都带喘的，哥哥这么动听的称呼如何出得了口，所以我只喝酒。

　　必须表现啊，每次杂志开例会，我想破脑壳想出的十几个选题，往往会被毙掉一大半，只被采纳一个或是两个，开恩似的。程伯勇批评我的选题不是陈旧就是寡淡，不够大胆开放。每次程伯勇看到我的选题都唉声叹气,将策划本扔回我怀里,质问我,颜妮,你知道不知道我们这是时尚杂志?是引领都市潮流的?不是养生保健,你不是武汉白领的妈妈,起风了要大家穿秋裤。你能不能有点都市感?现代感?我每次都被训得面红耳赤,而她们仨则低声嘻嘻笑。我悄悄瞥了一眼郑岚,她的选题倒不多,我只瞥了一眼她的标题,但的确放得开,比如破洞的黑丝袜才够味!我瞬间如遭雷打。原来这样才是时尚,才是都市,才是现代。怪不得当初应聘时,老徐问我结婚否,问我有没有男朋友。照这么看人家可能不全是窥探隐私,而是工作需要。这样的内容,你没有量变到质变的生活经验,你能想得出来?

我于选题上无所贡献,那么拉广告上还不出把力啊。人在一个团体里,存在感还是要找一找的,还是想体现个人之力,证明自己于团队的用处。我虽然性经验差一点,但酒经验很丰富,我爸就是村里有名的酒壶子,祖传的量,使劲喝呗,只要喝不死就往死里喝。只要我们手拿碟儿敲起来,那些先生老总还是很听话的。红酒加白酒,一杯又一杯,清香型和酱香型一瓶又一瓶。

我醉了多少次,出了门抱着法国梧桐呕吐如瀑布。那一笔笔被老徐视为苍蝇腿的广告费,能说没有我的半分功劳?《青春秘语》能有发行量难道没有我的贡献?!真有种真心喂了豺狼,青春被狗啃了的沮丧感。

屋里突然响起一首熟悉歌曲:"一直地一直地往前走,疯狂的世界,迎着痛把眼中所有的梦,都交给时间,想飞就用心地去飞,谁不经历狼狈……"郑岚在歌声中四处找寻,是手机的彩铃声。手机里还在继续唱,"我想我会忽略失望的灰,拥抱遗憾的美,我的梦说别停留等待。"哦,我终于想起,这是手机自带的乐曲,当唱到"就让光芒折射泪湿的瞳孔,映出心中最想拥有的彩虹"时,郑岚终于找到了手机,在电视机柜的下面。我猜测是他们两口子吵架,被姓姚的给摔到下面去的。

喂？还好对方一直没有挂断，郑岚还能接听到。

嗯，没有，他非说我跟程伯勇有关系，我说什么他都不信，他说除非我能找到证明自己清白的证据，我能怎么办呢？现在颜妮在我这里，郑岚说着朝我看了一眼，我想手机那头应该也是我认识的人。

好的好的，谢谢。郑岚说着又朝电视机柜上看了一眼，我也顺着她的眼光看了过去，是一个闹钟，指针指向十二点二十，不知不觉都到了中午了。我掏出手机看了一下，没有一个电话和信息。当年我抛弃波澜不兴的小镇生活，走向繁华热闹的都市，如今也没能在高楼林立车水马龙中翻出多大的浪来，只有越来越边缘化的无助弱小感。来武汉这么些年，大小相亲了二十多回，也没能解决个人问题，也才知道男女二人若有感觉，生理上的容易解决，但想把双脚跨进婚姻的殿堂，得将出身、家庭、存款、职业统统拿到称上来掂量。现实如一具骷髅，不需要血肉肌肤。以前别人把我们这类人比作蝼蚁，我还挺不爱听，觉得对我们这种漂泊在都市的底层人不尊重。如今我却越来越认同，没有比这更贴切的比喻了。那些在土里忙碌的蝼蚁和蚂蚁，活着跟死去有什么两样，谁在意呢！所以，郑岚在绝境中给我打电话，我还是很感动的，无论雷打得多响，雨下得多猛，我都要来尽一份心，这让我有种被需要的价值感。

郑岚把她家的地址说了两遍后就挂了电话。然后对我说，是潘美娟，她说她一会儿就来，顺便给我们带饭。

哦，潘美娟，与故人重逢，还是值得期待的。有人说岁月是把杀猪刀，有人说岁月何曾败美人，我很想知道潘美人是如何诠释岁月的。

这四个人里，我是最早离开杂志社的。不是我主动辞职，而是被辞。我至今也不知道我为何突然被炒了鱿鱼，虽然我的选题不够生猛，尺度不够大，但我每周还是绞尽脑汁，一点一点越过我的道德底线，以自己都觉得可耻的尺度来做文案策划。

《爱他她》没有正式的刊号，这个也是老程的一块心病，有了俩钱后，他也一直在酒桌和牌桌上转着圈地为刊物努力争取。我们也没闲着，跟着他一道驴拉磨旋转着，喝酒、唱歌、被人搂着跳舞还顺带要被强摸几下。

地下出版物的生存只能迎合买家口味，把内容做成暗黑料理。我们四个编辑都不署真名，一期一会，一个名字用过后就再换一个，每次除了想选题，想名字也是伤脑筋。毕竟我们都是好人家的女儿，清白之身，那种出卖灵魂和肉体的文字怎能署上真名玷污门庭呢。老程对于我们的笔名也有要求，不能搞清风明月、夜半鸣蝉的诗情画意，要剑走偏锋、黑虎掏心的那种，字数不限。我们应该都领会了精神，不能正儿八经嘛。我起过中北路的花痴、咖啡加猫屎；郑岚起过我就是潘金莲；潘美娟起过卡哇亿铜臭爷；莉莉起过毁人肾宝。每次出刊看到上面的署名文章，一个比一个五雷轰顶，我们相互做鬼脸。

印象很深的是有一次潘美娟在QQ上跟我聊天，说，"今晚吃鸡"后面一定要加语气词才够味。我摸头不知脑，打了一个问号。她回复说，你品嘛，我这才回过味来。我说，你个女流氓。她说，你更甚。

我们杂志刊登的广告也是与众不同，别人都是刊登交友征婚，我们跟公共厕所的门背后一样，上面各种情趣用品、药物的信息。我有次吓得悄悄问两个搞发行的帅哥，这是不是真的？他们讳莫如深，嘻嘻一笑，说，你有需要就打个电话试试。我哪里用得着呢。

杂志一月出刊两次，分上半月刊和下半月刊，说实话挺忙。忙完稿件，还得去老程博客和微博上点赞、评论，评论还得言之有物，这比在网上扒拉稿件轻松不了多少。我自认为在杂志社期间，没有功劳也有苦劳，没有苦劳也有疲劳。到头来，我却落得个被最先遣散的下场。

开除意味着被否定，能力没得到认可，会产生消极的自我怀疑。虽然事隔多年，但我每每想起还是会有一些心理阴影，难以在职场上有足够的自信。

那会儿我已经在杂志社干了半年多了。有一天没有一点征兆，下了班，老徐单对我一个人说，颜妮，你来一下，我就跟着她到了楼下她的办公室。我有点忐忑，因为我们一般都不怎么跟老徐接触，除了通知说跟有饭局有应酬外。所以她突然叫我，我不知道会是什么事。是不是有谁看上我，要她来递个话？因为我们三个都是未婚女青年，老徐时不时也会帮忙牵个线搭个桥，帮忙脱单。上次潘美娟就是，老徐还探过她的口风，被潘美娟拒绝了。潘美娟说那个男的是个副职，一次只有报销五百块钱的权力，而且还有狐臭，断不能忍。我等待属于我的命运。我都迅速盘算好了，狐臭不狐臭的无所谓，只要不秃顶，没有大肚腩，我都能同意。我承认经过这段时间的耳濡目染、耳提面命，我从农村带来的那点传统保守思想已经被现代都市之热风瓦解殆尽，为了尽快把自己交代出去，跟男朋友同居，给自己省房租，已经顾不上穷且益坚，不坠青云之志的老话了。哪知道老徐喝了一口茶，给我递了一个牛皮纸信封，说，颜妮，这是我替你在财务支取的这半个月的工资，你拿着，明天就不要来上班了。

我脑子顿时嗡的一声，一半清醒一半蒙圈，本能地接过信封，但不知道为什么。我问，什么意思？

老徐没说话，只微微笑了笑。别人微微一笑很倾城，她那微微一笑很反胃，我差点呕了。我迅速反应过来，我被炒鱿鱼了。

就像男朋友提分手一样，这个时候我得镇定，得坚强，得表现出一副你甩我我早就想甩你的姿态。话不多说，抬腿走人。我走出大门，走出小区，走出中北路，我才让自己流下眼泪。中北路拐角处一个报刊亭，一块铁架子上夹满了各种刊物，其中就有《爱他她》，封面是一个女人，涂着猪油似的口红，脸仰着似欲壑难填的样子。呸！

我坐在公交车上，头晕目眩，这种打击在心里郁结成一团肿胀，令人坐立不安。我不知道我究竟是哪里做得不够好，哪里得罪了人。我后悔因自尊没有去问一下，是何原因要开除我。是不遵守纪律迟到早退，还是因为选题跟不上节奏；是因为我没礼貌上班见到人不愿打招呼，还是因为我背地里发了牢骚被人打了小报告。哎，我真该问一问的，到底是对方之故，还是我之故，问清楚了，可以吃一堑长一智，这样真是"死"得不明不白。

我记得在开除我之前的一个月，老程跟老徐在杂志社大吵过两次。具体场面我没亲眼瞧见，我只知道有两次杂志社里的氛围特别不对，每个人脸上都笼罩着一团乌云，心都悬在嗓子眼里的样子。我因为租住的马房山到中北路那条道上红绿灯特别多，很堵，所以每次都是卡着点到的单位。那两次我进了编辑部，刚要跟她们打招呼，郑岚就竖起食指放在嘴边，对我做了个别出声的手势。我低声问，咋了？她轻声说，程总跟徐总吵架了，你注意点。

他们两口子吵架，我能注意点什么呢？郑岚的意思是让我别整出任何动静，免得隔壁老程有气没处撒，拿我当炮灰。所以我撇撇嘴，时迁偷鸡似的踅摸到自己的座位，屏住呼吸拖动椅子。整个办公室不敢高声语，恐惊程大人。

而且我还记得那一个月，老徐来了我们编辑部两次，第一次是午休时间，我们都在阳台上聊天，她上来后就坐在我的工位上。老徐是总管，她上来了，我们自然不能怠慢，要以接待老程的规格来接待她。我们赶紧从阳台上回来，各自坐回自己的工位。我没地方坐，莉莉就让出半个屁股的空位给我，反正她瘦。

在这里干了这么长时间，还习惯吧？老徐问。

习惯，习惯。我们回答。不过是场面上的客套，谁会傻不拉几地说不习惯呢。

老徐笑了笑。然后她将我们四个人依次环视了一圈。郑主任与她面对面，我跟莉莉斜对着她，潘美娟在她旁边。潘美娟当时低头玩手机，并没有看老徐。老徐好像也没太在意，问，潘美娟，你那个男朋友谈得怎么样了？

潘美娟这才抬起头，跟老徐对视了一眼，说，分了。潘美娟这么一说，我们也才知道她爱情的结局。之前看她那么纠结，以为她是一个容易受伤的女人，如今分了，也没看她怎么意志消沉一蹶不振，每天照样浓妆淡抹，中午一餐的蛋炒饭或是炒米粉依然堆得满满的，胃口好得很。哎，真是小瞧她了。

然后老徐又转向我，颜妮，谈男朋友没有？

没有。我老老实实回答。

莉莉在后面搞怪，说，她谈了，谈了两三个，我们都说她是多用插板。

她们哈哈大笑。我推了莉莉一把，说，放屁。你把你的故事安在我身上，你才是多用插板呢，黄皮寡瘦的，小心带不起，短路。

她们再次哈哈大笑。老徐说，颜妮不老实，我看这几期杂志，你做的几篇都很好，完全放开了。程总私下里跟我说了几次，说你进步很大。

这表扬来得太突兀，令我很是羞涩。我不太习惯别人称赞我，何况这样的"放得开"并不是什么光荣的事，越放得开越说明我已经越不要脸了。所以盛赞之下我万般不自在，扭捏得很。

老徐自然是笑而不语，一副静水深流的模样。然后她抬起屁股说了声，好了不打扰你们午休，就走了。

直到听到"笃笃笃"高跟鞋踩楼梯板的声音消失后，我们才互做鬼脸散开。但老徐这么一来一走，耽搁的时间虽然不长，却把我们之前的气氛给破坏了。各自都像有了心事似的，坐在各自的位置上默不作声。还是潘美娟从手机上扒拉了一阵后抬头对我说，颜妮，你别听老徐的，我告诉你，一切不以涨工资的表扬就是老板对员工的耍流氓。

哈哈哈，我们又都笑了起来，潘美娟有时候说话还是很俏皮的。

郑岚跟莉莉都给潘美娟的金句点赞，说对对对，也为我抱不平，说，老程老徐都是老狐狸，若是真认可员工的成绩，就不应该是几句表扬，真金白银拿出来啊，咱们在这里挖空心思想金点子，想创意，难道是为了得表扬？一家夫妻店，几句干巴巴的表扬能顶屁用，只能愈发证明其虚伪。咱们是为了啥打工的，不就是为了钱吗？

潘美娟说，对，等老程再在微博上或是博客上写了文章，我要穿几件马甲去敲下边鼓，别跟年轻人空谈崇高和理想，拿出点实际行动来！

莉莉说，是的，像咱们这样一弄十几个ID给他评论转发，都应该一条条算经济账，参考别的水军，一条五毛钱呢。

潘美娟说，要是以后老程老徐把我惹毛了，老子就去他文章里一条一条揭露他的真面目。哈哈，让他现出原形。还大型市场杂志老总，知名文化学者，不过编了一本地摊刊物，就急于把自己装扮成时代名流了。啊呸！

这也是亏了老徐上来一趟，不然我们都不知道潘美娟还有这样一番心里话，但在杂志社的地盘里，她公然评价老程属于犯了禁忌。我们一个个都朝门外张望，生怕隔墙有耳被听了去，惹出一场是非来，大家都不好过。在我眼里，老程一向对潘美娟还是青眼相待的，是那种发自内心的喜欢。老程的一张脸成天跟棺材板一样板着，但看见潘美娟时脸色会略有松动，偶尔还会嘴角上扬。

老徐第二次上我们编辑部，是在我被开除的前一个星期，那次不是午休时间，是下午工作时间。她进来那会我刚好不在，去卫生间了。我从卫生间返回的时候，她已经五大三粗地堵在了门口。我一早来上班的时候，郑岚跟我说，老徐跟老程吵过架，老程还把一个玻璃烟灰缸砸得稀巴烂。所以我们一整天都过得很是谨慎，生怕一不小心又触动大佬们敏感的神经，所以我站在她后面也不敢请她给我让一让，让我先过去。

徐总好。同事们都纷纷招呼她。

她的头发新烫过，今天可能没捋顺，炸了，像是练就了绝世武功走火入魔了。

她依然淡淡微笑，看不出此次前来的任何风向与态度。无事不登三宝殿，工作时间前来应该不是为拉家常吧。

我看见同事们都在轻按鼠标，我想她们一定是在把一些消极页面关掉，比方电影，比方淘宝，然后把 WORD 文档高高挂起。毕竟她是老板，老板哪里能接受员工在工作时间片刻偷闲呢。我想起我的电脑，上厕所前我正在淘宝上搜索一些情趣用品，想从里面找寻一些用户的真实体验，然后拟定一个关于女性情趣用品的选题。我是打算上完厕所就回来整理的，我没有料到老徐会突然上来。

老徐可能是看我的座位空着，便很自然地坐到我的座位上。

徐总来了。她一坐下一扭头发现了我，我只得跟她打招呼。

哟，我坐了你的座位，你来坐。她起身相让。

她坐都已经坐下了，哪里能让她再让我呢。

我说，您坐吧，您坐吧，没事。我便顺势跟潘美娟挤在了一块，她的座位离我的电脑近一点，方便我随时掌握电脑动态。

老徐上来是特地问我昨晚酒局的情况。昨天是老程与武汉一家专治男性难言之隐的医院领导应酬，谈广告合作。刚好莉莉请了一天假，潘美娟说她感冒了在吃头孢不能喝酒，能去的只有我跟郑岚，所以下了班我们就坐老程的车直接去了五月花大酒店。照理这样的应酬老徐是雷打不动要参加的，因为她本身是管经营的。我们在车上也问了老程，老程说老徐的儿子从英国回来了，她要去接机，赶不赢，就不参加了。一想也是，广告这事儿，也不是吃一餐饭就能促成的，而是要来回讨价还价。

晚上我和郑岚冲锋在前，不能在战局一开始就把后边的将帅推到前面让其被攻趴下。卒子是干什么的，卒子就是进攻的，就是保护将帅的，待卒子拼得差不多了，将帅才能出面，以深藏不露的实力干翻对手，让其臣服，这才是一场属于我们的胜利的酒局。

郑岚本身酒量一般，加上昨天又还留了一点余地，整个前期厮杀的重任就落在我肩上，我只能往前冲。那个治疗性功能障碍的院长说，只要把他喝高兴了，他给杂志投 30 万。老程一个劲地笑，郑岚呢似乎也很兴奋，主动给他倒了一杯，她自己也倒了一杯。老程说，这是我们杂志编辑部主任。郑岚干了，那一次她超常发挥了，后面她退缩了，可她却给我打了个样板，我每次按她那个样板喝。我是什么呢？老程说，这是我们编辑部骨干编辑，颜编。那一顿喝得我去卫生间吐了三次，胃里如过火焰山一般烧灼。吐完就着水龙头的自来水漱口，看着镜子里那张苍白的脸，我担心我会不会死掉。我也深思，我这般拼命到底是为什么？为每个月那三千块钱吗？

喝完了酒又去 K 歌，老男人们喜欢喝完酒去闹一闹，我腾云驾雾地跟着。唱歌就免不了跳舞，跳舞就免不了被摸，摸胸又摸屁股，一双手像苍蝇，赶走了又来，赶走了又来。老程瘫坐在沙发上，装作啥也没看见默不作声。我们那时自觉弱小，没有人为我们出头，也就只能默默忍受。后来老程跟我跳了一支曲，又跟郑岚跳了一支曲，郑岚估计也喝到了微醺处，跳舞时把脑袋靠在了老程的肩膀上。我实在支撑不住，酒全上了头，还没散场，就跟老程告了假，打的回家了。

老徐上来问我老程的去向，我只得如实回答，我提前走了，不知道。老徐又问郑岚，郑岚说他们 K 歌到 12 点就散了，然后她跟老程各回各家。这么看来老程昨晚夜不归宿。我也是昨晚才知道老徐跟老程都是二婚，老徐的儿子不是老程的儿子，老程年过半百膝下无子。

老徐的手肘在我办公桌上蹭来蹭去，我怕她不小心点到鼠标，把屏幕弄亮，暴露我的秘密，手里捏一把汗。也是情急之下脑子缺根弦，我本是想把鼠标挪远一点的，没想到轻轻一碰触动了屏幕驱动，然后满屏都是仿真的硅胶器具，配以快感、高潮、延时、伸缩、性爱黑科技等字眼，那些字眼安静点也好，还都一闪一跳的。我整个身体如发高烧，赶紧关闭网页，却偏偏还关不了，关不了不说，右下角还突然闪出一个视频，一个女的袒胸露乳，红唇半咬，头发像是被泼了水似的，身子一耸一耸的。我像扑火似的，赶紧把光标从上面挪下来去关这个视频，可是关不掉。

我的后背一时汗如雨下，手已经颤得连鼠标都握不住了。潘美娟又没良心，在我身后压着嗓子哧哧笑。

还是老徐机灵，她帮我摁了主机。电脑一黑，世界总算清净了。但老徐看着我的表情和眼光，我忘不了，那种鄙夷的、审视的、质疑的、轻蔑的，觉得我就是荡妇无疑。而我还不能解释，只能让她默默污化我。

然后她走了。

潘美娟还在那里阴笑，说，颜编的尺度越来越大，口味越来越重。

我除了无地自容，也有一丝愤怒，这是什么狗屁杂志，难道年轻人的生活就是这点床上的事了？我成天如坐粪坑，到底所求为何？所以一个星期后老徐开除我，我当时并没有失态之举，许是我内心也在求去吧。

郑岚客厅那扇大窗户，视野倒是开阔，连马路上的动态都能窥探一二。大概半个小时后，一辆大众甲壳虫缓缓驶进院内，停到那排湿漉漉的樟树下面。车停稳后，一只穿着镶满了水钻的银色鱼嘴鞋的脚踏在地上，接着一位长腿细腰烫着一头羊毛卷的女人从车里下来，转身关上车门，那一瞬间，我就辨认出是潘美娟。她穿着一条无领无袖的碎花长裙，像是去某个海滨度假回来的，手里提着一只LV水桶包，通身一股见识了大风大浪的气派。

她从后备厢里取出三份肯德基全家桶，然后我们看着她往这个单元门里走过来。不多会儿就听到大门被敲响，郑岚开门相迎，霎时间满屋子弥漫着炸鸡香和香水味，是迪奥真我。姚科也嗅出了贵客的味儿，而且贵客还是美女，面上便现出了些松缓的态度，甚至还有欢迎的成分。反正跟我进这个屋子时他的态度是不一样的，气氛也不一样。男人，嘿嘿，我心里默默一笑。

潘美娟与郑岚寒暄过后才跟我寒暄，我们先是拥抱，彼此称呼亲爱的，到底朝夕相处过半年多时光，虽然没有交过心，但也交过情。毕竟子曰：有朋自远方来，不亦说乎。

你还是那么漂亮，一见就心生欢喜。我奉承她，但也是实事求是。

谢谢亲爱的，她欣然接受并坦坦荡荡。她倚在我旁边的方桌上，在我们这些随意朴素穿戴的群众里，有鹤立鸡群之感。她抬一抬手撩了一下头发，指甲油和卡地亚镶钻手镯一闪一闪的，令这片方寸之地也跟着闪闪发光。

她打开肯德基的袋子，把全家桶从袋子里拿了出来，每个袋子里还有两杯奶茶。潘美娟招呼我们吃东西，我们仨女的忙着打开奶茶的盖子。姚科迟钝了大半天，这会儿似乎也活泛了一些，知道把椅子往边挪了一个空，好让潘美娟站过去。郑岚去厨房拿了一个空盘，捡了一盘子炸鸡，再加两杯奶茶，端着这些从我身旁经过，推开了冰箱后面那扇门，我的视线也跟着看了过去，一个小小的房间堆满了杂物，一张大约一米二的床紧紧靠墙，床前也没有多少空地，想掉个屁股都难。一位老人侧卧在床上，两鬓斑白，应该是郑岚的妈妈；一个小孩躺在老人的臂弯里，手里还拿着手机，婆孙俩都睡着了。她把食物放在床头一个小凳子上。

我悄悄问郑岚，你爸爸呢？

郑岚说，我爸爸在媛媛两岁那年得了癌症。我脸上动了一下，表示震惊，也表示鲁莽，不该多此一问，勾起她的伤心事。她似不计较，说，为了治疗，我们把中南路的房子卖掉了，结果钱花光了，人还是走了。

哎，我在心里沉重地叹息，一场绝症就是一个家庭的浩劫。我的姨妈也是死于癌症，磨人又磨钱，我太清楚人财两空对一个家庭的灾难了。

我也想起六年前，郑岚在《爱他她》编辑部靠着弧形的阳台栏杆，跟我们说她在中南路和街道口有房子时的情景了。虽是平常的口气，但却是低调的牛气，当时我们看她就如地上一根葱忽而变成泰山顶上一青松。

记得她中南路的房子好像是六十多平方米，街道口的是四十多平方米。我又悄悄地问郑岚，你街道口的那套房子呢？

郑岚偷偷看了一眼姚科，说，那套房子在我妈名下。她再一次压低声音说，他就是觉得我们把中南路的大房子卖了来救我爸，心里一直不痛快，现在就想让我妈把街道口的房子过户给我，我跟我妈都不同意。

你们嘀咕什么？潘美娟问。我们也赶紧住了嘴。我说，说你坏话呢。

呵呵，她笑了笑。

为了不吵醒老人和孩子，我们在外面压低声音吃吃喝喝，也说说笑笑。我先前很担心姚科会有心理障碍，觉得这是老婆前同事带来的食物，饿死不吃周粟。但看他摘下眼镜，一块鸡翅接一块鸡腿，一口奶茶接一口奶茶，便知道是我多虑了，这世上不是每个人对一碗饭都有态度的。

潘美娟纤纤玉指，环佩叮当，一手捏着薯条，一手捏着小包番茄酱，时不时还吮吸一下手指。吮指一事，若是别人我会觉得缺少家教，可潘美娟这样我就觉得她风情万种。看她这样吮指，我倒想起了一件事。

有次午休，潘美娟买饭顺便带了一支冰激凌上来，张果老倒骑驴似的跨在阳台上那张红皮椅子上。我们都规规矩矩坐着吃饭，只她一个人在那吃冰激凌，严格地说，叫舔，用舌头一点一点把冰激凌舔进嘴里。这时老程来了，手里拿着一摞小样，一看就是为了跟郑岚交代关于杂志编校意见的。他看到潘美娟这副模样，整个人就定住了，像小孩看嘴一样。潘美娟还在那享受又陶醉忘情地舔，我们几个有点坐不住了。都是成年人，谁还没看过几部爱情动作片，加上咱们又是做这种杂志的，知道这种画面的视觉冲击程度。我和莉莉负责提醒潘美娟，郑岚负责提醒老程。我们三人一齐咽炎发作，"咳咳咳"，才挽救了一场尴尬。

老程离开时还问潘美娟，是哪里买的冰激凌？潘美娟说肯德基甜品站。老程说，麦当劳甜品站的冰激凌也好吃。我们都惊掉下巴，从来一张脸垮得像墓碑的老程竟然跟小丫头片子交流冷饮的味道。当然待老程走后我们狠狠地批评了潘美娟，说，你穿个超短裙不说，还坐没个坐相，好好的冰激凌不好好吃，舔个什么？！

潘美娟急急辩解道，吃冰激凌不都这样舔的吗？我舔怎么了？我舔怎么了？

我说，你舔怎么了？你舔怎么了？你舔出了诱惑，你知道不知道？

然后我们集体喷饭，当然潘美娟是喷冰激凌，喷得嘴巴像中了毒似的。她笑得从椅子上滑了下去，然后拿着快融化的那一坨一口一口地吃，说，这样吃，感觉像吃屎。我们再一次笑得东倒西歪。

想到这我兀自笑了一下，没想到潘美娟也笑。我问，你笑什么？

她说，吃着炸鸡，我想起以前你在杂志社起的笔名，倒应了现在这个景。

去，我踢了她一脚。

什么笔名？郑岚问。

潘美娟说，大吉大利。

郑岚说，这有梗吗？一点都不好笑。

我们一齐朝郑岚看了看，并不理会她，然后我们彼此又交流了一个微笑，像是有无限默契似的。

很显然，无论从哪个角度看，潘美娟都比我们有出息。窗外树下停着一辆三十多万元的车，她一身的穿戴都是名牌，自然潇洒又很有风采，身材依然苗条，容貌依然如花，估计下巴做过医美，之前在杂志社时她下巴是圆润的，如今下巴变尖了，是正流行的网红脸。要说我内心里没有泛起一丝钦羡的涟漪那是假的，毕竟曾经在一个坑里待过，如今人家阔了，而我却还在贫困线上挣扎，一次五十元的的士费也能感到被宰割的疼痛。从来贫富相遇，贫穷一方都会伤感悲戚，京剧《锁麟囊》里，寒士之女赵守贞与富家千金薛湘灵在春秋亭避雨相遇，赵守贞不是哭得如巴峡哀猿，杜鹃泣血吗？哭得薛湘灵灵魂自省，明白这世上何尝尽富豪，也有饥寒悲怀抱，也有失意哭号啕。于是慷慨赠予锁麟囊，分她一支珊瑚宝，安她半世凤凰巢。

我举起奶茶主动跟潘美娟碰了碰，说，来，致不甘平凡的你。

什么意思？你？什么叫我不甘平凡？她顿时沉下脸来，弄得我愕然，挺平常的一句话竟不知哪里得罪冒犯了她。我朝郑岚看了看，她似乎跟我一样不得其解。我想郑岚可能是故意在开玩笑吧，想抖个什么包袱出来。我静候她的妙语，但她却没有任何下文，没有打算救场，就这么生硬地将我和气氛搁置在一种尴尬的境地。

潘美娟的这个反应倒让我忽然想起一桩事。在我离开杂志社两个月后，莉莉也被开除了。说是莉莉与搞发行的一个小伙子谈恋爱，俩人在茶水间躲着亲嘴，被女会计撞见了。莉莉许是心情郁闷，跟我打过一个电话，她觉得老徐开除她跟这个事有很大关系。她在电话里把那个一月只上四五次班的老女会计骂了个千山鸟飞绝。一气之下还跟我爆了几个猛料，说那个女人是老徐的妹妹，也就是老程的姨妹子，还说老程跟这个姨妹子有一腿。我听了自然是吃惊，然后觉得她牛，同样是一个办公室的，都长两只眼睛，我啥啥都不知道，人家事事门清，什么都能看出道道来，我觉得我真是白干了几个月。看我兴奋，看我对她佩服得如此五体投地，她又给我扔了一个雷，说潘美娟跟老程也有瓜葛。

这个料委实生猛，我被震到了。我说，不会吧，潘美娟怎么会看上他？

莉莉说，不是潘美娟看上他，是老程看上潘美娟。俩人还开了房，至于老程得逞没得逞我不知道，因为被老徐姐妹俩给抓了现行。据说给老徐报信的还是潘美娟本人。

我吃一大惊，以我那会儿的智商哪里能理解这番操作呢？我问，为什么啊？潘美娟看着不是挺机灵的吗，为何自己害自己，这种丑事咋能还主动让人捉奸呢？

莉莉在电话那头冷笑了一下，说，你真是又傻又天真，人家这动作才是上策，你只想着名声，名声算什么？人家盘算的是钱，是钞票，真金白银。一段视频、几张照片让老徐的妹妹支出了十五万。

多少？我震得手机差点从耳边掉了下来。

十五万啊！莉莉似乎也有点气愤，说，咱们累死累活当牛做马的，每周想好几个选题，毛细血管都想破，还得穿十几个马甲一天到晚上这个博那个博，去给他点赞评论转发，一个月才3000，人家轻轻松松挣15万，可以在武汉付个首付了。像咱们这种实心眼的，一辈子就只能租住在城中村。

整个杂志社就几个编辑行云流水，其他的人都是根深蒂固。果然，跟发行的小伙子恋爱没白谈，知道的就是比我们多。但我还是不太相信她的话，觉得她是被我崇拜得有点上头，开始胡编乱造了。毕竟她被开除了，心里有怨气，便想着诋毁贬损上司，跟我当初一个心理。我是过了很长时间才悟到，我们四个女编辑早晚都会被开除的，发行的小伙子和面包车司机早就暗示过我们。这种杂志的内容图的就是一个新鲜火爆劲，一切如欣欣然刚睁开眼的时候，文案才会有创意，有活力，一旦做久了，就会疲倦、油滑、套路，所以编辑部得不断换人，以保永远的新鲜血液，供老程一茬一茬割新韭。之所以第一个割我，我估摸着老徐是怀疑我跟老程勾搭连环。呵，如此看来，老徐真是深度近视加老花眼。

自从通过那个电话后，我跟莉莉也就再没有联系过。不过萍水相逢，匆匆而过，树倒猢狲散，散了就是散了，并不需要交流散后的音讯。包括今天，如果不是郑岚左乳上的牙印需要我们这些人来证明，我们也不会再次聚集。

我本来一直都不相信这个事，我认为就是一捕风捉影的事儿，被杂志社搞发行的小伙子们和莉莉额外添了油加了醋。但冲着刚才潘美娟因我这句话犯的冷热病，倒让我觉得莉莉的话并非空穴来风。我的一句满含褒义的话，在她那里变成了别有用心的贬损和讥讽，一个人的忌讳点、愤怒点就说明了一个人内心潜藏的魔鬼。

算了算了。郑岚开始打圆场，并将吸管插进奶茶杯里，说，别敬什么不甘平凡了，咱们一杯敬明天，一杯敬过往。

我感谢郑岚的厚道，轻啜了一口，潘美娟也饮了一口，估计她也意识到自己失态了，说，如果以暂时的漂泊能换来超越平凡的生活，谁都愿意，但不可能的。田震歇斯底里的歌声也抵抗不了现实的壁垒，就跟网上说的一样，再牛的肖邦也弹奏不出我的忧伤。她笑了笑，说，每个人心中都有一颗红心，应该是敬不甘平凡的我们。

我已不愿在不甘平凡四个字上纠缠了，怕又扯出多余的棉絮来，赶紧笑笑收场。但从她的歌词、网络语和广告词组合的几句话中，我也听出了她的满身伤痕。这世上高有高的难处，低有低的苦楚。我们编辑部四个女人，都不是土生土长的武汉人，都是从家乡故土怀揣着城市梦来到省城的，在这样一个举目无亲的土地上扎下根来，都不容易。就像郑岚这么苦心巴肝地把我们招来，连打雷扯闪、狂风暴雨都顾不上，她急需她的爱人相信她的清白。在陌生的都市里建立一个家庭是多么不容易，她得维护家庭的完整，她得拼命保住，她上有老下有小，她不漂亮也没有太高的才情，她也没有亲人，如果身边有得力的亲人，也就不会有我和潘美娟站在这个屋子里的机会了。她的全部未来都在她老公身上，一棵枯树也是她的整个森林。

我期待潘美娟能为郑岚力挽狂澜。

吃吃喝喝中，我们仨已经将这个事情的症结说给潘美娟听了。潘美娟没说话没发问，只是一直嗯嗯嗯，表示在倾听。当她舔完最后一手指番茄酱，眼睛往四处打量时，姚科赶紧从窗台上把纸巾盒递给了她，她说了声谢谢。她抽出两张纸把手指擦了擦，又擦了擦嘴，然后团成一团丢进了垃圾桶。

潘美娟说，这个你让我们来证明郑岚跟程伯勇有没有一腿，我们无法证明，毕竟我们没有日日夜夜跟着郑岚。偷啊，无论是偷人还是偷物，自古讲求的是铁证。你没证据，没有捉奸在床，仅凭郑岚在外租了个把月的房子，左乳上有牙印，就板上钉钉地说她跟人有奸情，这是臆断，不成立的。

这是放之四海而皆准的道理，潘美娟也没能在这件事上讲出新意。这事就算是包青天来也只能这样讲。但姚科不服，姚科拿起桌上的菜刀，大拇指的指甲在刀刃上刮来刮去，看上去像是无意识的动作，但谁知道呢，也许真的是做出样款来打压我们呢。

潘美娟朝姚科看了看，很认真地问，姚科，你跟你老婆吵架就喜欢动刀是吗？你要是真觉得你老婆玷污了你，你不用讲什么证据的，你现在就过去砍了她，然后我再带你去砍程伯勇，行不行？我知道程伯勇住哪儿。或者咱们先去砍程伯勇，再回来砍郑岚也可以。

姚科朝潘美娟看了看，然后停止了刮指甲，又把刀放回了桌上。看来美女对于男人的杀伤力不亚于一门克虏伯大炮。我跟郑岚要是这样讲，姓姚的准得炸毛，虽然他不一定真的敢拿刀去捅人，但暴怒之下，指不定会酿出什么事，更激化矛盾。但潘美娟一说，姚科就软了下来，如强弩之末，只剩下些表面的刚硬，实无穿鲁缟之力。我心里一面鄙视姚科，一面嫉妒潘美娟，还有一面对这个只看脸的时代感到些灰心。

潘美娟的嘴角也扬起一抹嘲讽又得意的笑。她说，五年前，杂志社做不下去，没有正规刊号，被举报了几次，罚了几次款，连同几个子刊都一齐倒闭了。不久，老程住了院，我去医院看望过老程，说是割痔疮，但我从查房的医护人员记录本上瞄到，老程做的是双侧睾丸切除手术，当时我就很震惊。两年前,老程又中了一次风,话都讲不清楚。中风之后,老程跟老徐彻底散伙了,老徐现在跟她儿子在英国。然后她又对着姚科说,所以,你现在就算是有十足的证据说你老婆跟老程有一腿,你去杀老程,也没有什么意义了,何况,你老婆跟老程到底有没有一腿,咱们都不知道,这事也许本来就是子虚乌有。

这话听得我们一愣一愣的。看来《爱他她》的子刊还不止《青春秘语》,还有其他,显然潘美娟知道的比郑岚、比莉莉要多,比我就更多了。不过早已一齐倒闭,知道得多、知道得寡也没什么意义了。杂志社关张也是意料之中的,只是没想到老程竟是这般下场。郑岚坐在一张红色塑料椅子上,头一直低着,不停地剥着手指头上的死皮,有的指头都渗出了血丝。大抵不钻到一个人的心里永远不知道这人在想什么,就像此刻,我不知道郑岚的心里在思索什么,什么思索会让她手指尖渗出了血还不知道疼痛,十指连着心啊。不知为何,我隐隐地觉得郑岚跟程伯勇八成有过一段露水情。

我问潘美娟,你怎么跟老程还有联系?对他的事情这么清楚?这是我的疑惑。结合莉莉之前的爆料,我觉得潘美娟应该跟老程是彻底翻脸的结局,怎么还能一直互通有无呢?

潘美娟呵呵一笑,说,你这是什么逻辑?我为什么不能跟老程有联系?杂志社没有了,又不代表老程没有了。散场不散交情,你真是搞笑。

我搞笑,是挺搞笑的。我在心里也笑了自己。她又不知道我有她的"情报",没有这个基石,刚才我的发问自然幼稚可笑,没有逻辑。我说,那你跟老程交情挺深的。

潘美娟再一次杏眼圆睁,似乎很生气的样子,双手交叉在胸前,说,喂,颜妮,你什么意思?你到底想说什么?我发现你挺阴阳怪气的,从一开始我就觉得你的话味道不对,一会儿什么不甘平凡的我,一会儿又是我跟老程交情深,我不知道你到底想表达什么,你想说什么就说呗,不用如此隐晦深藏，这样很尖酸很刻薄你知道吗？

天地良心，我的那句"你跟老程交情挺深的"完全是随口一说，不带任何深意。她说散场不散交情，我不过是顺着她的话做一下陈述而已。在她那里竟然能听出七弯八绕那么多的弦外之音来，真服了她了。无故被冤枉，被曲解，我当然也恼了。自那句"不甘平凡"后，我对莉莉当年的爆料有了新的看法，如此不瞒着说，我对她心里也就产生了一丝丝不平与恨意。当年在杂志社，我们苦恨年年压金线，到头来却是为她做了一件嫁衣裳。她那讹走的15万元，难道没有我喝得要烂胃的酒？没有我与道德底线搏斗的创意？没有我忍垢含耻的被揩油？她掘得的人生第一桶金里难道没有我的血汗？但我还是忍住了愤怒。一是觉得这笔钱落到她荷包里比落在老程老徐荷包里更好，这里面有我个人狭隘的阶级感情；再者尼采说过，迟钝有时即为美德，尤其与人交往时，即便看透了对方的某种行为或者想法的动机，也需要装出一副迟钝的样子。此乃社交之诀窍，亦是对人的怜恤。加之这是在郑岚家里，若我们弄得争争吵吵成何体统，我选择退让、道歉，释去她的敏感与多疑。我说，你别把我想得那么复杂，你真是高看我了，我没有那么多的心眼，我一句你跟老程交情挺深，这也不是什么拐话。只是我个人很狭隘，觉得离开一个单位，就跟夫妻离婚一样，离了就结束了。当然，其实联系也没有什么不对，做不成情人还可以做朋友嘛，是吧？

然后我发现潘美娟看我的眼神越来越复杂，越来越值得玩味，充满了审视与质疑，她似越来越怀疑我解释和道歉的诚意。我迅速闭了嘴，言多必失。我也突然意识到，平民逆袭之路可能满身皆伤痕，你即使给她一把糖，她也会觉得你给的是盐。我还是沉默好了，毕竟重点是解决郑岚两口子的问题，不是她跟老程怎么还有交情的问题。

潘美娟还算识大体，没有再纠缠，也选择了告一段落。她从包里拿出几张名片递给我们。名片的质感非常好，编辑过半年多的杂志，我对于纸张的贵贱有了基本的了解。潘美娟的名片用的纸张是很好的，但上面的介绍并不多，印着烈火情探文创公司，烈火两字显然是被精心设计过的，艺术感强；再就是联系方式。潘美娟说，我现在在做自媒体，已经做了三四年了，程伯勇是顾问，所以我们一直有联系。我这个自媒体最开始是写文章，主要是老程写，就一些社会关注度高的事件做评论，蹭热点，你们也都知道套路。前两年小视频火了，我们现在也开始转向做小视频，拍些男女情感纠葛之类的事情，算是纪实类。我们有广告收入，所以自然对拍摄者也有报酬。然后她左右顾盼对郑岚和姚科说，你们夫妻这档子事如果愿意被我们拍摄的话，我们给 5000 元的费用，可以用化名，也可以面部打码，尽可能保护你们的隐私。如果你们同意，我们可以签合同，合同我已经带来了。

我们大概都没有料到潘美娟此行还有这一番目的，我当然不便插话了，大家都沉默着，逼仄的屋子里一时有些尴尬。原先因下雨所带来的降温，随着雨停后逐渐回升，我感到了燥热，窗外的樟树丛也传来一阵阵知了的叫声。郑岚肥胖，她的脑门已经冒汗了。潘美娟拿着纸巾当扇子在摇晃。姚科则在抽烟。

我摸出手机在抖音上搜索"烈火情探"四字，没想到真的有，几十个，我一一点开，头四个都不是，但第五个就是了，因为头像就是潘美娟名片那张设计带感的 LOGO。我看了一下，点赞数三千多万，粉丝有近六百万。在互联网＋流量至上的时代，这个数字已经很有商业气息了。我看了一下这些小视频，他们做的时间应该还不长，虽然视频看着有一百多个，但其实也就十几桩事，一个故事从头到尾讲完得要用六七个视频，这些事大多是出轨、情杀、捉奸、殴打小三、绿帽子、接盘侠等，通过购物车看得出投广告的是一个妇女私处洗液品牌，满屏腥臊并御，每个视频下都有很多条评论。无论时代怎么巨变，总有一群人非常热衷观看这类偷情逐腥又东窗事发的事件，若是由此引发血案，那更来劲。

郑岚终于开口了,她说,我可以看看合同吗?

潘美娟说,当然可以。于是从包里拿出两份合同,一份递给郑岚,一份递给姚科,他们接过去后,便开始攻读条款。里屋的老人和孩子好像也醒了,孩子估计是看到了肯德基,兴奋地大叫,汉堡包,汉堡包。

郑岚在外面应着,媛媛,你跟外婆一起吃。

我起身告辞,这里已经没我什么事了,还不走就有蹭晚饭的嫌疑了。郑岚似乎略有一丝歉疚,但也并未挽留。她为我打开家门,还提醒我带好雨伞。她立在门口目送我,脸上再次表现出过意不去的表情。我心里也是五味杂陈,踟躇在门口那一刻我想对她说,5000块并不是此事的了结。姚科对你的态度,很有可能是因为你中南路那套大房子没有了,身价跌了。而这一套房子目前还不属于你的财产,与他无关,如今你和你妈还有孩子都指望着他来生活。他心有不甘,拿着牙印说事呢。若你爸走了,但房子在,哪怕你右乳上也有牙印,他也不会放个屁。你还是要自立自强,才有收拾这烂摊子的能力。但这样的情景如何能推心置腹,如何能为她计谋长远呢?我只能对她挥挥手,说,你进屋吧,免得蚊子进去了。

从99号设计院出来,走在街上,我像是打了一场败仗,步履沉重,精神不振。上午暴雨,下午竟又出了太阳,巡司河里波光粼粼。刚来武汉的时候就听人说过南湖里面的巡司河,从二十世纪九十年代起,因为各种垃圾和生活污水都往里面排,臭气熏天。五年前,因为这里要开发楼盘,政府才痛下决心治理巡司河。如今两岸青柳倒垂,海桐如伞,巡司河总算旧貌换新颜,水看上去是清清亮亮,在微风下荡起碧波,走近了也闻不到什么臭味。我沿着河畔杨柳岸向前走,脑子里是一堆牙印:大的、小的;深的、浅的;红的、紫的;腥的、臭的;阴暗的、明亮的。这些牙印搭配着一只哺乳期的乳房在我的心河里叠加淤塞,我不知道该如何治理……

(原载于《当代》2021年2期)

后记
越真诚越有力量

　　写作十多年，越来越觉得写小说很难，把小说写好是难上加难。写小说如造玲珑机关，其巧思与寸劲，如蜘蛛结网，鸟雀筑巢，里头的事不是一句两句能说得清楚，说上一箩筐也深入不到肌理，提溜起来全是细碎。

　　我不是有天赋的写作者，从前不肯承认自己的蠢笨，如今是真正看清了自己的面目。刚开始时的写作是一种只见自己的写作，自己的经历，自己的影子，抒发的是一己幽怨和情感。但写着写着，就渐渐改变了，一年一年，边写边思索，读者喜欢什么样的小说？什么样的小说是好小说？不断阅读，不断探索，不断学习，在否定之否定中彷徨前行，时而觉得有所得，时而也觉得混沌迷茫。

　　从前写小说我只想到自己，觉得自己就是真理，但现在我的"自我"少了一些，甚至是开始怀疑自己，我所看见的，我所听见的不一定就是百分百真实的可靠的。我会转很多个弯来审视来解读一桩事情，不再像从前那么简单纯粹地去看待一种现象、一个事件。这应是一个必经的过程，毕竟自己也经历了许多沟沟坎坎和颠簸旅程，也看多了别人的艰辛苦楚，阅历增加，心态、观点、脾性什么的也都有所改变，创作者自身改变了，那么他创作的作品也会有所改变，不可能是当初的那一条窄窄的小径死死地走下去的。

　　创作一篇小说，是想表达什么。过去下笔心里可能是一团迷雾，甚至觉得不需要表达什么。但现在清楚了，创作一个文本一定是有其表达目的的，想要给读者传递什么东西，这个是小说的核，没有核难成其珠，所有的一切都是在这个核上孕育的。定了"核"之后，接下来所有的心思便用在孕珠上了，这个过程如养珍珠一般，母蚌含了一粒沙，然后开始刺激分泌珍珠质。这个分泌的过程极其痛苦，一层一层包裹，一层一层磨砺，但历经千辛万苦，却不见得每一颗珠子都是光华灿烂，也有瘪珠烂珠甚至死珠。

　　孤身枯坐在桌前日日冥思苦想，为的就是把"珠"孕育得圆润宝气，我现在觉得把小说写得好看是王道。前不久刷抖音，刷到一条刘震云先生谈小说的视频。他说一部好小说的评判标准是要有哲学性和思想性，但哲学性和思想性含量高并不一定就是一部好作品，好小说还必须做到好看好读。比方《红楼梦》，比方马尔克斯，比方加缪，比方托尔斯泰，都是好看又好读的，做到好看和好读是需要非常大的功力，刘震云先生的这个观点，我深表赞同。他的这个见解可以视为我创作小说的理想和目标，好小说要具有哲学性和思想性，还要好看又好读。缺一个条件，都不能成为好小说。

　　写小说不是做学问，不能苛刻深奥，晦涩难懂，佶屈聱牙，长句套短句，裹不清白，一个开头就要让读者花费许多精力去理清人物关系，就是再好的作品也会让人敬而远之。小说究竟不是四书五经，没必要弄得正襟危坐，处处说教，或者自尊其位高，让人难以亲近。小说就是小说，可乐可思可悲可笑可叹可惜可悟，这一切都是在"小"上做文章。小说的声量不是黄钟，不需震耳，而应是裂帛，需惊心需动魄。小说更像是一种用小声音说大道理的文体，需要用心用情用家长里短枕边私语的交流方式，窃窃私语，越真诚越质朴越真实便越能走进人心，便越有力量去摧毁去构建。